明治三十一年から始まる『鷗外史伝』

目野由希

溪水社

はじめに

「鷗外史伝」とは、何を指す語なのだろうか。

本書の題は、「明治三十一年から始まる鷗外史伝」である。「鷗外史伝」とは何か、について考えつつ、「史伝」一般、そして明治期の「史伝」について検討するのが、本書の目的である。

それでは今まで、「鷗外史伝」ないし「史伝」について、何が討議されてきたのだろうか。そして、何が検討されてこなかったのだろうか。

もちろん、先行論はある。あるどころではなく、鷗外の史伝論・歴史小説論は汗牛充棟である。これらの論文では、「史伝」は難解で抽象的な表現で定義されていたり、「歴史小説」と同じ意味で用いられていたり、中国古典に溯った語義の解説がなされていたりする。論の性格も多岐にわたるが、「史伝」という語自体も多義的で、「鵺」的(千葉俊二氏)だ。なかなか、確定的な定義が見当たらない。すると、きっと「鷗外史伝」の定義は、ずいぶん難しい問題なのだろう。

では、何が難しいのだろうか？

現在の通説と考えられる「史伝」の定義は、「乃木殉死によって鷗外が受けた衝撃を契機に、『興津弥五右衛門の

遺書』から突然開始・創造された、鷗外独自の歴史記述ジャンル」である。だがこの定義が一般化する一九七〇年代以前、鷗外の一連の作品は、多く「史伝」ではなく、「歴史小説（歴史文学）」と称されてきていた。

史伝という「鵺」のようなカテゴリーが、「鵺」のようでつかみどころがない……とわれわれを悩ますのは、どうやら、およそこの三十年ほどのあいだのことのようである。

「乃木殉死を契機に書き始められた、歴史文学・歴史小説」を、「史伝」という時代もあった。また、同じテキスト群が、「鷗外の歴史小説、露伴の史伝」と、対比的に表現されていた時代もある。

あるいは、「いわゆる鷗外史伝論」より先に、「鷗外歴史文学論・歴史小説論」隆盛の時期に、着目すべきなのかもしれない。長谷川泉氏や紅野謙介氏が指摘するように、鷗外の「歴史文学・歴史小説」について、驚くほどの多量の論考が活字化されるのが、一九三五（昭和十）年〜一九四三（昭和十八）年頃。同時期の歴史小説論隆盛とも連続する。鷗外全集が岩波書店から刊行され、雑誌『文学』も登場した頃の話になる。

しかしこの当時、「鷗外の史伝小説」という表現は、あまり見当たらない。「露伴の史伝は、鷗外の歴史文学に及ばない」という論調なら、しばしば確認される。この論調での「歴史文学」の語の使われ方は、戦後になって見られる「いわゆる鷗外史伝」の語の使われ方と、重複する要素が多い。

珍しいところでは、『実録文学』昭和十年十月号に掲載の植村清二氏「森鷗外の実録文学」がある。ここで使われている「実録文学」という語の使われ方も、現在通説として流通している「いわゆる鷗外史伝」の用例と、かなり重なっている。面白いのは、植村氏は「永井荷風氏はこれを小説体の史伝及び随筆体の記録と名づけたが、それは間違っていないにしても頗る窮している。僕はこれを鷗外の実録文学と呼びたい」と書いている件であろう（引用は

中公文庫『歴史と文芸の間』、一九七九)。

荷風にせよ植村氏にせよ、「史伝」という語を、年譜の延長線上にある記録、というニュアンスで用いている。両者とも、鷗外の一連のテキストを「史伝」というのには、ややためらいを感じているようである。「歴史文学」なり「史伝」なり、研究者・編集者・評論家たちの言葉をめぐる考え方が、いかに変化してきたか。それを探ってゆけば、考証や随筆にかかわる、近代のジャンル意識のうつりかわりが見えてくるのではあるまいか。それは興味あることだろう。ただし本書では、「いわゆる鷗外史伝」と称されてきたテキスト群のジャンルについて、考察を深めてゆきたい。

例えば、「いわゆる鷗外史伝」は新聞連載形式だからこそ発生した(片山宏行氏)という指摘がある。だが、そうなると、いろいろ通説に疑問も生じてくる。なぜなら、鷗外の執筆していた新聞・雑誌などを総合的に検証すると、「いわゆる鷗外史伝」の発生は、十分明治期からと言い得るのである。

また、〝作家ひとりだけの独自なジャンル〟であって、彼が死ぬとともに消え失せてしまったカテゴリー、というジャンルの枠設定も、不思議である。これは、ジャンルというより作家様式をさす言葉なのではないのか。「史伝」という語は、明治期には様式名として通用している事例をしばしば認めることができる。

鷗外自身がどう考えていたのか、これは第三者には知る由もない。それでも、のこされた資料から推定することならば、ある程度まで可能である。

本書では、特殊な作家論・調査方法を用いず、一般的な手続きのみで、「いわゆる鷗外史伝」について考えてゆくこととしたい。

明治三十一年から始まる鷗外史伝

目次

第Ⅰ部　史伝・その理論としての美学と美術史

第II部　史伝・同時代と歴史記述

凡例

一　鷗外のテキストは岩波版第三次全集（一九七一・十一〜一九七五・六）を用いた。

一　旧漢字は「鷗」以外新漢字に改めた。ルビは原則として省き、文脈上必要な場合のみ添付したままとした。ただし、本保義太郎筆記『美学講義』ノート引用箇所は、資料としての価値を重んじ、旧漢字等そのままに残した。

一　明らかな誤りと認められる部分をそのまま引用する際には、ママとルビを振った。

一　年号は基本的に西暦を用いたが、元号を用いた方が分かりやすい場合も多く、両者を併用した。

一　書名・雑誌名・新聞名は『　』、作品名・論文名は「　」を用いた。

一　本文中の引用は基本的に「　」で示した。長い引用の場合などは、前後一行あけ、二字下げを行った。

明治三十一年から始まる鷗外史伝

序論

第一章　既成イメージ
──先行研究の傾向──

1　『渋江抽斎』のジャンル問題を中心とする史伝小説についての先行研究の傾向

「史伝」に関する先行研究、そして調査対象を、まず確認してゆきたい。

対象ではないかと予想される『興津弥五右衛門の遺書』や、「いわゆる鷗外史伝」三部作『渋江抽斎』以下の作品群は、「史伝」「歴史小説」などと複数の名称で呼ばれている。「いわゆる鷗外史伝」とは、何を指しているのかはっきりしない。何を、どこまで調査対象とすべきなのであろうか。史伝・史伝小説という語は伝記と弁別するには不安定だし、実質的には、『興津弥五右衛門の遺書』に始まる鷗外の「歴史其儘」を志向する作品群を指すためだけにある語である。

鷗外自身では小説の概念の範疇に入るものを書いたつもりではなく、伝記に近い、歴史のジャンル中で特異な作品を作った意識が見られる。[1] しかし、彼が常に必ずしも「事実を記述」するばかりであったわけではなく、原資料を理想化していたことは、すでに明らかにされている。[2] 作家としての鷗外にとり、理想化した歴史記述と小説はどう違うのか気にかかるが、この疑問はひとまずおいておく。

次に「史伝」の語義であるが、これは不明瞭である。古典籍の語源に溯る調査（山崎一穎氏論文）はあるが、当事者

たちが、原典に即した用語法を意識していたとは考えにくい。本書では、一連の鷗外作品を称するために、限定的なかたちで「史伝」の語を用いてゆく。もちろん、この言葉をテキスト名として暫定的にテキストにかぶせておくことと、ジャンル定義が確定されることのあいだには、大きな懸隔がある。

歴史・歴史小説・伝記などのジャンルと、「いわゆる鷗外史伝」との共通点・相違点はこれまで考察されてきたが、明確な定義はされてこなかったのではないか。

歴史や伝記でないとする場合には、しばしば私小説と通じる要素、また考証の成果から逆に検出されるとする小説的な要素が指摘されてきた。他に一連の「いわゆる鷗外史伝」を、歴史と小説の融合とする見地もある。『渋江抽斎』を中心とする「いわゆる鷗外史伝」の、私小説性の指摘は以前からなされている。近年つとに知られる一九七四(昭和四十九)年以降の柄谷行人の一連の指摘[3]にさきがけて、戦前から小説家の伊藤整[4]が、また一九五九(昭和三十四)年には渋川驍が「鷗外の史伝小説[5]」で行っている。しかし、私小説との共通項を掲げることは、ジャンル決定を助けるが、あくまでそのジャンルの特徴のひとつの指摘に留まる。

次に、考証の成果から小説性を取り上げる見地がある。代表的なものには、一九七五(昭和五十)年の『堺事件』についての大岡昇平の論文[6]に関わる論争が挙げられる。

しかし、原典との比較研究・考証の精度の確認などの成果を作品のジャンル決定にさしむけて得られることは、案外に限られている。例えば、実証的検証を終え、ことに作品の虚構性によってたつ成果から、鷗外の想像力を賞賛し、小説世界の豊かさを確認する方向を取り、歴史を題材とする小説と見なす諸論がある。この傾向の始まりは、一九六二(昭和三十七)年の長谷川泉の「『渋江抽斎』は小説か—『渋江抽斎』をどう評価するか」(『日本文学』、一九六二・二)であると考えられる。[7]この傾向は、「歴史の悪意」を捨象したとして、それを小説の欠点(つまり、欠点のある

小説）と見なしてしまうなど、[8] いずれにしろ先験的に内在していた小説としての価値を見いだし、確認する形を取るのである。そうでなくとも、検証の成果をどこに位置付けるかに関しては、小説か考証かの二者択一となる場合が多いようだ。

「いわゆる鷗外史伝三部作」に、歴史と小説の融合という評価が下される考察は、昭和十年代に多く見られる。だがこの場合、「はじめに」で言及したように、歴史文学論の隆盛との相関上にあるのであって、「露伴の史伝より、鷗外歴史文学の方が、歴史と文学の融合として上質である」といった文脈上にあるのである。例えば昭和十七年の『赤門文学』には、「鷗外の歴史小説」という語が散見される。特に、諸外国の歴史・伝記に拮抗可能な「文学」として取り上げられる傾向がある。逆に「考証と文学の境目」という、現行の「いわゆる鷗外史伝」評のニュアンスは、まず感じられない。

ここで「歴史」という語が用いられることからも分かるように、現行の「いわゆる鷗外史伝三部作」の概念は、戦前には皆無ではないが、それほど見られないのである。すぐれた鷗外論として、しばしば言及される高橋義孝、石川淳、篠田一士らの論の調子は、こうした昭和十年代の文芸評論の論調と地続きになっている。彼らの歴史文学論の論調は格調高いが、彼らの言葉が、そのまま「いわゆる鷗外史伝」論の用語に適用できるかどうかは、留保が必要であろう。

例えば高橋義孝の『森鷗外』の「十五　歴史と文学」には、以下の記述がある。

　私が『渋江抽斎』を真の小説だと考へるのは、この作品が小説といふジャンルの本質的諸規定を剰すところなく満たしてゐるからである。…（中略）…発生史的に観るならば、小説はもと所謂歴史（歴史記述）と分かち難

い一体を形成してゐた。小説とは即ち歴史記述であつて、これは洋の東西を問はずに妥当する事実である。日本の三鏡や軍記物語の類を考へてみても、又「小説」といふ語の源を究めてみても、ロマンといふ西欧語の語源に徴してもこれは明かである。…（中略）…さてさういふ風に一つの全体をなしてゐた歴史＝小説が、近世においてなぜ分離したかは自然科学の勃興、それによつて近代的人間の世界観に著しい変革が起つたことから説明出来る。…（中略）…しかし優れた歴史家、たとへばランケなどには、歴史記述が本来芸術的なるものと本質的に同一でなければならぬといふやうな事情は明かに了解されてゐた。…（中略）…

『渋江抽斎』は以上述べてきたやうな意味から恐らく日本散文史上初めて現れた正統的な小説なのである。ランケにあつて一つの希望としてとゞまつてゐた歴史と文学との統一は、こゝに実現されたと云つてよい。こゝには調和がある。肯定がある。静かな賛美がある。透明さがある。自覚がある。それ故にこそ我々の感動は果しなく深く、且、大きい[9]（原注は省略）。

この美しい文章による批評の結論は、篠田一士が『伝統と文学』[10]で、後半部分を引用することとなる。篠田は、ここに石川淳の高名な『森鷗外』との隔たりを見る。実際にはこの後半箇所は、石川の小説家としての随筆的批評と重なる、情緒的な歴史文学評価の性格をもつものであろう。鷗外論の過度な隆盛から六十年を経て、ようやくわれわれは、決して高橋の評価が、冷静な学者としてのそれだけでないことを、石川の評価との類似から知るのかもしれない。石川論の必要部分を引こう。

鷗外の感動は怒号をもって外部に発散して行く性質のものではない。それはひとに知れたとき云訣をしなく

てはならなかったほど、ひっそり内部に沈潜する底のものであったが、そこからおこった精神の運動が展開して行ったさきは小宇宙を成就してしまった。…(中略)…出来上がったものは史伝でも物語でもなく、抽斎という人物がいる世界像で、初めにわくわくしたはずの当の作者の自意識など影も見えない。

　当時の批評がめんくらって、勝手がちがうと憤慨したのも無理はない。作品は校勘学の実演のようでもあり新講談のようでもあるが、さっぱりおもしろくもないしろもので、作者の料簡も同様にえたいが知れないと、世評が内内気にしながら匙を投げていたものが、じつは古今一流の大文章であったとは、文学の高尚なる論理である[11](傍線目野)。


一人は、主観的に想像された小説概念を先行させてから、「史伝」をここにあてはめて論じ、もう一人は、作品を「小宇宙」なのだと絶賛する。両者は、現実的で具体的な作品の批判から遠ざかってしまい、作者を作品に直結させ、それを無批判に称えている。その点で全く同一な、作者――批評者にとって理想的に想像された作者――崇拝の作品批評である。

　史実と想像力の境界や、歴史的事実との調和によって「文学性」なるものを保障し、訴える試みは、その訴え自身こそ文学的であるかもしれない。ただし、虚構的な歴史はかならずしも文学ではない。小説は虚構から成り立つかもしれないが、虚構性が、小説たることの全てを根拠づけているわけではないのだ。一般に歴史・歴史的事実と見なされてきた事項の中にも、鷗外が資料を扱う際に行った、小説のプロットのための操作程度の作業はなされていても不思議ではない。現実を解釈する際、イデオロギー的に無垢で真に客観的な観測所(リオタール)などありえない以上、どんな歴史記述も、主観的な操作を完全に離れることなどありえないからである。

高橋論の中では、評価の基準にランケの名が挙げられていた。厳正な資料批判に基づく客観的歴史記述の方法を確立し、「近代歴史学の祖」と称されるランケだが、ヘイドン・ホワイトは、その著書『メタヒストリー』中で、ミシュレ、ランケ、トクヴィル、ブルクハルトなどの十九世紀の歴史家たちが、その歴史叙述を特殊な種類の物語としてプロット化してきたことについて述べている。[12] ランケに関しては、ロマン主義への衝動の抑圧が認められるとの記載があり、[13] ランケが魅了されていたウォルター・スコット著の中世の騎士道物語が、想像力の産物だったことから受けた衝撃、そのためのロマン主義への衝迫が彼の歴史学の根底にあると述べられている。かの国での「騎士道物語」、そして「歴史と文学の融合」への憧憬と幻想を、わが国にも見いだしえたと感じての陶酔を、高橋論文に感じるのは、やや不当であろうか。

高橋のいう通り、歴史と文学は不可分なのかもしれない。歴史は、学問性を高めたために文学から乖離したのかもしれない。しかし、かりにそうだとするならば、歴史と文学がふたたび合一を望んでいる場合とは、学問性を捨て、「大きな物語」に身をゆだねて、自らを正当化しようとしている場合なのではないか。歴史叙述の際に依拠される「大きな物語」とは、とりもなおさずイデオロギー性であろう。つまり、イデオロギーによって出来事を正当化したい衝動こそ、「歴史と文学の融合」への憧憬に他ならないのではなかろうか。

「歴史と文学の融合」への願望に、強いイデオロギー性があるからこそ、鷗外「歴史文学」への無条件の賞賛が、独特の「権威」を演出してしまう。鷗外研究につきまとう独自の敷居の高い印象は、おそらく作者の社会的地位の高さだけに由来するものではないのである。

昭和十年代の鷗外論隆盛の背景には、先述のように、まず鷗外全集の刊行・岩波の『文学』創刊に評論壇が受けた刺激などが、もちろん挙げられる。それに加え、多くの転向左翼たちの「歴史文学」志向や、明治文学・江戸文

学への保守的な回帰傾向があってこそだろう。『赤門文学』での、諸外国の歴史文学、特にヨーロッパの歴史文学にも拮抗しうる「鷗外の歴史文学」の賞賛は繰り返すまでもない。ウォーラーステイン体制から日本が受け続けた威圧感への補償——欧米に拮抗できる歴史・伝統をもった日本イメージ——の典型として、「いわゆる鷗外史伝」ではない、鷗外の「歴史文学」が、必要とされたのではないのだろうか。

戦後、七〇年代から始まった「いわゆる鷗外史伝賞賛＝鷗外と近世日本賞賛」の感性には、当時のこうした「伝統」の正当化の残滓が、それと知られぬほどに認められるといえば、言い過ぎになるかもしれない。それでも、あえて確認しておくべきではないだろうか。

「いわゆる鷗外史伝」論ないし鷗外「歴史文学」論の場合、小説側からの歴史への接近である。それゆえ、この場合の彼らには政治性もなく、批判も筋違いと思われるかもしれない。だが、高橋はわざわざ時代の溯った、歴史・文学未分化の段階を最善とした。そして、その未分化の状態に近いからとして、彼にとってはまだ歴史内のはずの『渋江抽斎』を、「日本散文史上初めて現れた」小説として、高く評価したのである。この理由なら、中世の軍記物語が、最高の「小説」になるであろう。あるいは、近代的な歴史記述に文学性が加わった場合に、最高になるのかもしれない。

しかし、これでは矛盾もはなはだしい。「文学」としては、長らく虚構性の強い稗史野乗はいやしまれてきたが、近代に入ってはじめて、稗史的な存在は肯定されるようになった。やがて、次第に虚構的な小説が「文学」の中心的存在となってきたのであるが、虚構性や物語性を中心とする小説ジャンルを、過去の段階に引き戻して生まれる「日本散文史上初めて現れた」作品とは、いったい何なのだろうか。

ここでは、近代になってから「いわゆる鷗外史伝」ないし鷗外「歴史文学」が、近代文学のジャンルに登場した

理由の説明は、はじめから排除されている。高橋論では、論拠を求める文脈でのみ、軍記物語が登場する。「文学」なり小説なりというカテゴリーは、むしろあと付けの口実のように用いられているのではないか、とも思われるのだ。これでは、大正時代に新聞連載された『抽斎』の性格を、説明したことにはならないのではないか。

もちろん「いわゆる鷗外史伝」を、小説でも伝記でもなく「考証」[14]とした篠田のような存在もある。場合によっては「史伝」を、「小説」でも「文学」でもない、それ以外のなにものかと読む柔軟さは、失ってはならないだろう。何から作品が構成されているかを、実際に読むことから始めなければならない。篠田の同じ文中には、「もしこの一連の作品を小説と呼び、さらに伝記とみなしたとしても、それはつねに荒雑な抽象に走るだけであろう。文学の事はあくまで具体を離れてはならない」との言葉もある。

ただ、ここで彼が忌避している「抽象」にも、あえて踏み込まなければジャンルのような枠組の性格は考察できない。「史伝」を、「考証」であると同時に「前衛」と判断した篠田の根拠は、なんら判断過程が示されていないが、この結論を出すまでに一度彼の中で、「抽象」を経てきたはずなのである。明証されないこうした抽象的な定義は、極端にいえば、客観的な言語化をはかれないほどの個別性か、強いドグマをはらむ可能性があるのではないか。篠田の文章中にも、いくつも、詩的な名文による「史伝」批評部分が現れる。

静かなる狂気とでもいうべき異常な平静さを保ちつづける文章はぼくたちに石のように沈黙を強い、ときにはそれが確認された事項であるか、または推測された事項であるかの峻別をも忘れさせてしまうほどだ。にもかかわらず、ここには中秋後一夕に三人の学者たちが酒をくみかわしながら月を賞でたという事実がくっきりうかびあがる。彼らの談笑はきこえないし、いわんや、彼らの胸中になにがあるかはぼくたちの知るところで

はない。…（中略）…

しかし、ぼくたちの目前にあるのは事柄ではなくて、比類ない言語によってひとつの「物」として昇華させられた事実なのである。[15]

文頭で、鷗外の権威性から距離を置いて書くと宣言した彼も、おそらく同文で「黒い瘴気」と表現した、作家とそのエクリチュール賞賛の陥穽に嵌まったのだろうか。だから、ここで「史伝」という作品の「具体」を捨象し、その架空の骨格である構成を考えることから始めても、それを「荒雑な抽象」として退けるには及ばないだろう。

「歴史小説」と考えられる作品の考察は、複雑であるとは限らない。用いられた題材のためだけに歴史小説に分類される作品のジャンル考察ならば、さほど難問ではなかろう。それよりも、歴史記述の際に行われる不可避の虚構化が、鷗外の場合のみ、特殊化されてしまう現象の方が重要である。

歴史のプロット化も、物語化によって得られる正当化の一つの変種といえるケースもあろう。「歴史的事件を描写しようとする試みはすべて、諸々の物語――「想像上のものであり、想像上のものでしかありえない生活のひとつのイメージの凝集、統合、充溢および閉塞を提示してみせる」ような物語――に必ず依拠しているものなのである。…（中略）…換言すれば、哲学と架空の物語なしには誰も歴史を書くことなどはできないし、歴史家たちが自己を哲学者たちや文学者たちから隔てるのに使用する専門分野の区別などは誰も素朴に肯定できはしないということである」[16]（原注は省略）。「哲学と架空の物語」が、科学性の有無に関わらず、イデオロギーの正当化のためのフレームとなっている。

先の高橋論の場合の正当化の性質も、これに近いのではないだろうか。高橋の主張を見る限り、「いわゆる鷗外史伝＝鷗外「歴史文学」」は、歴史＝小説の未分化の状態であると主張されたため、科学性の「物語化」の再転換がなされているように見える。が、歴史＝小説の両者をあえて区分する必要がなければ、歴史なり小説なりを、互いをそれぞれ用いて正当化する必然性は、さほどないだろう。物語性・文学性——高橋の語を借りれば「真の小説」であること——をもって、鷗外「歴史文学」を独自に枠付けていくというのは、矛盾をはらむ行為である。「いわゆる鷗外史伝」では、探索可能な典拠は文中でかなり提示される。こうした虚構的小説内の事件の経緯の厳密さを、資料から再確認し、攷究していくのは、考証としては大事なことである。ただ、そこに何らかの内容を見いだすのは、別の物語を作り出すことにつながってゆく。

ここまで見てきた限りでは、まだ「いわゆる鷗外史伝」が、歴史小説と歴史記述のあわいにあるなどとは、いえない。歴史小説、歴史記述、それ以外の様々なジャンル、これらのどこに『抽斎』がもっとも近いのか、史料とテキストの相関だけからでは決定できないからだ。あるいは、それをどこかに定めることの意義も問われるべきだろう。そして作者鷗外は執筆の意義を明言せず（あるいは意識していなかったのかもしれないが）、「ただ書きたくて書いてゐ」たのである。もちろん、作者が「ただ書きたくて書いてゐ」る姿勢には、十分配慮しながら考察をすすめるべきであろう。

実際、「「いわゆる鷗外史伝」とはいかなるジャンルか」という疑問に立ち返れば、そもそも昭和十年代以前の「歴史小説・歴史文学」カテゴリーのあやうさにも目を配らなければならなくなる。昭和十年、つまり一九三五年より以前、伝記・史談・史録・伝奇・講談・講談小説・実録・実録小説（＝実録文学）・新講談・社会講談等のカテゴリー

から、独立した一人前の「歴史小説・歴史文学」なるカテゴリーがあったとは、いいにくいのがわが国の現実なのではないだろうか。

「いわゆる鷗外史伝」や鷗外「歴史小説」の、ジャンルとしての危うさ。ことにその強力なイデオロギー性のゆえに、「いわゆる史伝」を評価する人間だけではなく、これを批判する人間も、このジャンルに過剰な意味づけを行ってしまいがちになる。

例えば大岡昇平は、「『堺事件』疑異」で鷗外を、山県有朋体制への忠実なイデオローグ[17]として批判した。しかし、「史伝」のイデオロギー性は「史観」でもあるため、異なる立場からはさらに批判を呼び込んでしまう。実際、現実の山県のいる政治の世界に関わって生きてきた鷗外の目から見れば、『堺事件』のイデオロギー性、ひいては鷗外の史観は、大岡の史観に対置される一つの鷗外個人の史観といえるのではないだろうか。

「いわゆる鷗外史伝」の小説性／虚構性は、まさに鷗外が彼の歴史をプロット化して綴った、個人の史観の小説の形式を用いた記述と見なされうる。[18]

考証とその程度によって、「いわゆる鷗外史伝」を、「史伝」・「史伝小説」・「歴史小説」と弁別していこう、という考え方もあるかもしれない。ただ、『堺事件』のような事例があるので、そうもいえなくなるのである。むろん、無条件に小説と見なして読んだ上で、こうしたカテゴリーについて討議するのもいいが、それはかなり限定された読みであるとの自覚に基づくことになるのではないか。[19]しかし、こうした「小説か、小説でないか、虚構か、モデルは云々」という疑念ばかりを抽象的に反芻し続けていても生産的ではないし、こういうところからも、鷗外研究者群の特殊性を云々されるようになって久しい。[20]

ここまでを整理して、「いわゆる鷗外史伝」のジャンルの不安定さの理由について、伝記ジャンルをふまえつつ、考えてみよう。まず伝記なるものは、過去に、その存在が資料を通じて確認できる個人の記録である。ところで『渋江抽斎』に含まれる、「「作品」であろうとすること自体を拒」[21]む点は、私小説などと共通している。トータルな意味の発生を回避させせがちな「いわゆる鷗外史伝」のこの特徴は、一般的な伝記ジャンルからはみ出してしまう第一の点である。先述のようにこの指摘は、すでに先行論でなされている。

ところで、優れた自伝研究者であるフィリップ・ルジュンヌは、日記と自伝の区別を、「自伝がまず何よりも、総括をめざす回顧的で全体的な物語であるのにたいし、日記はほとんど同時的で断片的なエクリチュール、定まった形式をもたないエクリチュールである」[22]と述べている。とはいえ私小説のように、自伝と日記の特性を同時に含む概念は、この定義に該当しない。『渋江抽斎』のエクリチュールの多彩さは重視すべきであるし、伝記との共約事項でなければならない筈の、総括への意思までなし崩しにされたのが「いわゆる鷗外史伝」である。この場合、「いわゆる鷗外史伝」は、ジャンルとしての成立すらおぼつかないのではないか。

それでも「いわゆる鷗外史伝」は、通常ジャンル、少なくとも様式としては意識されている。意識されているからこそ、ジャンルとおぼしき命名がなされているのだ。

例えば、伊藤整は自分の近親者とそこに連なる自分の伝記を、『渋江抽斎』の形式を用いて書いてみようと企図したが、これは特に珍しい事例ではない。はっきりした伝記とは見なされず、さりとて自伝でも、私小説でもない「いわゆる鷗外史伝」である。これをひとつの固有のジャンルとして、同様に執筆したい者が書いた伝記的作品が、自伝と近親者の伝記の総合された作品であるというのは、面白い例ではないか。むろん大岡昇平のように、史伝を書くつもりではなかったのに、結果として「いわゆる史伝体」（初刊本あとがき）になってしまった『天誅組』を書いた

作家もいる。

これら「いわゆる史伝」の執筆は、共同体の成員としての個人が、時間軸や空間を超えてある社会に存続するという意識が作者側になければ、成り立ち得ない。そして、個人を完結した存在と見なければ、どんな自伝であっても、数多くの他者をもつれ込ませてしまう。これを、伝記と弁別できるだろうか。

過去の出来事（すでに過去に確定された自己、他者、事件など）を「客観的に過去として」固定するには、固定のための視座として、何らかのプロットを導入する必要がある。そのプロットが、意識するにせよしないにせよ、それなりにイデオロギー性をはらんでしまうのは、不可避と考えるべきではないだろうか。伝記に類する歴史記述に、叙述の統一に最低限必要なイデオロギー性を排除するのは、きわめて困難である。しばしば植民地文学研究で見られるイデオロギー批判であるが、帝国主義の問題と、歴史記述が政治性をはらんでしまう問題とは、直結はしていない。無関係ではないが、両者は間接的な関係になると考えるべきであろう。

「話の筋」に欠けるという点では、「いわゆる鷗外史伝」は確かに私小説と共通していよう。そしてそのことが、近代的な歴史記述としても、近代的な小説としても、不完全であり、かつ魅力的である特性となっている。とはいえ、「いわゆる鷗外史伝」と私小説との共通項の検討が可能であっても、その指摘だけから、明確なジャンルの定義には至らないのである。

ところで、以上は「構成のなさ」に由来する「いわゆる鷗外史伝」ジャンルの不安定さではない。鷗外の一連のテキストは、「構成のなさ」が、その大きな特徴のひとつである。この指摘は、繰り返し行われてきた。しかし「いわゆる鷗外史伝」の、ジャンルとしての不安定さは、現行のジャンル編成中で、はっきりした位置を占められないがゆえの不安定さである。ジャンルの特性と当該ジャンルの不安定さは、別の問題なのである。

「いわゆる鷗外史伝」の、「構成のなさ」を重要と考える方面からは、次のような反論があるかもしれない。例えば一九八〇年の柄谷行人の「構成力について」では、具体的な検証がされているではないか、など。しかし彼の論の主旨は、大正期の小説全体の傾向として現れる「纒まりを附ける」ことへの嫌悪の説明にある。この場合『興津弥五右衛門の遺書』から始まるとする「歴史小説[23]」とは、超越的な「意味」の拒絶ゆえに、構成を忌避した小説を指すのだろう。彼の主張する「構成」と、ここでの「構成」の相違は、おそらく鷗外の作品を、私小説的で「纒まりのない小説」と読んだか、小説ではない可能性を含んだテキストだと意識しつつ読んだか、の相違なのだ。

さらにいえば、大正期以降の小説の傾向と同じ方向性を持つとの指摘にとどめず、この作品を無前提に「小説」と読み、そこから「本卦帰り[24]」のポスト・モダン小説との結論を出すのは、かなり限定された、やや恣意的な論断である。

2　構成について

一九九三年秋の『文学』上では、エマニュエル・ロズランは「『渋江抽斎』のジャンルについて」と題された論中で『渋江抽斎』を「鵺」と評している[25]。論文ではいくつかの重要な指摘を認められるが、大きい点は作品構成へのおおよその示唆である。

構成の要素として指摘されている点は、次の三点である。第一に、編年体からの数多の脱線に、構成因子となるだけの資格を認めている点である。作品内の脱線の契機を「一種の分岐点[26]」と見なし、二種に分別した脱線の両者を作品全体の特徴として説明する。次に『寿阿弥の手紙』、『小島宝素』『森枳園伝』『伊沢蘭軒』が、同様の意味で

『渋江抽斎』の分岐点から脱線して生じた可能性が示唆されている。さらに『伊沢蘭軒』が『北条霞亭』の基盤だとも言及し、外部である各作品の間テキスト性が「脱線」の延長上にあるとの見地を表明している。

第二に、作品内の時間構成である。編年体だが単線的ではないとの評価では、構成の存在はこぼれるが、同氏の指摘では、保と鷗外の一生が抽斎の死を軸として対照するというのである。この指摘、また『抽斎』が構造を持つという指摘は、すでに竹盛天雄氏の論文[27]に見られるが、これは『蘭軒』『霞亭』より均整がとれているという指摘と併せ評価すべきだろう。

第三に、論中では「演奏」と表現される、作品の各部分の照応である。例として名前についてのテーマ系が取り上げられる。名前へのこだわりは、ネイティヴである日本人の目から見ると、特に当時では当然の習慣と見なされているので、ほとんど見過ごされてしまう。この論文での、名前の多様性と人間の多面性をむすぶ読み方は、ユニークかつ、先の「脱線」の結果生じた照応として重要であるといえよう。脱線の規則性や成果、形式について、寄与するところが大きい。

他のロズランの指摘を、二点挙げておきたい。一つは私小説性ではなく、(間接的な)自叙伝性が考察されている。これはジャンルを考える際に力となろう。二つ目はロズラン論文の、論中の注部分にではあるが、見逃せない主張が現れる。私小説と「いわゆる鷗外史伝」の相違である。ロズランはイルメラ＝日地谷・キルシュネライトの『私小説』[28]を参照しているのだが、ここで重要な要素とされる「事実性」「焦点人物」を取り上げ、これらの要素に『抽斎』が該当しない、と述べているのである。

この指摘の有効性は、さほど強くないかもしれない。が、共通性ばかりに目が向けられ、相違は曖昧にしか言明されてこなかった両者間の違いが、明瞭に意識された意義は大きい。『抽斎』には作者である鷗外が、抽斎とは確実

に別の人格として登場している。また別の人格であることが確認された以上、いかな事実描写も作者鷗外の事実（との読者の認識を前提するもの）ではありえない。

かりに、語り手と鷗外と抽斎三者の共通部分を語るにしても、三者を容易に同一視しては、私小説性を無前提に強化してしまうことになるばかりだろう。

篠田一士が『抽斎』を「小説にあらず、伝記にあらず、考証」とし、かつ「前衛」とやや唐突に定義したのは、直観的に先の柄谷の指摘した、小説的な、トータルな意味の発生の回避を指していたのではないかと考えられる。彼の「この一連の作品をパリの前衛作家たちに読ませてやりたいと思う[29]」という願いは、ジャン＝ジャック・オリガス[30]とロズランの前出の論文で、形を変えていくぶん実現されたのかもしれない。

もしここで『抽斎』が考証的小説であり、またポスト・モダンと名を変えた、中心性や構成を破壊するという意味での前衛であると論じられたなら、オリガス、篠田や柄谷の意見が再び確認されるだけであったろう。だがここでは、竹盛論を発展させる形で、「中心」「構成」が指摘されている。

最後に、こうした構成を「様式」と表現してまとめている、小堀桂一郎の対談の一部を引用しよう。

山﨑　小堀さんは鷗外の史伝小説『渋江抽斎』『伊沢蘭軒』を非常に高く評価されておりますね。

小堀　最も高く評価したいのは『伊沢蘭軒』なんです。…（中略）…『渋江抽斎』を読みますと、もちろん鷗外の筆力には感嘆するばかりですが、渋江保さんの書かれたもの（回想記ほか）に相当に彼は依拠しているんですね。ある部分はそっくりそのまま使われている。渋江保さんの文章をそのまま使ったということを少しも非難

いたしませんけれども、それゆえの様式の統一という点での破綻がまま見受けられる。つまり鷗外の肉声が響いてくるところ、石川淳さんが言っているような同情の涙で濡れているというような手触りも感じられるところがあるけれども、人の文章を借りて事実の表面だけをかいなでにして通過している素っ気なさもあるし、それから終りの方になってきますと、単なる年代記みたいな調子になってきます。どうも読んでいて渾然一体となった完成品という気がしないと言うと言いすぎですが、ちょっと傷があるように思うんです。

それに比べまして、いま言った様式的な完成度という点では、実は『北条霞亭』が最高なんです。…（中略）…『北条霞亭』の一番いいところは、鷗外が人の手を借りずに霞亭の手紙、ほとんどそれだけを材料として独力で刻み上げた。そこからくる様式的な完成度の度合と言いますか、これは最高だと思うんです。(31)

先のロズランらの『抽斎』のエクリチュールの多様性、また『抽斎』の独特の構成の美しさを肯定する見解とは異なるが、これも「いわゆる鷗外史伝」特有の、構成からくる様式美を認めた意見である。

以上、「この一連の作品」に構成があるとするか、またないとするかを解釈の大きな分かれ目として、いくつかの見解を簡単に眺めてきた。少なくとも鷗外自身の言明からは、この件に関してあまり有意義な言葉は引き出せない。一体彼は、後世の作者（＝作家、歴史家）による歴史の再構成を、どう考えていたのか。「いわゆる鷗外史伝」とは何であったのかをふりかえることは、案外に難しい。

注

（1）「わたくしの近頃書いた、歴史上の人物を取り扱つた作品は、小説だとか、小説でないとか云つて、友人間にも議論

がある。しかし所謂 normativ な美学を奉じて、小説はかうなくてはならぬと云ふ学者の少くなつた時代には、此判断はなか〳〵むづかしい。わたくし自身も、これまで書いた中で、材料を観照的に看た程度に、大分の相違のあるのを知つてゐる。中にも「栗山大膳」は、わたくしのすぐれなかつた健康と忙しかつた境界のために、殆ど単に筋書をしたのみの物になつてゐる。そこでそれを太陽の某記者にわたす時、小説欄に入れずに、雑録様のものに交ぜて出して貰ひたいと云つた。某はそれを承諾した。さてそれが例になくわたくしの校正を経ずに、太陽に出たのを見れば、総ルビを振つて、小説欄に入れてある。」、「歴史其儘と歴史離れ」『鷗外全集』(第二十六巻、五〇八ページ)。「すぐれなかつた健康と忙しかつた境界のため」の真偽はともかく、『太陽』掲載テキストは、このような形にしかまとめられなかつた、という可能性は含めておきたい。

(2) 山崎一穎『森鷗外　史伝小説研究』(桜楓社、一九八二)。

(3) 「歴史と自然」『新潮』(一九七四・三、『意味という病』所収)、「構成力について」『群像』(一九八〇・五・六、『日本近代文学の起源』所収)、「批評とポスト・モダン」『海燕』(一九八四・十一・十二)。

(4) 曾根博義「伊藤整と鷗外―『渋江抽斎』の方法をめぐって―」『森鷗外研究　5』(和泉書院、一九九三・一)では、一九八三年に出版された『太平洋戦争日記』中にあらわれる「『渋江抽斎』のような記録形の私小説にして……」の記述から始め、戦後の「いわゆる鷗外史伝」とジョイスの方法との比較にまでわたる伊藤整の関心の継続を述べている。文中に彼が『渋江抽斎』を読んだのは一九四一年十二月一日より早く、石川淳の『森鷗外』は読んでいない筈とする推定がある。

(5) 渋川驍「鷗外の史伝小説」『文学者』(一九五九(昭和三十四)年十一月、『森鷗外　作家と作品』(筑摩書房、一九六四)所収)。ただし作中の役割上の説明ながら、作中の「わたくし」は私小説の「私」とは異なるとの記述もある。

(6) 大岡昇平「森鷗外における切盛と捏造―『堺事件』をめぐって―」『世界』(一九七五・六)、「『堺事件』の構造―森鷗外における切盛と捏造(続)―」『世界』(一九七五・七)。実証性の成果では、例えば尾方仂『森鷗外の歴史小説　史料と方法』(筑摩書房、一九七九)は、近代ではなく近世の専門家による著書であるため、原史料の丁寧な翻刻が添付されているなど、重要であろう。他にも藤本千鶴子「『阿部一族』事件―殉死事件の真相と鷗外の『阿部一族』」『日本文学』(一九七三・二)、近年では福本彰『鷗外歴史小説の研究「歴史其儘」の内実』(和泉書院、一九九六)などで緻密な調査

がなされている。特に福本氏の著書は「堺事件」論争や「興津弥五右衛門の遺書」改稿などが中心に論じられているのだが、その手法の実証性が極まり史実に徹底して忠実・厳密であるゆえに、史実を問う意義が専門外の人間にやや分かりにくいという難点も同時に抱えている。

（7）「高橋義孝の述べた本格的な小説が本来歴史小説であるべき論は肯定されるところである。私は滝田貞治が問題意識として提起し、その解答を保留した点について、鷗外の史伝のなかに鷗外らしいフィクションのあることを実証した。その方法をさらに拡大し、鷗外が「歴史離れ」の創作方法を「渋江抽斎」の上に採ったばあいに、生まれ出ずべき「渋江抽斎」は史伝たることをやめて、歴史小説に昇華するであろう。…（中略）…その場合の「歴史小説」とは、通俗的な意味での歴史小説ではなく、高橋義孝説くところの本格的歴史小説の意味である。そのような歴史小説を構成することは、それを構成する創作主体の意志にかかわることである。そのような歴史小説に対して、人は森潤三郎の十六頁に及ぶ「校勘記」を援用して、その事実との相違をもって責めることをしないであろう。なぜならば、そのような「渋江抽斎」は、史伝たることをやめた小説「渋江抽斎」であるからである。」、長谷川泉『増補森鷗外論考』（明治書院、一九六六）所収、引用は『長谷川泉著作選① 森鷗外論考』（明治書院、一九九一）所収の「第七節 「渋江抽斎」論」（一〇四六～一〇四七ページ）。

（8）山崎一穎『森鷗外 歴史小説研究』（桜楓社、一九八一、三六～四五ページ）。

（9）高橋義孝『森鷗外―文芸学試論』（雄山閣、一九四六、一九二～一九七ページ）。
高橋には、これに先だって次の意見もある。

「蓋し鷗外研究の大部分は、観照の根本態度と研究上の方法操作とにおいて首尾一貫性を持たない。感傷主義の土台に立って、賛美と研究とを無意識裡に混同するものもあり、対象が対象として存立するために不可欠な客観性を顧慮せず、方法に対する自覚を全く欠くものもある。」、「鷗外研究について」（一九四四（昭和十九）・八）、引用は『森鷗外』（新潮社、一九八五、一八四ページ）。

（10）筑摩書房、一九六四。

（11）石川淳『森鷗外』（三笠書房、一九四一）、引用は石川淳『森鷗外』（岩波書店、一九七八、十～十一ページ）。

（12）Hayden White, *Metahitory: The Imagination in Nineteenth Century Europe*, 1973, p.12.

(13) 注(12)に同じ、一六三ページ。
(14) 注(10)に同じ、一一一ページ。
(15) 注(10)に同じ、一一八〜一一九ページ。
(16) ロイド・S・クレーマー「文学・批評・歴史的想像力—ヘイドン・ホワイトとドミニク・ラカプラの文学的挑戦—」、リン・ハント編、筒井清忠訳『文化の新しい歴史学』(岩波書店、一九九三、一五三〜一五四ページ)。
(17) 「大岡昇平さんが鷗外の『堺事件』を通じて、切盛と捏造という形で、鷗外のでたらめな資料操作のありかたということを批判したのも、僕の解釈によれば、鷗外はきわめて強烈な天皇主義者であった。そういう天皇主義的なイデオロギーを抜きにして、鷗外の歴史小説は考えられないんだ、歴史そのままであるとか、歴史ばなれぎりぎりの接点を描いているというような解釈は、鷗外の天皇制イデオロギーを抜きにしては考えられないと言われたわけです。これは僕が『展望』(一九七四年三月号)で、シベリア出兵当時の鷗外のまったく無関心というか、沈黙を守って、山県の言うがままに動いてきたという鷗外の政治的な姿勢と無関係じゃないという指摘を、さらに発展させたものじゃないかと思います。」、尾崎秀樹・菊地昌典『歴史文学読本　人間学としての歴史学』(平凡社、一九八〇)から、「森鷗外」の章、菊池発言部分(二二二ページ)。
(18) 「一九世紀の歴史家たちについての研究、『メタヒストリー』のなかで、ホワイトはこうした文芸批評の伝統に倣いながら、古典的な歴史記述が用いる文学的なコードを説明しようと試みた。彼は、プロット付与、論法、イデオロギー、そして転義といった様々な歴史記述の形式——それぞれは四つの異なるカテゴリーによって、あるいは四つの可能な構造によって成り立っているという——を辿るのだが、そのためにとりわけフライとバークを引用する。」、注(16)に同じ、一六四ページ。
(19) 注(6)に同じ、一〇四七ページ。何を指すのかが曖昧なまま、作中に「人間的感動」を確認する、あるいは作品の中にある先験的で普遍的な価値を読み取ろうとする姿勢は、いくぶん危険なのではないのだろうか。ある文学としての価値を先験的に認めておいてから、そののちページの中の言葉の上にこの見いだされるべき価値を確認している、と目されてしまう可能性もあるからである。そして、これらのことは制度化された文学研究一般にいえることである。
(20) 蓮実重彦「'90文芸時評」『文芸』(河出書房新社、一九九〇・五、三四八ページ)。この箇所には小堀桂一郎「語学・文学」

（一九九一・九）による基本の大岡論文（「堺事件」論争の発端となった注(6)を含む一連の論文）自体の不確実さを言う反論もあるが、この主題を実証性から反論することで、鷗外研究全般の実証性からくる問題性は、むしろ際立ってしまったといっていいだろう。近年では、「このエリーゼ・ヴィーゲルトについては『舞姫』のエリスのモデルとして数多くの論考が書かれ、やりすぎと思えるほどの細かい身元調査がなされている」、森まゆみ『鷗外の坂』（新潮社、一九九七、一一九ページ）など。こうした事例は枚挙にいとまがない。

(21) 柄谷行人「構成力について」『日本近代文学の起源』（講談社、一九八〇）、注(3)参照。

(22) フィリップ・ルジュンヌ著、小倉孝誠訳『フランスの自伝―自伝文学の主題と構造』（法政大学出版局、一九九五、三一ページ）。

(23) 注(21)に同じ、二一六ページ。

(24) 注(21)に同じ、二一九ページ。

(25) エマニュエル・ロズラン「『渋江抽斎』のジャンルについて」『文学』（第四巻・第四号、岩波書店、一九九三年秋、八五ページ）。付言すれば、千葉俊二「森鷗外の随筆」『国文学　解釈と鑑賞』（十一月号、至文堂、一九九二）中に、鷗外作品には小説とも随筆とも評論ともつかぬものが多く、「鵺的」（一四四ページ）とあり、彼の示唆とも考えられる。

(26) 注(25)に同じ、七九ページ。

(27) 竹盛天雄「『渋江抽斎』の構造―自然と造形―」『文学』（一九七五・二月号）。

(28) 平凡社、一九九二。

(29) 注(10)に同じ、一二一ページ。この結末部分で篠田は『渋江抽斎』を徹底した前衛文学として扱ってる以上、彼の最終的な立場は高橋や長谷川などと同様、そこまでで考慮してきた形式をすてている。これをとらずに文学としてみて正当化するという手順をそっくり踏んでいるのだ。

(30) 「『渋江抽斎』のジャンルについて」では、描写の絵画性などについてJ・オリガス「物と眼」『国文学研究』30（一九六四（昭和三十九）・十月）と通じる面もある。だが以下の引用部分を読むと、史伝と主観の存在のかかわりに関しては、両者の意見は必ずしも一つではないことが分かる。

「……フロベールは、「ボヴァリ夫人」の後、さらに客観的な、冷静なものが書きたくなって、「サランボー」の執筆

に入る。ステイフタルはDer Nachsommerを書き終ると、Witikoと云う歴史小説とも史伝ともつかない、尨大な本を書く。歴史そのものが書きたかったのであった。主観の入らない、退屈なとよく云われた非常に洗練された文章に達した。鷗外の史伝を思い出さずにはいられない。そこに、乃木大将の死とか「西洋から東洋へ」とかと云った思想的な理由ばかりでなく、芸術家の運命と云ったような必然に近い、造型の変化と云う理由も潜んでいるのであろうか。」、「物と眼」、引用は日本文学研究資料叢書『森鷗外II』(有精堂、一九七九、四三ページ)。また、荷風への共感は「物と眼」でも同様に挙げられていたが、「……ジャンルについて」では、確認として用いられるだけである。

(31) 山﨑國紀編「対談 森鷗外を考える」『森鷗外を学ぶ人のために』(世界思想社、一九九四、五四〜五五ページ)。

第二章　本書の目的と構成

1　本書の目的と構成

本書は、「いわゆる鷗外史伝」と通称されている一連のテキストを、ジャンル・様式という面に重点を置き、どんな性格のテキストであるか考察するのを基本方針とする。

前章で、「いわゆる鷗外史伝」の周辺を見てきた。学問的には、「いわゆる鷗外史伝」とは、鷗外が乃木将軍の明治天皇への殉死（一九一二）に大きな影響を受け、大正時代の幕開けと同時に開始した、〝彼独自のジャンル〟と考えられてきた。また、小説としてのまとまりを意図的に忌避したところに、大きな特徴が見られる、というのも代表的な意見であろう。

こうした説明は、ジャンル論として考察されるべきはずの一連の作品群の特徴全体を、作家性の問題に還元して理由づけているため、ジャンルについての実質的な説明にはなっていない。また「いわゆる鷗外史伝」の作品論も、印象批評的な説明のために、やはり作家賞賛に帰結してしまいがちである。「いわゆる鷗外史伝」論であるにもかかわらず、これをジャンル論と意識して基礎的な説明を行うケースが、同じように少ない。

こうした研究の多くは、作家の閲歴と作品動向を一致させがちな傾向をもつため、乃木殉死の影響を色濃く受け

た作品『興津弥五右衛門の遺書』の初稿（一九一二）と改稿（一九一三）が、「史伝」形成にとって決定的な出来事だとしている。ただし一作品を論じ、作家性を経由してジャンル論に属する問題を説明しても、あまり意味がない。だが、影響力のある作家や評論家の「いわゆる鷗外史伝」論（石川淳、柄谷行人など）があまりにも広く流布し、研究者までが安易にこの着想の定説化に力を貸してしまった。この傾向が、現在の閉鎖性の一因となっているのではないか、と考えられるのである。

本書では以上のような先行研究の問題性を克服するため、まずこれらの問題点を詳細に検討し、次にジャンル性を強く意識して論究を進める。

第I部「史伝・その理論としての美学と美術史」では、現在「いわゆる鷗外史伝」と称されるテキストの、執筆理念構成の時期を絞り込む。まず彼の美術史構築の特性（第一章）、そして美学研究のうち、歴史哲学と関与する部分（第二章）を扱った。次にこうした彼の美術史の体系化と美学の相関を論じ、さらにそれらと「いわゆる鷗外史伝」テキストが深い関係にあると考察（第三章）した。以上の鷗外美学・美術史・通称「いわゆる鷗外史伝」と、同時代の美学・美術史・画人伝との相異と類似（第五・第六章）を扱って、第I部を総合した。論の対象は未完の『日本芸術史資料』、翻訳『審美綱領』、『美学』講義ノート、「我をして九州の富人たらしめば」などである。

第II部「史伝・同時代と歴史記述」では、「史伝」という名の多くのテキスト群を、鷗外のものと、鷗外以外のものとに分け、それぞれを考察することとする。第I部での結論に則り、まず明治三十一年から「いわゆる鷗外史伝」が開始されたという見地から、この頃の『西周伝』『明治三十一年日記』の構成特徴をあたった（第一章）。次に雑誌項目名として明治二十年代末から三十年代に隆盛した「史伝」欄とその周辺について調査し（第二章）、再び鷗外の場

合の「史伝」なるテキスト群の独自性に戻るため、彼の「史伝」の未完性について、二通りの見解（第三・第四章）を示した。他に、考証と回想による過去の出来事への遡及を、鷗外の場合の「史伝」の特性と見て言及（第五章）した。最後に同時代に「史伝」なるものがいかに氾濫していたか、どのようなものが「史伝」と称されるカテゴリーに入っていたのか、なぜそれらが氾濫したのか、そうしたことを、ごく簡単にまとめてみた（第六章）。

第II部では一般的な「史伝」・鷗外の場合の「史伝」の、文化史的な要素を中心に論述する。

鷗外はまとまった創作作品よりも、ディレッタントとして、断片的でジャンルの特定しにくいテキストを雑誌や新聞に載せることの多い人物であった。本書は「史伝」というカテゴリーを考察するのを最も大きな目的とするが、このテキストを考察する際には、現行のジャンル論の直接の応用だけではなく、同時代の雑誌項目などの共時的なカテゴリーを攻究する。

他に、「史伝」というジャンルが鷗外独自のものではなく、広範囲で行われた点について多種類の資料を用いて考える。「史伝」という語義自体の問題も取り上げる。

ここでは偉人伝、流行作家の作品、随筆、画人伝、雑録、その他様々なテキストを用いて論を展開する。

これらの後に、全体の総括を置く（総論）。

2　ジャンルと様式

なぜ、ジャンル考察に際し、「同時代の雑誌項目などのカテゴリー」という共時的な枠を利用するのか。

最大の理由は、通事的なジャンル概念は、実際のテキストの分類に際して、有効な場合が限られているからであ

る。

日本文学のジャンルに、原理性が乏しい等のことを言いたいのではない。そうではなく、それぞれの時期に、それぞれの立場でテキストを分類した人間（編集者、作家、読者）の変化、また彼らのその時々の意識の変遷に、重点を置いて考えたいという意味である。

例えば、明治の新聞や雑誌には、「文学」「小説」という欄が、同時に掲載されているケースをしばしば見受ける。この時、両者の相異は学問性や叙述形式より、通俗性のあるなしにかかっていると推測される場合もあるが、こうしたジャンル分類の決定要素は、各時期の現物に数多くあたらないと確定できないし、いつ頃まで有効なジャンル決定の要因であったのかも、不明瞭である。また、同じ雑誌であっても、編集者が交代すれば項目の分け方も変わる。

さらに、項目が違えば、異なるジャンルとも言い切れない。「雑録」「随筆」「歴史」などの各欄については、内容は相互互換的な場合すらある。これらテキストに冠されている名称、そしてジャンルのあり方は、暫定的なものであるかもしれないのだ。

つまり、明治期の日本文学という対象に限定して言っても、ジャンル弁別は通時的には行いがたいので、共時的に行われる必要がある。「文学」の欄なら「文学」の欄だけ通時的に追っていても、収穫内容は限られているであろう。

また、フーコーはできるかぎり援用しない方針で考察をすすめたい。

近年の文学研究動向のひとつとして、フーコーを大きな枠組として援用する傾向がある。異質なものを排除する分類体系を創作し、純粋性を志向する近代的な制度の設定、という枠組の援用だ。かりにこの発想に乗るならば、

「文学」欄の掲載対象を至上の対象として練り上げてゆくために、「小説」や「雑録」は排除されてゆくという構図が出来上がるだろう。

だが、具体的なテキスト群は、そう一筋縄でゆくものではない。ほんの一例だが、「雑録」の系譜に連なるものとして、私小説・随筆など、日本文学のメイン・ストリームにある対象を想定することもできる。共時的なジャンル編成意識の追求といっても、安易な枠作りを行ってここに依拠するのは危険であろう。「史伝」という不明瞭なジャンルを考察するならば、雑多な諸ジャンルをくぐりぬけなければならない。文学研究の範疇で、ジャンル論を行おうとする場合、形而上的な知識は道具立てのひとつ位に数えるべきであろう。

とはいえ、ジャンルという抽象的な概念考察のためには、具体的な共時的解釈の次の段階に、形而上的な姿勢が必要とされる。ジャンルという概念には、類概念が多い。もっとも近いのが様式であり、他に手法・趣味・美的範疇なども挙げることができる。

美学者たちの概念提示は重要である。ただしここでも、具体的な事例がどうあるのかは、常に意識してかからなければならない。

例えば、ジャンルと様式は重なる場合があるが、ジャンルは概念より客観性をもつコードを持っている。こうした分類を踏まえておくことは大切だ。ところが、「雑録」「史談」「史論」などに確認されるように、雑誌や新聞にジャンルとして分類されているテキストが、実は互換可能な場合がある。こうした、不安定な現実は無視できない。どうやら、明治の同時代ジャンル概念であっても、暫定的な対象として考察してゆく慎重さが必要なようである。

「雑録」「史論」などのようなカテゴリーの場合、一般的なジャンルとして不明瞭であっても、ジャンルに類する

概念としてならば、統括さるべきではなかろうか。この可能性は、対象の性格を理解するのに力を貸してくれるだろう。

例えば様式。時代様式（バロック・ロココなど）というものが存在する以上、明治三十年代様式の「雑録」という考え方を、採用できるのかもしれない。

以上の問題意識を持ちつつ、本書は「いわゆる鷗外史伝」なるテキストの解釈に入る。

第Ⅰ部　史伝・その理論としての美学と美術史

第一章　『日本芸術史資料』

本章では、まず明治後期から大正末期にかけ、文学者が現実に出版した一つの日本美術史について述べる。次に、もうひとりの文学者による、「刊行されなかった日本美術史」について、触れてみよう。両書とも、近世を中心とした大著である。

1　藤岡作太郎『近世絵画史』

ひとつめは、明治三十六年の初版発行以来、大正十五年まで実に十五回も版を重ねたという藤岡作太郎の『近世絵画史』である。奥付によると、「発行兼印刷者」「発売所」は「東京市神田区美土代町三丁目一番地　金港堂書籍株式会社」。背表紙には「近世絵画史　文学博士藤岡作太郎著」とある。

まず中表紙、「改版について」のページを繰ると「凡例」が登場する。

近来発行の著述、汗牛充棟も啻ならずといへども、芸術の方面より国民思想の開展、社会文化の発達を説きたるものは、極めて稀なり。蓋し芸術にたづさはるものは文筆に疎く、文筆にたづさはるものは、また芸術に

暗ければなり。余もとより絵画の批評については深く得るところあるなし、されど生来好むところとて、古今の画蹟を観、従うてそが変遷の歴史を知らんとして、これを学ぶべき典籍の乏しきに苦みたること幾回なるかを知らず…（中略）…

一絵画の歴史を究むるには、二個の方面より見ざるべからず。一は作品の考察によりてし、一は伝記の探求によりてす。彼は主にして、此は従、絵画史の本領は、作品に表はれたる思想と手法との変遷を学ぶにありて、しかもこれを学ぶには、画家の伝記もまた度外に置くべからず（1）（傍線目野）。

一九九〇年代にあっても、藤岡のこの本は、いまだに近世美術史を専攻する人々の必読書という。「伝記の探求」を「作品の考察」の下位に置いているにしては、同書は、考証伝記をあまた集めたとも受け取れる構成となっている。そのあたりは、歴史記述についての当時の時代的制約、と見なすべきであろう。

「改版について」では、第十版でやや字句が直されたとの記述があるが、これは第十五版にも記載されている。試みに、第十五版の奥付で列挙されている改版の年次をそのまま挙げよう。この奥付の数字には、やや誇張が含まれている可能性もあるが。

明治三十六年六月二十日発行
明治三十七年四月十五日再版発行
明治三十八年九月十日三版発行
明治三十九年九月十二日四版発行
明治四十四年九月十五日八版発行
大正二年四月二十日九版発行
大正三年十月一日十版発行
大正十年六月五日十三版発行

明治四十年九月二十日五版発行　　　大正十二年五月一日十四版発行
明治四十二年八月廿二日六版発行　　大正十五年十月二十日十五版発行
明治四十三年九月一日七版発行

多少の誇張はあるかもしれないが、それでも長い間、人々の手にとられていたと思しき数字が並んでいる。
この時間の経過時期は、次の二人目の文学者が、未完・未発行の日本（近世）美術史を書き連ねていた時間と、ほぼ重なると推測される。
双方とも近世中心なのだが、同時期の彼らの美術史を比較するため、まず『近世絵画史』の古代の美術記述箇所を見て後、浮世絵に対する見解部分を確認してみよう。

太古の歴史はばくとして詳細の事を知るべからず。絵画については因斯羅我、辰貴等の画師の古書に見え、人畜の絵模様の陶棺、銅鐸等に存するなどによりて、わずかに一端を窺ふべきのみ。仏教の渡来と共に、文物俄かに興り、殊に工芸、美術は長足の進歩をなせり。されど平安朝以前の美術の見るべきは、彫刻にありて、絵画はこれに比すれば、微々として振はざりしなり。…（中略）…

……下流の人は理想も低く、文字も解せざれば、これらの幽遠高雅なる絵画に感興の到るべくもあらず。才識あつて始めて判つべき専門的技巧、歴史的典型の如きは、捨てて顧みず、ひたすらに斬新華麗なる時勢粧を喜ぶ。こゝにおいて狩野、土佐等のほかに、遊女、俳優などの艶容媚態を画きて、下流社会の歓心を求むる画工の出づるあり、浮世絵師これなり。高きものは愈ゝ昇りて、俚俗の眼に入り難く、低きものは愈ゝ降りて、

士人の弾指を受く。江戸時代を通じて、画界の潮流はかくの如く二条の途を取つて、別々に流れしなり。(2)

まず、古代には絵画があるのかないのか「詳細の事を知るべからず」。あるいは、古代の絵画は「振は」ないだけなのかもしれない。古代美術史は同書の主題の中心ではない上、記述に正確を期することができない内容であるため、こうした記載はやむを得ない。

本文の構成は、「発端　古代略記」「第一期　狩野全盛」「第二期　横流下行」「第三期　旧風革新」「第四期　諸派角遂」「第五期　内外融化」に分かれ、「内外融化」の最終章の第五章は「現代の盛運」と名付けられている。この構成上からのみ言えば、美術における過去の歴史は、現在の発展・繁栄の準備段階と考えられている模様である。とはいえ過去をどう位置づけて記述するか、どこから記述するか、特に、いつから「日本」の「美術史」が開始されると見なすかは、多分に政治的判断を要する問題である。執筆者が、いかなる史観を採用するかに依拠されようが、美術史で近世中心というのは、資料重視の姿勢によるのではないだろうか。かりに古代からの「日本」の独自性を主張する場合や、現代社会のようにプリミティブ・アートの概念を重視する場合など、確実に「日本」の「美術」品であるかどうかは不明瞭な、器物の類なども総合して「美術」と認定しなければならないこととなる。

現代に至る「日本美術史」構築に、直接つながりにくい古代を含めないこと。これが、この美術史を合理的で首尾一貫し、巷間に流布した歴史叙述にした理由のひとつかもしれない。

2　『日本芸術史資料』

それではもう一人の文学者の、出版されなかった美術史に話を移そう。長くなるが、その趣旨は重要なので彼の全集の後書を引用しつつ考察を加えてみたい。彼の息子と、全集編纂者の沢柳大五郎氏が綴った部分、第二次個人全集の検討である。

まず、執筆形態を見てみよう。その美術史は時系列に沿った編纂をされていたのではなく、各項目ごとにカードが作られ、束ねられていたのであった。未完の一連の原稿なのではなく、事項が各々で述べられた断片なのだ、と以下の記述で分かる。

……カアド式に一項目一枚に記され、一枚一、二行のものもあれば一項目二、三枚にわたるものもある。そして各紙の右端に「建、宮」「建、テクトニツク」等とその項目の属すべき綱名、類名が略記してある。恐らく長年にわたり、読むに従つて抄記し、後に分類整理せられる心算であつたのであらう。引用書目に見られる通り、六国史等の古資料もあるが多くは近世以降の随筆雑書の類からの抄録である。

次の部分に、彼の名と収録方針が現れる。

於菟博士の「鷗外遺文」（単行本『森鷗外』所収）に「又別に大部の『日本芸術史』と題した草稿があるがこれは綴

つてなかつた為に大分前後不揃ひになつてゐる。絵画を主としてあらゆる芸術部門にわたり、且つ年代別に整理したので、これも多くの書籍から抜き集めたのであるが自ら『日本芸術史』と題した所を見れば、いつかこれを編纂して一書となすつもりであつたやうに思はれる。」とある。現状では純然たる抄録のままであり、鷗外先生の編纂方針を知る由もないので「資料」の二字を附して権に「日本芸術史資料」として置いた。もとより厳密な意味の著作ではないが、これだけの分量になれば編纂物として十分価値があり、読者を益するところも多いと思はれたので今回新たに収録することになつた。

鷗外が「多くの書籍から抜き集めた」執筆方法を採用するのは、この特異な未完原稿に始まった話ではない。彼の随筆や簡単な論文、「いわゆる鷗外史伝」・短編小説などで、考証的部分が登場する時は、彼の文章は、しばしば引用の集積となっている。この傾向は、とくに「いわゆる鷗外史伝」において顕著になる。たとえ「厳密な意味の著作」ではなくとも、この場合は、彼独自の執筆スタイルの範疇に入ると考えてよいであろう。

「権（かり）に「日本芸術史資料」として」おくという方針は、これがなければ収拾のつかないカードの山に対して有効な対処策ではある。ただし、もともと「纏まり」をつける気が、本当に作者にあったのかどうかは、明言しにくい。「いわゆる鷗外史伝」には、それなりの構成はあるのだが、物語としての一貫したまとまりは、備えていない場合が多いのである。

次は編纂の方針である。

排印に際してはもとよりなるべく現状のままに従つたが、間〃配列を変更したところもある。まづ、時代、大綱目（建築、彫刻、工芸、絵画等。原文には単に「建」「彫」「工」「画」等と記されてゐる）、小見出し（類名、即ち工人、家、墓等）に類別し、一項目毎に行頭に○印を附したが、小見出しは余りに細分すると却つて煩しいので類により又項数の多寡によつて便宜一括した。見出し語中〔　〕を附したものは原本にはないのを便宜補つたものである。配列を変更したのは、書家等の所属流派の稍不適当と思はれるもの、某年代に入れるより次の年代に入れる方が適当と思はれるもの、また原本の余白に「墓」とあるも内容は「陵」に属するものを其処に移したり、「工（芸）」の部にあつたものを「風（俗）」に移す（或はその逆）等ですべて内容上よりその方が適当と思はれたものに限る。前にも記した如く本稿は謂はばカアド式の書抜の集積であつて、未だ製本されてゐないままに遺されてゐたので鷗外先生の最終的配列の意図を知り得ないのである。この種の分類は人によつて如何やうにも為し得ようが、今はこの稿本の現状が大体整理せられた状態にあり、大きな錯簡は無いものと認めて、なるべく現状を尊重すべく努めた（「後記」『鷗外全集』第三十七巻、五八三～五八四ページ）。

収録された『日本芸術史資料』は、確かにおおまかにまとめられはした。それでも、インデックスとしての機能を保つため、「行頭に○印を附」す配慮がなされ、内容からやや項目を移動させるなど、もとの秩序を壊さない程度の、整合的な体系化が行われている。やや第三者の手が入った点の、翻刻者による「凡例」の言明である。

ここでわざわざ断りを入れているのであるから、やはり「日本」の「芸術史」として、先の藤岡では考えられない面白い分類例を見いだすことができる。例えば、時事風俗に分類されるべき事項が、「史家ノ前業」[3]の一環として、他の美術ジャンル群と全く同じカードで分類されるのである。

こうした美術ジャンル上の「等しさ」は、分類に混乱をもたらすこともある。さまざまな分類項目が、風俗的な事象も絵画も何もかも、「芸術史」の対象として同一線上に横並びし、ごく簡素に、鷗外独自の視点で分類される。ただ、ある程度までは一般的な基準による序列化・階層化がなされないと、同書をひもとく読者たちにとっては、厄介な混乱状態が呈されてしまうこととなる。日本の美術史を、頭の中で体系化して理解するために最低限必要な序列化も難しくなるのだ。本書は未完でもあり、結果として、分類の混乱をもたらし、そのために全集編纂者たちの手が若干もとめられたのであろう。

活字化の際に、ことに「風俗」の項の曖昧さを編集し直さざるを得ない、と吐露された後書からも、この過剰な均質さの弊害は察せられる。

鷗外の、やや均質すぎる近世美術史を、藤岡の合理的歴史叙述である近世美術史と比較してみよう。同時代人の両者とも、文学と美術を交差させる領域に立とうとしているのは了解できる。ただし全く異なる史観に基づく歴史記述が行われた結果、特に構成上に大きな違いが現れている。藤岡の統合的・合理的な史観に対し、鷗外の見地は純粋に考証学的である。

前者は、「文学」と想定されるものと「美術」と想定されるもののクロスを、適宜序列化しつつ扱う――古代美術史のような不確定な対象は扱わず、近世中心に、発展史観的に変遷を叙述する――。これに対し後者は、引用の集積を、「芸術史」に引き寄せようとしている。

後者のこの立場が、『近世絵画史』とどれほど対照的かは、古代史の記述を比較対照すると明瞭になる。以下は、『日本芸術史資料』の「史徴前期」の最初部分である。(4)

建築

工人

○上古の部曲に木工、石作、園人ありき。（陽春廬雑考巻三）
○八雲御抄に番匠ひだゝくみ、鍛匠かなたくみと云へり。かねに対してひだと云ふ。木材の義ならん。（五松舘遺稿、一話一言巻十二）
○古飛弾ノ国に大工多し。飛弾内匠といふ。（本朝世事談綺巻五）

家・宮・宅・城・仮

○家、伊閉（和名抄）は居処の総称なり。伊は寝、閉は戸なるべし。谷川士清の和訓栞に孝徳紀を引きて、五家相保より出づといふは非ならん。屋、夜は素と屋根の義なれば、屋根ある住処なるべし。やど、やか、やけは家所より転ぜしならん。宮、美也は御家なり。殿、止乃又美安良加は宮内の御座所なり。美安良加、美安利加は在所の義なり。（家屋雑考）

藤岡の『近世絵画史』に見られたような古代の黙殺が、ここには見られない。「カアド式の書抜の集積」は、藤岡の場合のように、読者の頭にすっきりした序列にもとづく美術史を描いてくれない。しかし、序列化によって捨象

されてしまう古代史の現象にも、確実に光をあてることになる。歴史叙述から生じる物語性を回避しつつ、読者は古代の資料の確実な部分に、ふれることになる。

歴史とは、しばしば言われるように、現在生きているわれわれに直接かかわる時にのみ、再生されて存在するものである。資料の断片のみの古代史でも、その都度それぞれの断片が再生されれば、読者は、十分歴史のうちを生きることとなるのではないだろうか。

また、この鷗外的な歴史記述の特徴は、同時に、ただ傍観者的に歴史資料を収集し続けるばかりの、非文学者的な鷗外の性質のひとつの現れでもある。この傍観者的な資料収集のあり方は、実証主義の問題点ともなりうる。鷗外の歴史小説や、「いわゆる鷗外史伝」などに限らず、彼の生涯のさまざまな場面で見られる特徴である。

このように、テキストに最終的な統一をもたらす史観・物語性（ないしイデオロギー性）を用いないなら、引用の集積は、引用の集積として終わらざるを得ず、歴史構築の試みとしては途中で挫折せざるを得ない。先にも述べたが、『日本芸術史資料』に編集者たちの期待していたような、作者鷗外による「最終的配列の意図」などというものがあったかどうか、知ることなどできないのだ。

未完結の歴史記述というこの問題は、しばしば論ぜられる彼の現代・歴史小説、随筆、「いわゆる鷗外史伝」の特徴と論じられてきた。しかし「日本芸術史資料」は、歴史が文芸に向かう際の微妙さとは無関係に、「断片的な考証による歴史記述の未完」という問題を喚起する。

この問題を考察するに際し、重要なのは、明治三十一年に執筆、翌年刊行された『審美綱領』であろう。同書中に、すでに「いわゆる鷗外史伝」の基幹である、史料と構成との、偶然を含む芸術面での相関が述べられているのである。[5] また前年に脱稿し、同年刊行された『西周伝』（西家蔵版非売品）は、鷗外の歴史記述執筆スタイルの変遷史

上、重要視すべき作品と考えられるのに、なぜかあまり目を向けられない。

3　日記と考証的記述

『日本芸術史資料』に引かれる基本文献の大半は、『審美綱領』と同年に執筆された「明治三十一年日記」中に、購入された記録が見られる。この日記中の本件に関する代表的な記録は、以下の通りである。原本の日記の浄書時に削除された資料の存在も推定されるが、以下に見る通り、これだけでもある程度以上大部の日本美術史構築を目して購入したとの推定が、十分可能である。


(三月)三日(木)。慶長以来諸家著述目録、折焚柴記、羽倉考、武江年表嘉永以後之部、文恭公実録、卜斎記を購ふ。

(三月)九日(水)。小池学校に来る。武江年表を買ふ。

(三月)十二日(土)。徳川十五代史、万国大年表を買ふ。西、久米、岩村、大村来り訪ふ。

(三月)二十五日(金)。陽春廬雑考を買ふ。

(四月)二日(土)。浮世絵編年史、二老略伝、足利持氏滅亡記、史籍年表を買ふ。

(四月)四日(月)。下谷の書画肆来りて浮世絵十数幅を示す。看るに足るもの少し。鳥居清信の漆画あり。愛玩すべし。

(四月)八日(金)。扶桑画人伝、日光山誌、合津陣物語、老人雑話を買ふ。小池と軍医学校に語る。小池の衛生

団を置くこと澳太利の如くならんことを欲するを聞く。

（四月）十三日（水）。源平盛衰記図会、義経記を買ふ。原田の女久子富子来る。海棠開く。

（四月）二十六日（火）。一話一言、江戸名園記、史籍集覧総目解題を買ふ。

（五月）十二日（木）。武徳編年集成を買ふ。小池軍医学校を訪ひて以為へらく。桂太郎氏石坂中泉等の辞表を上るを待ちて衛生部を刷新するに意ありと。

（五月）二十七日（金）。桃洞遺筆、蒔絵大全、調度図会、市井雑談集、理斎随筆、猿著聞集、閑際筆記、かさねのいろめ、日本人物史を購ふ。篤次郎来る。

（五月）二十八日（土）。公衆医事を校正す。光琳百図を購ふ。

（六月）十日（金）。甲斐名勝志、鹿嶋名所図絵、仏像図彙、墨蹟祖師伝、名人忌辰録、浮世絵展覧会目録諸寺塔供養記、松隣夜話、安西軍策、一柳家記及渡辺勘兵衛記合本、備前老人物語、松蔭の日記、新抄格勅符抄、白河結城氏歴世事実、曽我物語、逸伝六種、正続近世先哲叢談、燕石雑誌を購ふ。

（七月）十三日（水）。大村来りて余を工巧会長に推す。寺山啓介来りて時事新報の事を議す。小池菊池来りて川上操六中村雄次郎二氏の語を伝ふ。梧園画話、尾形流印譜、名印部類国風画部、装束図式、近世名家書画談、諸家人物誌、神明鏡、勝地吐懐編、菅笠日記、冨士一覧記、杉田日記、相馬日記、四戦紀聞を買ふ。

（七月）二十二日（金）。江家次第、古史徴、近世叢語、御江戸図説集覧を購ふ。百日紅開く。

（八月）二十二日（月）。大村来る。江戸切絵図を買ふ。夜神保来る。雷雨あり。

（八月）二十四日（水）。訓蒙図彙大成、唐土訓蒙図彙、釈親考、百家畸行伝、江戸繁盛記、羇旅漫録を買ふ。

（九月）一日（木）。朝軍医学校に在る時驟雨す。即興詩人を訳す。午後美術史料を捜索す。久保田来訪す。風雨

中なり。
（九月）三日（土）。風雨。牧山と軍医学校科目の事を談ず。即興詩人を訳し、美術史料を蒐む。
（十月）三日（月）。近衛師団軍医部長の辞令を受く。大日本史及野史を買ふ。
（十一月）二十八日。暇耕録、都風俗化粧伝、印判秘訣抄、小品考、新安手簡、温知叢書巻十二を買ふ。

「武江年表」「史籍年表」など、後の「いわゆる鷗外史伝」の材料ともなる資料は、「浮世絵編年史」「扶桑画人伝」「蒔絵大全」「名印部類国風画部」などとともに、美術史を含む一般的な史料として購われている。「尾形流印譜」など、言うまでもなく光琳派の書画の鑑定の際に参照する資料であり、「浮世絵展覧会目録」も購入。美術関連資料への興味をうかがわせる。

当然、これらの編纂による資料は、膨大なものになることが予想される。それは「無罫の和半紙を二つ折としたもの五千三百二十二枚。未だ綴ぢずに遺されてゐたのを令嗣於菟博士が紙挟みに仮に綴ぢて巻数を附せられたもの四十三巻に及んでゐる。そのうち第十一巻と第三十六巻は欠けてゐるから本来はもう少し多かったのであらう」（先の全集後記引用に同じ）という『日本芸術史資料』と、対応しているのではないだろうか。

また、さきの日記中、捜索されるのは「美術資料」ではなく「美術史料」であった。更に「芸術史」では新聞・雑誌記事や風説、友人の言葉など裏の取れない資料が、これらと同列に扱われる。以下は『日本芸術史資料』からであり、〔 〕内は『鷗外全集』第三十七巻該当箇所のページ数を表す。

○上古の土器に埴部及祝部あり。埴部は純土質にして鬆疎、鈍厚、釉薬なし。赤色多く間ゝ灰色又黒色なり。

筒、壷、偶人あり。外に縄文、編代、糸目、筵目あり。内は或は平に、或は渦文、波文あり。後者は木に打ちたるために、木理を印せるなり。俗に朝鮮土器と称す。（坪井正五郎話）〔一〇二〕
○江戸城は扇谷（今の川越）と鎌倉との連絡をなしゝものなり。三十六門ありき。太田道潅の静勝軒は今の宮城の櫓の処なり。江戸城の事を記する書中最詳確なるは、初め京都相国寺の僧にして、後道潅の客たりし漆涌万里軒の記なり。（国民新聞二四五一号勝義邦話）〔一〇九五～九六〕
○三世豊国の作、二枚折の屏風に後向の遊女と芸妓とを画けるあり。衣服の模様に地獄極楽を描く。太だ細緻なり。豊国が讃岐の松平侯の愛顧を被りし時の作にして、今伯頼聡の蔵する所たり。（読売新聞）〔四七六〕
○三世豊国は技量二世に亜ぐ。然れども画論に長じて、門人皆其風あり。（読売新聞）〔四七六〕
○歌川派の錦絵にして見る可きもの、今一の国周あるのみ。門人周延稍ゝ聞えあれども、具眼者は慊焉たり。（風説）〔五五二〕
○阿仏尼藤原氏の墓は播磨ノ国揖保郡（元揖東郡）越部庄市ノ保村の庵址にあり。俗に越部禅尼墓といふ。（文倶楽部）〔五五九〕
○明恵碑　紀伊国有田郡石垣村大字歓喜寺にあり。（文芸倶楽部）〔五六二〕

これらの項の前後・近辺に、例えば『増補浮世絵類考』『藩翰譜』『扶桑画人伝』『池底叢書要目』などが参照されるのだ。『読売新聞』はこの他にも、何度も引用されている。

『読売新聞』といえば、明治三十年代、文学・芸術に大きく貢献した新聞であった。現代のように、美しい美術雑誌が夥しく出回っている時代ではない。『読売新聞』が文学や美術史に興味をよせる人々にとり、大切な読物のひと

つであったことは、想像にかたくない。また、「いわゆる鷗外史伝」的な考証、随筆・関係者からの資料の提供・伝記・美術品鑑賞などを雑多に混在させた執筆の様式は、この後、明治三十二年以降の『小倉日記』中にも、その片鱗を見せている。

鷗外は、文学と美術に雑多に関与する新聞や雑誌を、さらに雑多なスタイルで芸術史に関与させたのである。この「趣味の多き」方法は、資料収集にとどまらず、東京美術学校での当時の彼の講義と解釈方法にも通じているようだ。吉田千鶴子氏は、フォン・ハルトマン美学の粗述である『審美綱領』と彼の美学講義との内容の重複に触れて、「生徒にわかり易いように絵画、彫刻等はもちろん、茶の湯、数寄屋好みや利休好み、団十郎や権十郎、近松文学や東海道中膝栗毛、ゾラや小杉天外、泉鏡花あるいは自分の小説等々を例にとり、時には医学(解剖学)的知見なども加えて、丁寧に説いている[6]」と説く。

また氏は引き続いて、「折りにふれて自らの美術、文学上の意見、あるいは時には為政者に対する批判的意見なども吐露している。『審美綱領』と異なり、講義の方はわかり易く、しかも鷗外自身の考え方も知ることができ、生徒にも評判が良かったものと推測される」と述べている。こうしたところから、彼の美術史・文学史への意識の一部を、うかがうことができる。

4　奇妙な告白

以上の考察は、鷗外・森林太郎についての考察である。美学講義者・美術史資料蒐集家としての森林太郎の生活を、作家鷗外に関係させるのには、慎重でなければならない。ここでは、森林太郎としての生活感情の幾分かが、

哲学者を主人公とする小説に反映している可能性について、簡単に確認してこの章のまとめとしたい。

かりに、彼の日記についての「正直な本音はかへつて……創作小説の中に誰憚ることなく吐露されてゐたのかもしれない[7]」との指摘を肯定的に踏まえれば、このやや素朴すぎるかに見える反映論は、首肯されるのかもしれない。例えば後年の、『ヰタ・セクスアリス』(明治四十二(一九〇九)年)の冒頭部分を連想すれば、吉田氏の推察した鷗外がここに生きているようだ、と表現できるように。

金井湛君は哲学が職業である。…(中略)…講座は哲学史を受け持つてゐて、近世哲学史の講義をしてゐる。学生の評判では、本を沢山書いてゐる先生方の講義よりは、金井先生の講義の方が面白いといふことである。講義は直観的で、或物の上に強い光線を投げることがある。…(中略)…殊に縁の遠い物、何の関係もないやうな物を籍りて来て或物を説明して、聴く人がはつと思つて会得するといふやうな事が多い。Schopenhauer は新聞の雑報のやうな世間話を材料帳に留めて置いて、自己の哲学の材料にしたさうだが、金井君は何をでも哲学史の材料にする。真面目な講義の中で、その頃青年の読んでゐる小説なんぞを引いて説明するので、学生がびつくりすることがある。

しかし、やはり作者の言葉から、鷗外の美学講義の学生による評価を解釈するのは飛躍であろう。高村光太郎は「美術学校時代」(一九四二年)という随筆の中で、鷗外の美学講義を回想しているが、『ヰタ』で描かれている和やかな光景は認められない。

鷗外先生といふ人は講義をする時でも何時でも、始終笑顔一つしないでむづかしい顔をしてゐたので、鷗外先生といふと無闇に威張つて怖い顔をしてゐる先生と思つてゐた。年中軍服でサーベルを着け凡そ二年間美学の講義をせられたが、学年の終りに生徒に向ひ、今日まで教へたことについて分らない所があつたら何んでもよいから質問をするやうにといふことであつた。

みんなはそれぞれと質問をし、疑問の点を尋ねた。その時に生徒の一人が、先生仮象といふのは何ですかと言ひ出した。さうすると鷗外先生はひどく怒つてしまひ、仮象といふことが分らないやうでは一体今迄何をしてをつたのか、それが分らないやうではこの一年間の講義は何にも分つてゐないのだらう、と先生をすつかり怒らせてしまつた。その質問をした学生はもう落第かと思つて隅の方に小さくなつてゐる。学生も何んにも言はず黙りこくつてゐた。鷗外先生はプンプン怒り、そんな無責任な聴き方があるかと怒鳴りながら、それでお仕舞ひになつたことがある。(8)

大塚美保の指摘するように、(9)しばしば鷗外の作品研究は鷗外の個人史にひきつけるかたちで行われてきた。しかしそれも行き過ぎると、解釈に混乱をきたすこととなる。美術学校では「近松文学や東海道中膝栗毛、ゾラや小杉天外、泉鏡花あるいは自分の小説等」が、講義に引用されたのであろうが、生徒達にとって鷗外の授業はすんなり受け入れられたわけではなかったのだ。

鷗外は、美術と文学のバランスよく交差する美学講義は行っていなかったであろう。そもそも、同時期の彼の美学理解は後述のように折衷的なものであったし、美術史は前述のように、読者の頭にすっきりした序列にもとづく美術史を描いてくれるような状態には至っていなかった。美術史料の断片の収集が、主であったはずである。

美学や美術史より、むしろ、この「断片的な史料の収集」の方が鷗外、そして彼の作中人物にとり重要だったのではないかと思われる節なら、多々ある。

小説の登場人物と鷗外は共通して、特定の事項を考察する講義より、資料の集積を「史」として講義するのを好んでいるようである。Schopenhauer は「哲学」の材料に雑報を用いたかもしれないが、金井は「哲学史」の材料に雑報を用いる。小説中で行われる講義は、あくまで「近世哲学」ではなく、「近世哲学史」なのだ。

ところで『ヰタ』とは、VITA SEXUALIS という途絶した編年体の記録を籠めた、額縁小説だということを忘れてはならない。VITA SEXUALIS は『ヰタ』という額縁がつけられたので、作品として成立しているのである。この額縁が、「断片を拾い集めて壇上に立つ教師」の物語という形を取るのは、どこまで偶然であろうか。

明治三十一年以降、鷗外が物語らしい物語を描こうとすると、『青年』や『灰燼』等のように、傍観者が途絶した物語を抱え込むスタイルになっている。もしこの額縁を外して執筆がなされれば、すぐにでも日記、あるいは「いわゆる鷗外史伝」の様式が、連続して形成されるのではなかろうか。

彼の営々つけ続けた日記は、自伝・「いわゆる鷗外史伝」的作品とも表現できる様式を採用している。前述の明治三十一年日記なども、現在の通念で「いわゆる鷗外史伝」と考えられているテキスト群の特徴の、かなりの部分を備えたものだ。

ところで、この方法を好む以上、金井湛は哲学を職業としているとはいっても、自分で哲学的探求を行うことを好む人間ではないことになる。哲学者というよりもむしろ、哲学史家なのであろう。しかも彼にとっての歴史編纂とは物語の再構成ではなく、先史の編集であった。もし作中人物金井が、こうした史料編纂、いわゆる「阿呆の回廊」としての哲学史考察を、本質的な哲学的考察と見なしていたとするなら、その本質観は、官僚的と言ってもい

いのではなかろうか。そして小説の文脈から読む限り、金井はこうした哲学史家のやや事務的な仕事を哲学者の仕事と弁別しているとは考えにくい。哲学を選択可能な方法論と見なし、均質に把握すること自体に、彼の特質がすでに出ている。

そもそも、「方法」として純粋になった均質な対象を、「思想」として便利に、随意に選択し、活用できると考えること自体が無理な話である。だから問題は、事象の極端な均質化を行う、作中人物のまなざし自体にあるということになる。

作中人物の側から見るならば、ここから、特定の思想を「選択できない」という問題が生じて当然である。同じ問題が鷗外の方にもあることは、山崎正和の『鷗外　闘う家長』[10]にすでに指摘がある。この問題は、『金比羅』（『昴』第十号、明治四十二年十月一日）でも再びあらわれる。『金毘羅』に登場する、哲学を講じる作中人物小野博士が、この問題を、同じ哲学者金井湛より、はっきりと体現してみせた。

博士の日記はいつも粗い筋書で、読み返して見れば興味索然たるものである。形式があつて内容がない。或は博士の生活その物もその通りで、回顧すれば興味索然たるものではあるまいか。…（中略）…講義なんぞをするときには紙切に、あの事から此事と順序を書き附けて、所々に字眼のやうなものさへ書き入れて持つて出るのであるが、さて講義をして見ると、それに性命を吹き入れるといふやうな事が出来た事がない。それが第一に気になる。…（中略）…併しそれは皆形式ばかりの事だから、どうでも好いと、自ら弁護もして見る。そこで内容はどうかといふのに、講義をする前には、参考書は随分広く調べる。そしてそれを雑然と並べて置くやうなことは決して為ない。自分の立脚地から、相応な批評を加へる。跡で速記を読んで見ても、智力の上から概

念を洗つて見て、別に不都合な廉はない。それであるのに、つひぞ人を感動させた、人に強い印象を与へたと思つたことのないのが、気に入らない（傍線目野）。

大学で哲学を講じる教授として描かれる主人公たちは、いずれも、丹念に資料を収集し、几帳面に哲学史を再構成するのに、どうしても仕事に「性命を吹き入れ」られない。それは、その「仕事」が選択時からすでに、哲学から「性命」を抜き取って抽象化された方法論と、哲学史の全体に対して部分にすぎないものの集合という、いわば哲学の形骸だったからと見なして、そう大きく間違えてはいないのではないか。どんな哲学にも立脚できないという彼の嘆きは、逆にこの嘆きを嘆いている間には、決して解決されないのだ。

作中人物たちの、「自己弁護」という語。この奇妙なことばからの示唆によれば、限りなく均質にされた、いいかえればもとは無秩序だった寄せ集めは、実は、彼らにとっての、一種の自己構成といえる可能性がある。二つ前の引用、近世哲学史の講義者であった金井が主人公の『ヰタ・セクスアリス』を再び読むと、以下のような記述を読むことができる。

僕の書いたものは抒情的な処もあれば、小さい物語めいた処もあれば、考証らしい処もあつた。今ならば人が小説だと云つて評したのだらう。小説だと勝手に極めて、それから雑報にも劣つてゐると云つたのだらう。情熱といふ語はまだ無かつたが、有つたら情熱が無いとも云つたのだらう。衒学なんといふ語もまだ流行らなかつたが、流行つてゐたら此場合に使われたのだらう。その外、自己弁護だなんぞといふ罪名もまだ無かつた。僕はどんな芸術品でも、自己弁護でないものは無いやうに思ふ。それは人生が自己弁護であるからである。あ

らゆる生物の生活が自己弁護であるからである（傍線目野）。

ここではジャンルの曖昧な雑文を「自己弁護」とし、引用文の後にも度々「自己弁護」が強調されている。明確な主張のないジャンルの寄せ集めと「人生」との連結は飛ばし、唐突に「自己」が「弁護」されるのだ。両者の連関は、なぜ飛ばされてしまうのであろうか。

「抒情的な処」と「物語めいた処」と「考証らしい処」が共存し、「衒学」めいたところがあり、比較の対象として小説と「雑報」が挙げられる。そしてこの文章を、自分にとって「自己弁護」とする。

これ以上旨く、「いわゆる鷗外史伝」、あるいは鷗外の随筆の様式の特徴を、彼自身の言葉で評価した部分が、他にあるだろうか。この箇所は作中人物による作中人物の批評なので、森林太郎による彼自身の批評という要素は全くなく、単純な文章批評部分でしかないが、作中人物と作者の混同以上に、示唆的な内容である。

繰り返すが、作中人物たちと鷗外はイコールではない。こうしたことは、鷗外によって織りなされたテキスト（知的だがまとまりのない小説、高度な知識に基づく断片的な芸術史史料、折衷的な美学講義）に、共通する個性なのである。彼の傾向としての歴史記述の特性と、作中人物たちの特性に共通する要素として、考証随筆的歴史記述——均質な事象の積み上げ——が、挙げられるのだ。

鷗外の考証的随筆の記述もまた、階層化に至らないまま、均質な把握のみを行うまなざしによる観察、そして自己弁護として、記述されている——とするのは、言い過ぎであろうか。

注

（1）『近世絵画史』、〔一〕〜〔二〕ページ。同書はぺりかん社から一九八三年、復刻版が刊行されている。

（2）『近世絵画史』、一〜六一ページ。

（3）「編年ト云ヒ列伝ト云フ縦ヒ材ヲ取ルコト博ク事ヲ叙スルコト詳ナランモ輓近ノ史眼ヨリシテ観レバ単ニ史家ノ前業タルニ過ギズ……」、「日本医学史序」（明治三十七年三月、『鷗外全集』第三十八巻、一八五ページ）。

（4）この箇所は厳密には冒頭ではない。時代分類に関する覚書きなどが先に置いてある。

（5）「史料は美ならず。史は偶然にして美なることあり。人の智にむかふ。これを詩に上すに至るときは、実真に拘せずして想真を求め、始めて必然の美を成す。後者は人の情にむかふ。開明史の遺すところのものは、歴史美よりして漸く芸術美に近づく。…（中略）…こゝに開明史美の目を立つる所以のものは、一切の行為 Action を摂するに歴史美を以てし、一切の成果 Result を摂するに開明史美を以てせむと欲するなり。」、「審美綱領」『鷗外全集』（第二十一巻、二九一〜二九二ページ）。この歴史美と開明史との相剋は、竹盛天雄の指摘する〈自然と造形〉との差異、また東京美術学校での講義内容との相関など、興味深い特徴を持つ。

（6）東京芸術大学百年史刊行委員会編『東京芸術大学百年史』（ぎょうせい、一九八七、四八七ページ）。

（7）小堀桂一郎「解説」『鷗外選集』（第二十一巻、岩波書店、一九八〇、三六九ページ）。彼の日記がドイツ留学以来ほぼ毎年つけられており、しかも公開を前提とした一種の作品だったとの指摘も同解説中にある。

（8）『高村光太郎全集』（第九巻、筑摩書房、一九七六、三二四ページ）。

（9）『鷗外を読み拓く』（朝文社、二〇〇二）。

（10）河出書房新社、一九七二。

第二章　鷗外「史伝」におけるジャンルと様式

――「史伝」というホロスコープ――

1　問題提起

「いわゆる鷗外史伝」は、大正二（一九一三）年の『興津弥五右衛門の遺書』改稿時に始まるとするのが定説である。が、この定説は二つの面で疑わしいところがある。

まず形式面では、この定説は「鷗外史伝」の定義であるにも関わらず、定義（大正二年から開始される）と定義されるもの（史伝）とが、互いに循環している。次に定義方法。作家個人のあるジャンル形成の端緒は、彼の作品群全体から考えられるべきなのに、一作品の性質から決定されている。この二点が、問題の考察を難しくしている。これが必要以上の難しさであることは、岩波版第二次鷗外全集（一九五一～一九五六年）では、明治三十一（一八九八）年の『西周伝』がストレートに「史伝」の部に収められていることからも分かる。つまり史伝の「鵺」[1]性とは、少なくとも四十年前には生じなかったものなのだ。

先の『西周伝』、あるいは『能久親王事蹟』（明治四十一年）の成立に関しては、簡単な言及はいくつかあるものの、現在では軽視されている。なぜ大正期の『興津弥五右衛門の遺書』一作を集中的に論じることで、「いわゆる鷗外史伝」全体の〈起源〉が分かるという確信が、総合的な解釈に先行するのであろうか。

本章は、鷗外の啓蒙的翻訳編述ではない伝記のうち、もっとも早い『西周伝』が成立した明治三十一年前後の、鷗外の歴史記述理念の考察を目的とする。

2　方法と準備

まず、『西周伝』と同じ明治三十一年に書かれた『審美綱領』、明治二十九年から三十年の東京美術学校でのほぼ同内容の本保義太郎筆記『美学講義』ノート[2]（本章以下『美学』ノートと称する）の「歴史美」言及部分の両者について考察するが、その前に準備作業が必要である。

文学側から鷗外や樗牛の美学・評論活動を追う場合、普通はまず文壇や雑誌の掲載状況からあたり始める。当然だが、これは同時に文学側からのバイアスをかけた研究の方向性の設定でもあることを忘れてはいけない。

明治の文学者たちの論壇活動と文壇は不可分であり、当然両者は表裏を成している。この点を裏返していえば鷗外などの大塚保治以前の美学が、金田民夫の言を借りれば、よくも悪くも評論的な性格の強い総合的な芸術批判[3]であることに直結してもいる。彼らの美学を哲学としての美学に必ずしもつなげぬことが望ましい事情を、よく理解した上で考察を進めなくてはならない。

ただしこれを積極的に表現すれば、「方法の学」（金田）、つまり教条的に扱える道具として理解されていた美学は、後々までの彼自身の作品の、ジャンルや様式の解釈のヒントとなっていることなどが想定できる。つまり、美学は彼の作品の理念と解釈に直接関与する「方法の学」としての機能を持つと予測されるだろう。

3　東京美術学校における鷗外の美学講義

鷗外はこれまで、ベリンスキー経由での二葉亭四迷などと並ぶ、フォン・ハルトマンの美学経由でヘーゲルを移入した最初期の人物として言及されてきた。ただし鷗外の東京美術学校での美学講義は明治二十九年から三十二年であり、先に言及した「大塚以前の芸術批判としての美学の講義」という分類範疇の射程距離内にある。本保の『美学』ノートから見る講義内容は、美学の基礎理念の教示だけではなく、時事的な応用例を頻繁に用いている。[4]この内容は、基本的にはフォン・ハルトマン『美の哲学』の祖述で講義の翌年出版された『審美綱領』と通底することが、吉田千鶴子氏によって報告されている。[5]

ところで原書がドイツ語の『審美綱領』には英語が頻出するため、読者はやや違和感を覚えることになる。この英語使用は、当時左遷されて小倉にあった口述者鷗外の代わりに、筆記者かつ共著者の大村西崖が最終的に校訂したが、この西崖がフォン・ハルトマンの英訳本に依拠したためかと推定されてきた。[6]だが『審美綱領』の基礎的前提『美学』ノートにも、英語は頻出する。『審美綱領』と『美学』は章だての順序こそ違える箇所もあるが、英語の登場はほぼ同程度である。

東京美術学校は当初岡倉天心やフェノロサが中心になって組織され、授業ではフェノロサは英語を用いたなど英語使用は日常的であった。[7]講義者鷗外は生徒のため、当時から英語を用いるのは自然であろうし、口述者鷗外も同様に西崖に接したのではなかろうか。ただ当該書の内容による原因、つまり英語圏からの影響に関しては、その有無はともかく別に考察する必要がある。

それでは彼の美学資料を用いて、鷗外の歴史記述観を見てみよう。ここでは『審美綱領』の「歴史美」言及箇所の『審美綱領』と、『美学』ノートの『審美綱領』対応箇所を併置する。『審美綱領』での英語圏からの影響など、未だ不安定な要素を配慮すると、どうしても周辺資料の参照が必要となる。また「いわゆる鷗外史伝」という「鵺」を射落とすためには、われわれはまず頭部の「美学」という猿なら猿、胴部の「歴史記述」という狸なら狸など、理解可能な箇所の再確認から始めるべきではないだろうか。

史料は美ならず。史は偶然にして美なることあり。…（中略）…開明史の遺すところのものは、歴史美よりして漸く芸術美に近づく。これ初め審美上の故意ならざりしもの、漸く故意なるに至ればなり。…（中略）…こゝに開明史美の目を立つる所以のものは、一切の行為 Action を接するに歴史美を以てし、一切の成果 Result を接するに開明史美を以てせむと欲するなり(8)（『審美綱領』、春陽堂、一八九九）。

文明史タル可キ
ナリ〔※欄外〕
普通史ニ徒ラニ
系図ヲ崇拝スルノミ

……吾人ノ見解ヲ以テスレハ一倅ノ歴史ハ文明史タル可キナリ何トナレハ文明ノ進歩発達ヲ述フルモノ是レ歴史ノ定義ナレハナリ即チ忠臣孝子英雄豪傑何ニカ故ニ貴キカ彼等社会ノ文明ニ影響スル所ノ大ナレハナリ何ノ彼ノ普通ノ如キ個人個人ノ傳記ヲ列ネテ其ノ家柄ノ系図ヲ以テ正味トシタル如キハ歴史ノ本領トシテ重キヲ措ク所ニ非サルナリ…（中略）…

斯ク論シ來ラハ歴史ハ凡テ文明史ナルヘキヤト断言スルモ断ラサル所ニ非ラスト雖トモ舊慣末タ劇カニ勤マス且一方ニモ偏ス可ラス二者共ニ進ム可キナリ今茲ニ両者ヲ區別ヲ

挙ケン

働作　*Action*「アクション」　　働作上ノ事ヲ以テ普通歴史トス

結果　*Result*「レサルト」　　結果ニ属スルモノヲ以テ開明史トス(9)

以上を簡単にまとめると、鷗外は明治三十一年の『審美綱領』『美学』ノートの歴史美言及部分では、歴史は「アクション」と「レサルト」の相関で進む、史料そのままでは「美」にはならないが、偶然なる場合もあるなどと説明している、といえるだろう。また『美学』ノートの方では、「歴史ハ凡テ文明史ナルヘキヤト断言スルモ断ラサル所ニ非ラス……一方ニモ偏ス可ラス二者共ニ進ム」と述べている。ここで歴史とは、「働作」による「結果」の集積として扱われている。

気になるのは、「アクション」と「レサルト」とが英語で説明されている点だろう。もしこれがドイツ語ならば、「Action」はCではなくKを用いて「Aktion」と表記されるべきではないのか。(10)

この気がかりが具現化されたのが、明治三十七年の「日本医学史」の序文である。

編年ト云ヒ列伝ト云フ縦ヒ材ヲ取ルコト博ク事ヲ叙スルコト詳ナランモ輓近ノ史眼ヨリシテ観レバ単ニ史家ノ前業タルニ過ギズ…（中略）…医学ノ発生開展ノ跡ヲ歴叙ス其機関的構造ノ精巧ナル譬ヘバ次ヲ逐ヒテ草木ノ芽ヲ抽キ枝葉ヲ茂生シ花ヲ開キ子ヲ結ブヲ観ルガ如シ独逸ニ史ヲ行（Geschichte）ト名ヅク行ハ事物ノ生ヨリ異、異ヨリ滅ニ之クヲ請フ（「日本医学史序」（一九〇四・三・十四）、富士川游『日本医学史』（裳華房、一九〇四・十・二十三）、傍線目野）

医学史について語られたこの一文の中では、歴史記述観は二つに分裂している。

まず後半の傍線部分を先にあたると、「独逸ニ史ヲ行（Geschichte）ト名ヅク行ハ事物ノ生ヨリ異、異ヨリ滅ニ之クヲ請フ」と綴られている。これは目的と終焉といった、それなりの秩序を持つ歴史を意味するだろう。このような歴史の途中経過を「アクション」と「レサルト」の相関ということは、考察対象の歴史の時間をある局面に限定するなどすれば、できなくもない。だが冒頭傍線部分の「編年ト云ヒ列伝ト云フ……史家ノ前業タルニ過ギズ」の歴史記述とは、実証的な資料集積、目的を持たずに働作と結果が相関しつつ進展する歴史の非反省的な局面であろうし、その点では富士川游氏の「Geschichte」に批判的に対比されている。特に、「Geschichte」が単独でこのように定義・説明されている場合、彼の別個に参照した辞書類による定義だという可能性も、踏まえておくべきだろう。『審美綱領』でも『美学』ノートでも「Geschichte」という語はきわめて重要であるにも関わらず、どちらにも用いられていなかったからだ。

つまり鷗外の美学講義の六年後の説明では、ドイツ語の「Geschichte」は即ち「史」＝「行」であるが、美学講義や『審美綱領』での「歴史」のように、英語である「アクション」と「レサルト」の相関に、直接結びつくわけではないのだ。両語圏から影響の相違については後述する。先史の編纂を歴史の根幹とする主張は、鷗外の別の言及箇所にも見られる。また別の共時的文明史を是とする歴史記述観への言及もある。

試みにこうした彼の歴史についての言及を、次に挙げるように①〜③と分類すれば、特に明治期には①や②の主張が書かれ、大正期に入るとやや③の傾向が強まると分かる。むろん三者は相関関係にあるので全くの別物とは言い切れず、単純に①から③へ変化したと断定することはできない。

① ……芸術を補助せむと欲するや、社会論者は必ず問をなして曰く。貧苦を救抜すると芸術を補助すると、孰れか急なると。これに答ふるに二途あり。…（中略）…二、進化論 Evolutionismus は、人生の志は智識開明に在りとなせり。この見よりすれば、芸術を補助するを急務となす。所以者何にといふに、救貧の事業は、一面人口をして蕃滋ならしめ、一面、需要の殷富と共に長ずることを致す。故に救貧の事業の終るを待ちて芸術を補助せむと欲すれば、終に芸術を補助する期に至るを見ざるべし。これに反して人智の開明は、想需を解するものゝ員数を増加し、後昆の為に受用の区域を広む（『審美綱領』、明治三十二年六月、傍線目野）。

進歩論者ニ於ケル美術ノ立脚
……今夫レ社会学者ノ立論ニ依レハ未タ之レヲ以テ決シテ正当ノ理論トス可ラス即チ社会ノ目的ヲ観ルニ二途タリ
ママ　*Eudamonismus*「ユディモニスマス」
進歩　*Evolutionismus*「ユーオルシオニスマス」…（中略）…
Evolutionismus 社会進歩論ヨリ攻究セハ社会ナルモノハ漸々下等ナル思慮ノ高等ナル思慮ニ進化スヘキ者タリ…（中略）…其ノ脳力ニ於テモ亦美術ヲ解スルコト勿論智識ナク思想ナク能力ナク品性ナキ下等社会ノ貧民ヲ救助シ保護セハ無能ノ単徒ラニ跋扈シ社会ハ益々下等ナル人民ヲ以テ充満サレ進歩ノ目的ヲ達スルノ期ナキノミナラス反テ進歩ヲ害スルコト甚シト言ハサル可ラス[11]

フォン・ハルトマンによる美学の講義と彼の美学の祖述翻訳にあたって、進化する歴史観の説明を行うのに、ド

イツ語圏の哲学者らの名前が用いられていない。かわりに挙げられているのが「社会論者」「社会学者」であって、彼らに由来する理念であるとする解釈が印象的だ。

他にも鷗外はゴビノーの人種哲学を紹介した際、ダーウィンとバックルをエポックメーキングな重要人物として扱っている。つまり彼は社会進化論を哲学の範疇よりも、主に科学思想の面から把握している可能性がある。

次に、②の理念説明の具体例を見る。

② 夫れ人生の智識は、正確に事物を時間と空間との上に排列するにあり、是れ学者の最も歴史と地理とを重んずる所以なり。……（中略）……茲に京都地誌の一大叢書を成就し、明年我帝室が希有の大典を斯地に挙行せさせ給ふに際し、普くこれを天下に頒ち、藉りて以て聖上無疆の寿を頌し奉らむとす（「京都叢書發行趣意書」、年次不明だが大正三年の日記に削正の言及あり、引用は『鷗外全集』第三十八巻、二八四ページ、傍線目野）。

むろんこのように歴史と地理を「正確」に配列することを至上目的とする見地とは、彼の軍人という立場や時代背景からいえば、地政学性を免れ得ないだろう。特に「京都叢書發行趣意書」の文章は、全体に統治の意図を含んだものである。歴史記述にあって、純粋に「正確」な「排列」のみを志向することなど不可能だ。だがそれでも、主観的に実証に徹する場合の心情とは、右の通りのものといっていいのではないか。

最後に、③の共時的記述についての理念説明の具体例を見てみよう。

③ ……或時代の芸術、或民俗の芸術を領解する人があつたなら、必ずや眼を放つて大観して、同時に同所に芸

術の種々の方向が共存並立すると云ふことを認めることであらう（『唐草表紙』序、大正四（一九一五）年一月二十二日、傍線目野）。

武鑑は、わたくしの見る所によれば、徳川史を窮むるに欠くべからざる史料である。…（中略）…記載の全体を観察すれば、徳川時代の某年某月の現在人物等を断面的に知るには、これに優る史料は無い（「渋江抽斎」『東京日日新聞』、大正五（一九一六）年一月十三日〜五月十三日、傍線目野）。

オロスコピイは人の生れた時の星象を観測する。わたくしは当時の社会にどう云ふ人物がゐたかと問うて、こゝに学問芸術界の列宿を数へて見たい。しかし観察が徒に汎きに失せぬために、わたくしは他年抽斎が直接に交通すべき人物に限つて観察することゝしたい。（「渋江抽斎」、傍線目野）。

「徳川時代の某年某月の現在人物等を断面的に知る」。あるいは「オロスコピイ」によって観察される「星象」や「列宿」をかたどり、自分からは何も語らず（あるいは何も語らないように見える）、歴史の細部を収集し、ただ「見せる」歴史記述。これこそ、「いわゆる鷗外史伝」の特徴に数えられる要素であろう。

わが国では、「いわゆる鷗外史伝」構成に深く関わる③の歴史記述の理念は、どのような形で展開されたのだろうか。明治維新以降では、広く人口に膾炙したイギリス系の社会ダーウィニズムが想起される。

4 同時代状況——社会進化論

鷗外の美学講義が時事例の応用物である点、特に歴史美言及部分に関しては、当時の彼自身に大きくかかる、啓蒙的なジャーナリズムからの発生と相関を見なくてはならないだろう。ただし本書の考察に際しては、原書の同時代状況のうちにすでにある時事性との関係・共謀部分も疑っておく必要がある。

フォン・ハルトマン美学のうち鷗外の最も影響を受けた『無意識哲学』第3巻は、ダーウィン主義に則った自著を論駁した自著を、さらに組み入れるという経緯を経て成立したと、神田孝夫氏がすでに指摘している。[12]この結果、この本の中には同時代的なダーウィン主義が屈折した形で織り込まれたと考えてよいだろう。

こうした原書の事情は事情とし、次にこの書が訳された当事者国日本の時代的背景、つまりスペンサーの影響規模の大きさを見なくてはなるまい。植民地を作り始める段階の資本主義国家に、広範に受け入れられやすい一般的な経験論の一つとしてなら、スペンサーは、ダーウィニズムに感化されたフォン・ハルトマンの遠い親戚ということもできる。富山太佳夫氏が指摘するように、[13]社会ダーウィニズムとはある特定の主張・書籍・個人などに確定できる理念や理論として考えるよりも、一般的なパラダイムとして把握するのが妥当だからだ。

鷗外個人に影響したわが国のスペンサー受容の開始の場合、人種論を経なかったもので重要な経路は二つ挙げられるだろう。第一に、後の鷗外の論敵外山正一による、米国留学中に傾倒したスペンサーの輸入の影響。[14]第二にフェノロサ由来の美学、そのわが国での受容経緯が挙げられる。[15]ただし何も鷗外個人に特定しなくとも、この当時パラダイムとしての社会進化論を知らないでいる方が難しい。美術学校ではフェノロサ直系の岡倉天心に対立する立

場だったとされる鷗外だが、移入期の美学に従事した同時代人であるのは確かなのだ。

5　まとめ

すでに『興津弥五右衛門の遺書』も発表された大正四年の正月、「いわゆる鷗外史伝」について、彼自身がみずから考える、その形成理念を綴って発表したのが「歴史其儘と歴史離れ」である。必要箇所を見てみよう。

わたくしの近頃書いた、歴史上の人物を取り扱つた作品は、小説だとか、小説でないとか云つて、友人間にも議論がある。しかし所謂 normativ な美学を奉じて、小説はかうなくてはならぬと云ふ学者の少くなつた時代には、此判断はなかなかむづかしい。…（中略）…

……小説には、事実を自由に取捨して、纏まりを附けた迹がある習であるに、あの類の作品にはそれがない…（中略）…わたくしは史料を調べて見て、其中に窺はれる「自然」を尊重する念を発した。そしてそれを猥に変更するのが厭になつた[16]（「歴史其儘と歴史離れ」『心の花』）。

冒頭三行の言及から、鷗外は小説の規範への美学適応をある程度意識しつつ、「歴史其儘と歴史離れ」を執筆していたと素直に読んでいいだろう。当時彼は美学には直接携わっておらず、同時代への「normativ な美学を奉じて、小説はかうなくてはならぬと云ふ学者の少くなつた時代」との評を併せると、この時期以前の美学の基準を、「いわゆる史伝」執筆の際に想定していると分かる。それが、大塚保治以前の美学を指しているのであろう。なぜなら引

用にある、小説批評のための「normativ な美学」とは、先に照合した明治中期の啓蒙的で「芸術批評の規準を美学理論に求める、いはば方法の学」を指すと見て、ほぼ間違いないからである。これは大塚を反省せしめた、便利な道具としての理論の問題を、別の面から表現しているだろう。

次に歴史記述の際の、再構成の問題である。まず一般的な小説はフィクションの作法として、「事実を自由に取捨して、纏まりを附けた迹がある習である」。しかし自身の「作品にはそれがない」。「なぜさうしたかと云ふと」、史料の「中に窺はれる「自然」を尊重する念」を発し、「それを猥に変更するのが厭になつた」からだという。ところで3で述べたように、鷗外はその美学中で歴史と史料に言及した際、「史料は美ならず。史は偶然にして美なることあり。…(中略)…開明史の遺すところのものは、歴史美よりして漸く芸術美に近づく。これ初め審美上の故意ならざりしもの、漸く故意なるに至ればなり。」と書いていた。これは、彼のやや古びた美学的理念に従った、歴史史料のリプレゼンテーションの解釈といえるのではないか。

ここでの歴史美よりも高い位置の芸術美、また「偶然」「故意」の語には、注意しなければならない。まず、人為的要素「故意」が史料に介入してより高次の(歴史的)芸術作品を生む、ひいては原史料そのままは創作成果より低い次元と見なされること。また、このフィクション・人為性の肯定にも関わらず、「偶然」史料が「美」である場合が同時に言及されていること。この「偶然」は、フィクションの意図の範囲を外れる美の、作者の意図とは別種の意義を表現すると想定される。この二つは重要であろう。また竹盛天雄氏は『渋江抽斎』の構成原理を、「自然」と「造形」と表現している。[17] これは明治三十一年の鷗外美学の、「アクション」と「レサルト」に呼応しているのではないだろうか。

つまり「事実を自由に取捨して、纏まりを附けた迹」を忌避し、「歴史の「自然」を変更することを嫌」う、また

史料はそのままではある秩序や美的構成を持つことはないが、偶然芸術作品としての構成を持ち得る場合がある等の大正四年の「歴史其儘と歴史離れ」の主張は、いわば明治三十一年の美学的主張の反復なのだ。

こう考えれば、「史伝」とは、いかに理念的なものかが明瞭になる。なぜ『渋江抽斎』以下『堺事件』等の作品群の文章は、実際には「歴史其儘」でないにも関わらず、いかにも「歴史其儘」であることを装うのか。なぜならこれは、作者鷗外の史料と芸術作品に関する美学的方針（＝英国経験論的な哲学による歴史把握）であって、歴史の実証性を重んじるための方針ではないからだ、といってよいのではなかろうか。

ここまでで、次の事項が確認できた。第一に、『審美綱領』と『美学』ノートに登場する歴史記述の理念は、「いわゆる史伝」執筆の際の理念と通底していること。

次に、鷗外美学での歴史説明は、特に歴史記述に関わる部分のみに限定すると、ドイツ語圏由来の目的と終焉を持つ歴史というより、どちらかというと英語の頻繁な使用に象徴される、適者生存のやや楽観的かつ科学的社会進化論から行われていること。これは原書の性格でもあり、同時に時代に制約された鷗外の読みの作用ゆえでもある。この二つの要因が、揃って社会進化論へ論旨を牽引した。

右二点は、「いわゆる鷗外史伝」の理念的骨格である。さらにここに、同時代メディアとの相関で書式と執筆動機・資料収集の大半が受動的に決定されているという、「いわゆる鷗外史伝」の形式面の決定要因を加えよう。[18] 以上三点は全て、作者という要因と、彼の外部環境の一部であるジャーナリズムとの影響のもと、発生した結果である。

このようにして、頭は猿、胴は狸、手足は虎とでも称すべき、様式・ジャンルともにキメラ的なテキストが最終的に織られたのである。ことに「オロスコピイ」のような歴史、つまり通時的な物語の再構成への意志の薄い歴史

記述[19]が目指されているため、より分裂し、整合的な階層化の欠如している観が強まったと見ていいのではないか。

以上から、特異な歴史記述である「いわゆる鷗外史伝」の成立は、明治二十年代末から三十年代初頭の経験論的美学及び時代状況にジャンル・様式ともに深く影響されており、作者鷗外の当時からの、歴史についての美学的理念とその変形を構成原理に持つものと考えられる。

注

（1）千葉俊二「森鷗外の随筆」『解釈と鑑賞』（一九九二年十一月号）には、鷗外作品は小説とも随筆とも評論ともつかぬものが多く、「鵺的」との指摘がある。この「鵺」性は史伝の性質と密接に関わり、ジャンルと様式の両方の問題の混同だが、これは論者千葉氏の責任では全くなく、対象の性質の問題である。
（2）富山県立近代美術館所蔵、講義期間は明治三十年九月から三十一年六月まで。
（3）金田民夫『日本近代美学序説』（法律文化社、一九九〇、六十六〜六十七ページ）。
（4）東京芸術大学百年史刊行委員会編『東京芸術大学百年史』（ぎょうせい、一九八七、四八七ページ）。
（5）（4）に同じ、四八三ページ。
（6）小堀桂一郎「美学者評伝4　森鷗外」『日本の美学』（一九八五年七月・五号）。
（7）東京美術学校にはドイツ語の授業はなく、英語の得意だった西崖は、友人の横山大観とともに学校に外国語教育科目の創設を要求した記録がある（吉田千鶴子「大村西崖の美術批評」『東京芸術大学美術学部紀要』（一九九一年三月・二十六号）、注44、五十二ページ）。
（8）『鷗外全集』第二十一巻、二九一〜二九二ページ、傍線は目野。
（9）（2）に同じ、「巻之四」より、本体割り付けページ数十四ページ、傍点・傍線は原文。
（10）小堀氏に「自然美と歴史美」と訳され、『審美綱領』の「自然美及歴史美」に対応すると見られる（「森鷗外とE・v・

ハルトマン」『日本近代文学の比較文学的研究』（清水弘文堂書房、一九七一、一〇九ページ）のが、『美の哲学』下巻「美の所在」（東大附属図書館鷗外文庫所蔵）中の „Das Naturschone und geschichtlich Schone"（四九二～五二二ページ）の章である。ここにも「Aktion」の語は現れない。「als passiv Zweckmassiges」の対として「als aktiv Zweckmassiges」が登場する程度である。

(11)（2）に同じ、「巻之四」より、本体割り付けページ数二～三ページ、傍点は原文、傍線は目野。

(12) 神田孝夫「森鷗外とE・v・ハルトマン―『無意識哲学』を中心に―」、島田謹二教授還暦記念会『比較文学比較文化』（弘文堂、一九六一、六〇三～六〇四ページ）。

(13) 富山太佳夫『ダーウィンの世紀末』（青土社、一九九五、二〇八～二一六ページ）。

(14) 彼は日本で最初（明治十四年）に審美学を講じ、同時期の社会学も彼が講じたためにスペンサーの祖述であった（『東京大学百年史　部局史二』（東京大学出版会、一九八六、八四〇～八四一ページ））。

(15) 東京美術学校での鷗外の前任者岡倉の師、フェノロサは、東京大学ではスペンサーの芸術遊戯論とカントの趣味判断としての美的判断を中心とした審美学講義を行った（『東京大学百年史　部局史一』、五八八ページ）。また明治十五年の講演に基づく「美術真説」では、ヘーゲルとスペンサーを用いたが、「美術真説」を応用した坪内逍遙の文学理論では、ヘーゲル部分は捨象され、スペンサーだけが用いられたと大久保喬樹氏は述べる（大久保喬樹『岡倉天心　驚異的な光に満ちた空虚』（小沢書店、一九八七、一〇三ページ））。さらに山本正男氏は、「美術真説」のヘーゲルとスペンサーについて、フェノロサは「理念（イデー）」を二元的に把握し、ヘーゲル理解としては不完全とし、スペンサーの影響は順当に認めて、特に論難せずに稿を了えている（山本正男「フェノロサの美学思想（下）」『国華』（一九四九年二月・六八三号）、五十二ページ）。

(16)『鷗外全集』第二十六巻、五〇八～五〇九ページ。

(17) 竹盛天雄「『渋江抽斎』の構造―自然と造形―」『文学』（一九七五年二月・四十三号、一六九ページ）。

(18) 拙稿「頼まれ仕事・史伝―明治31年から始まる鷗外史伝―」『文学研究論集』（一九九八年三月・十五号）。

(19) 拙稿「明治三十一年から始まる鷗外史伝（一）―鷗外の日本近世美術史―」『稿本近代文学』（一九九七年十二月・二十二号）。

第三章　夢の日本近世美術史料館

第一章では、鷗外の日本近世美術史を美学講義、「史伝」、『日本芸術史資料』との相関で考察する見取り図を展開した。本章はこれを具体的に発展させ、①明治三十二年刊行『審美綱領』とほぼ同内容の未活字化資料の『美学』ノートをあたり、明治三十一年以降の美術史構築への言及と比較する、②日本近世美術史の具体例として、浮世絵をどう位置づけるかを他の代表的な発言と対照させる。この二点から、鷗外の美学・美術史・歴史構成の相関の特徴を考える。

『審美綱領』ではなく、あえて二次資料である『美学』ノートを用いる利点は、二つ考えられる。第一は、『審美綱領』に頻出する英語は、鷗外の講義段階から登場することの証明用。第二は、吉田千鶴子氏によって指摘されているように、[1]『審美綱領』では省かれた美術・文学上の個人的な知見、具体例がそのまま残っている点である。

前者から論究できる事項に関しては、第二章ですでに論じた。後者の利点の具体的な一部分、鷗外の個人的な美学に関する知見が、彼自身の美術史形成に関与してゆくさまを、まず考えてゆこう。

1　「我をして九州の富人たらしめば」の形成過程

明治三十二年六月、鷗外は第十二師団軍医部長として北九州の小倉へ赴任した。ここで綴られた「我をして九州の富人たらしめば」は、内容の点だけからいえば、配流の身をかこちつつの啓蒙的な随筆であろう。

抑々芸術と学問とは、両つながらわが嗜む所にして、此間に択まんことい と難し。若し芸術に従はゞ、われは其れ国内に競争者なき蔵画家となりて、或は土佐、狩野、雲谷、四条、南北宗の逸品を集め、或は人を海外に遣り、倫敦、巴里、ミユンヘンの画廊に就いて謄本を作らしめ、或は又新画派の起るを候ひて、価を倍してこれを買ひ、奨励して発展せしめんか。若し学問に従はゞ、われは其れ一大編輯局を私設して、広く奇書を蒐め、多く名士を聘し、その規摸の大は古の西山公を凌ぎ、その成功の観るべきものあることは今の官立史舘を圧倒せんか。…（中略）…然りと雖も熊魚兼ね得んことは、富人尚或は能くし難からむ。我にして二者その一を取らんには、必ずや学問の方ならん。学者文人に交はるは、鑑賞家といふものに交らんより心安く、書估とものいふは、骨董商と語らんより忍び易かりぬべきこと、その理由の一なり。此は貧しく賤しきものゝ高しとして敬する所にして、彼はその奢れりとして悪む所なること、その理由の二なり。而してわれは今の社会問題の漸く将に起らんとする気運を察して、特に後なる理由の軽んずべからざるものあるを思ふなり。

「二者その一を取らんには、……」と綴ることで、彼は何を述べたかったのだろうか。

むろん左遷先での愚痴のような内容なので、その論旨を仰々しく取り上げるべきではないかもしれない。それにしても、始めに「此間に択まんことといと難し」と断り、大金を有する場合の両者の発展を夢想した後、学者・文人・鑑賞家・書估・骨董商の特質を列挙し、最後に学者側から学問を持ち上げ、九州にこれが発展していないと嘆く、という文脈はやや不可思議である。当時、九州ばかりでなく日本国内のどこであっても、「或は土佐、狩野、雲谷、四条、南北宗の逸品を集め、或は人を海外に遣り、倫敦、巴里、ミュンヘンの画廊に就いて縢本を作らしめ……」といった構想は、気宇壮大にすぎよう。これを戦前の九州で、富裕な一個人の手で実現したいのに、土地の教養が低すぎてできない、と当時の九州人を責める文脈は酷である。

もう一つ気になるのは、一大編輯局云々というくだりである。「広く奇書を蒐め、多く名士を聘し、その規摸の大は古の西山公を凌」ぐのは分かるにしても、築かれるのは一般的な図書館ではない。「私立」編輯局による「官立」を凌ぐ「史舘」なのである。資金を自著を書くための資料費にあてるばかりではなく、公開用コレクションとしての図書館設立に用いる。これはどういうことなのだろう。なぜ「史舘」なのか？

そもそも「我をして九州の富人たらしめば」は、もし資金が十分な「富人」であるなら、鑑賞家にも骨董商にも軽視されないとの仮定に基づいた随筆だったはずである。ところが、学者である自分が、同時に芸術にも興味を持ち、それが骨董商らに軽んじられて制されるのか、あるいは「土佐、……南北宗の逸品を集め」、「倫敦……ミュンヘンの画廊」で「縢本を作」るのと学問が両立しないから学問をとったのか、文意がはっきりしない。とはいえ文意が不明瞭でも、「富人」は骨董商に軽んじられないのだから、前者の仮定は考慮にいれる必要はないだろう。やや文意はねじれているが、「芸術と学問」の二者択一ならば、比較するまでもなく学問が優先されると読むのが順当ではないか。

文章のつながりでも、「史」編纂は、美術品収集の上位に来る概念になっている。別の随筆「サフラン」で表現されているように、実物に向かうより、物の名の知識を積もらせる方が、性格的にむいている鷗外である。抽象された「史」編纂の中に、現物収集以上の価値を見ていたと考えても、さほどおかしくはない。

実はこの随筆は、鷗外の生活史上の出来事に関してのみ論じるよりは、彼のこれまでの美学上の知見の延長線上にあると見る方が自然な内容なのである。

それは、この随筆を、『美学』ノートと『審美綱領』の次にくる資料として見れば分かる。小倉に異動する以前の鷗外の、東京美術学校での講義の内容が、『美学』ノートである。このノートを清書して刊行したのが、『審美綱領』である。

同ノート中の「美ノ世間ニ於ケル地位」の項目中の小項目、「美ト実生活ノ関係」(巻之四)には、『審美綱領』では省かれた、美術品コレクションについての言及が見られる。必要箇所を引用しよう。

美術保護者
「メゼナス」氏

……此ニ於テ吾人カ現今国家ニ對シテ美術ノ振興保護ヲ講センコトヲ要求シ亦タ金満家ニ對シテハ須ラク美ノ何タルヲ解セシメンコトヲ努メ亦タ社会ニ對シテ美術ノ地位必要ノ如何ヲ教ユコトヲ力ム可キナリ昔シ羅馬ニ詩人ニテ美術ヲ保護セシ人アリ其名ヲ*Macenas*「メゼナス」ト称ス後世移テ軍ニ美術ノ保護者ナルト義トハ変セリ氏ハ啻ニ精神ニ於テ美術ヲ了解スルノミニ留ラス自カラ萬金ヲ投シテ美術品ヲ蒐集シ大家アリテ雄渾ノ技ヲ成ストキハ其資金ヲ與ヘテ作ラシメタリ亦独乙国ノ「モニック」ナル「シヤックハク」ノ如キハ自カラ国立ノ博物館ヲ壓スル如キ大博物館ヲ設立シ且ツ是ヲ各国ノ博物館ニ迎シテ優?

物傑作ヲ取調セシメタリ之レ已ニ一「メゼナス」タル可シ而シテ英佛亦大ナル「メゼナス」ヲシト雖トモ彼等未タ眞ニ美ニ(ママ)解シ精拙ヲ判スルコト能ハス徒ラニ壮大ナル製作ヲ以テ即チ足レリトスルカ如キ者ナキニ非ラサルナリ（『美学』ノート、傍点・傍線は原文）

これが清書された『審美綱領』になると、「官立」を圧する、資産家個人による私立の博物館という観点は特にふれられなくなる。『美学』ノートに該当する、『審美綱領』の「B　美の外護」部分を引用する。

B　美の外護

国家及自治団体は、芸術を補助すべき責あり。所以者何にといふに、諸芸術はこれを自由競争に一任するとき、その趣味の卑陋に陥ることを免れざればなり。

今の諸国の上流社会は、資産あるものと教育あるものとに相分れたり。資産あるものは、芸術を補助すべき能ありて、芸術を賞賛すべき能なく、教育あるものはこれに反す。これ個人に芸術を補助するに堪へたるものなきなり。この故に若し国家にして、現時の如くその資産を兵備に用ゐ尽して、また芸術を顧みざるときは、芸術は全く衰微し了るに至らむ。

国家、自治体、若しくは個人の、芸術を補助せむと欲するや、社会論者は必ず問をなして曰く。貧苦を救抜すると芸術を補助すると、孰れか急なると。これに答ふるに二途あり。一、民福論 Eudemonismus は、人生の志は多数の人の福祉を得るに在りとなせり。この見よりすれば、救貧を以て急務となす。二、進化論 Evolutionismus は、人生の志は智識開明に在りとなせり。この見よりすれば、芸術を補助するを急務となす。所以者何に

といふに、救貧の事業は、一面、人口をして蕃滋ならしめ、一面、需要の殷富と共に長ずることを致す。故に救貧の事業の終るを待ちて芸術を補助せむと欲すれば、終に芸術を補助する期に至るを見ざるべし。これに反して人智の開明は、想需を解するものゝ員数を増加し、後昆の為に受用の区域を広む。

芸術を補助するには二の方便あり。一は直ちに製作を助くるものにて、一は教育上多数の人をして芸術の美を享けしめむとするものなり。この補助の財源は租税に仰ぐより外なし。

実と相反するものは、たゞに美のみならず。真、善もまた同じ。真を求むるときは実利を顧みず。善を求むるときは自利を事とせず（『審美綱領』）。

教育があるものと資金があるものの乖離を芸術振興の観点から歎く点、芸術には公共資金を投じた保護政策が必要であるとする点、保護政策がなければ文化の品格が落ちるが、この品格の上下はある土地（国家）における文化とその土地（国家）の福祉政策に相関するとする点、ここから自己の芸術上の見解の対極に社会主義者の主張と措定されるものを置いている点など、いずれも「我をして九州の富人たらしめば」と共通する論旨である。

『美学』ノートにも政府が芸術保護の費用より軍事費を重視しすぎるとの批判、福祉政策と文化の相関関係を進化論で説明する要素などはあるが、このような『審美綱領』と『美学』ノートの共通項についての考察は本章の目的ではないので、これ以上は触れない。

「我をして九州の富人たらしめば」が、『審美綱領』とも、『美学』ノートとも異なるものとなったのは、美術品補助・芸術補助に関して、現物収集よりも資料収集をより重視するようになった点、そして講義においては言及したものの、刊行された『審美綱領』では一度削除した、個人による「史館」設立を、再び提唱しなおした点である。

以上の観点から、この明治三十二年の啓蒙的随筆は、作者の当時の人事上の不満を噴出し構成されたにすぎないとは、考えにくくなる。

この年に醸成された鷗外の美術保護意識は、美学的見解にもとづくものであった模様である。それでは他の文人とは、どういう相違点があるのだろうか。

2　鷗外・永井荷風・藤岡作太郎の浮世絵観

藤岡作太郎『近世絵画史』では、画題が時事風俗におもねっているという理由で、浮世絵が狩野派や土佐派の堕落の形態と見なされている。これは珍しい例ではないとはいえ、当時すべての文学者たちが、風俗画としての浮世絵を卑しめていたわけではない。よく知られた例を挙げれば、『江戸芸術論』の永井荷風がいる。

……過去を夢見んには残されたる過去の文学美術の力によらざる可からず。……（中略）……特殊なるこの美術は圧迫せられたる江戸平民の手によりて発生し絶えず政府の迫害を蒙りつゝ而も能く其発達を遂げたりき。当時政府の保護を得たる狩野家即ち日本十八世紀のアカデミイ画派の作品は決してこの時代の美術的光栄を後世に伝ふるものとはならざりき。而してそは全く遠島に流され手錠の刑を受けたる卑しむべき町絵師の功績たらずや。浮世絵は隠然として政府の迫害に屈服せざりし平民の意気を示し其の凱歌を奏するものならずや。官営芸術の虚想なるに対抗し、真正自由なる芸術の勝利を立証したるものならずや（「浮世絵の鑑賞」『江戸芸術論』（春陽堂、一九二〇））。

荷風は浮世絵を、自分の江戸趣味を具現化してくれる、いわば想像力の触媒として用いている。それゆえ、荷風にとっての浮世絵の芸術性とは、藤岡とは逆に、風俗画であることからみちびかれた芸術性を意味するといっていいのではないか。

荷風と藤岡は、正反対の価値観から浮世絵を見ている。ただ、実は両者は、風俗画としての浮世絵を、日本近世絵画史の作品序列化の、重要な根拠のひとつにしている点で一致している。一人は、旧体制での御用絵師、土佐派・狩野派などをハイアートとすることで美術史の序列化を明確にし、同時に風俗画を低俗な作品と見なし、序列を堅固にする。藤岡は明確に浮世絵をおとしめる立場をとっているわけではないのだが、美術の評価を社会的な序列に基づいて行っているらしき様子は、見うけられるのである。もう一人は、近世風俗を日本美術史における序列中最も高く見なし、自らの鑑賞眼と価値観を最優先事項として序列を行う。むろん、流派の問題と風俗画のありかたを、等しく序列化の根拠にするのも難しいのではあるが、ここではそうした序列化が行われているといえよう。

第六章　　浮世絵の発達

大雅、応挙等の起ちて新たに一派を立てたるは、京都に於てせり。しからばこの際における関東の形勢は如何。世は一般に旧風に厭いて、人心漸く動ける時、江戸ひとり依然として祖風を株守すべけんや。宋紫石の一派行はれて、沈南蘋の画風が伝播したることは、既に第一章にしるせるが如し。外圍の刺戟はおのづから加はりて、沈滞せる狩野家も栄川以来、更に家勢を挽回し、住吉家も板谷、粟田口の支派の出づるありて、とにかくにその家は栄えぬ（『近世絵画史』）。

いるが、既述のように、風俗画としてやや否定的に見なす見解も、本書全体には若干見られる。『近世絵画史』では「第三期　旧風革新」の第六章「浮世絵の発達」が、浮世絵についてのまとまった章となって

記載内容は充実しているし、浮世絵の美しさを賞賛する記述もしばしば見られる。ただし、この書中での浮世絵の顔の見せ方は、該当する章の中では薄く、前後にも散らされながらぽつぽつと、である。この分類・整理方法からも、『近世絵画史』における風俗画＝浮世絵の扱われ方の特徴が表れている。

引用文献の扱いは、「凡例」に「一引用書についてては、ある事実の斉しく諸書に見えて、よく世に知られたるは、煩を厭ひて、別にその出所を記さず」（『近世絵画史』、〔五〕ページ）という断り書きがある。

これらに対し、『日本芸術史資料』は、どんな姿勢を見せているだろうか。

まず、浮世絵に関する資料は、逐一出典を附されている。

また、浮世絵関係文献の引用の集積の分類・整理にあたって、「浮世絵派」という、現在のわれわれには聞き慣れない名称が用いられている。この語は、一九〇一年のわが国初の近代的な美術史『稿本日本帝国美術略史』（農商務省）中に登場してはいるが、風俗画を流派の一種のように表現するこの語は独特である。これは、どういうことだろうか。

高木博志氏は、国民国家論の文脈で『稿本日本帝国美術略史』をとらえている。[2] 氏によると、この美術史はパリ万博へ向けて、「一八八〇年代以来の文化的「伝統」（＝「旧慣」）の創出の論理において、単に鹿鳴館外交のような欧米の猿まねではだめで…（中略）…日本も独自の「伝統」、独自の日本美術史を有することが不可欠」[3] という、強い国民国家形成意識に基づいて創設された美術史である。このため、天皇治世に基づいた時代区分と重心の配置、この配置・配慮などのための古代重視、古代重視と宝物調査のための宮内省の美術行政と執筆・生成が相関している点

などに、重要な特性が認められるという。

説得力のある説明である。そして言い添えるならば、海外を意識することで、逆に過剰に「日本独自の伝統」を意識するようになった日本人にとり、江戸末期からの「浮世絵」とは、海外向け重要作品であり重要輸出商品である。つまり、西欧諸国向けの博覧会へは、伝統の強調と同時に、輸出品目＝「消費」の対象として海を渡ることとなったと表現した方が、より正確なのではないだろうか。

狩野派などかつての御用美術と、町人文化の風俗画がいずれも日本美術の「派」の種類として、対等に価値づけられる。これこそ、一律な経済原理に基づき、「日本」が世界的に売り出されてしまったケースといえるだろう。

『日本芸術史資料』では、「浮世絵派」は以下の語り口で叙述され始める。

浮世絵派

○浮世絵は時世絵とこそ謂ふべけれ。憂き事の故なくて、うき世とは謂ふべからず。漢語の浮世亦異なり。（舟廂後篇、斎藤彦麿の説）
今按ずるに浮世絵はGenreといふに同じ。
○天和二年（一六八二年）板一代男巻三に、屏風の押絵を見れば、花かたげて吉野参の人形、板木押の弘法大師、鼠の嫁入、鎌倉団右衛門庄左衛門が連奴、是れ皆大津追分にて書きしものぞかしと云ふ。大津絵には古く役者絵ありしなるべし。（骨董集巻二）
○寛文（一六六一至一六七二年）の頃は板刻絵なし。肉筆武者絵を売ること、大津絵の如し。延宝（一六七三至一六八

○年）の頃板刻絵始て出でたり。（増補浮世絵類考）京伝云。未知果然否。
……（中略）……
○紅絵又漆絵といふ板行一枚絵は、享保（一七一六至一七三五年）の初の創意なり。墨に膠を引きて光沢を出せり。奥村政信専らこれを画がく。（骨董集巻一）紅絵を売り初めしは、浅草御門同朋町なり。地方に輸出するより江戸絵の名あり。（近代世事談）
鳥居清信の漆画は多く俳優を画く。鱗形屋の板行にして、三鱗の章あり。一枚の値五円許。（明治三十一年自記）……（中略）……
○寛延（一七四八至一七五〇年）の比より、板刻彩色画始まる。紅、藍、黄三遍摺なり。（増補浮世絵類考）京伝の説なり。
○板刻絵は寛延（一七四八至一七五〇年）の頃始まる。当時赤き摺込の絵多かりき。此画天保（一八三〇至一八四三年）に至るまで、上方に行はれたり。（増補浮世絵類考）
……（後略）……（『日本芸術史資料』、傍線目野）

『稿本日本帝国美術略史』の編纂者たちは、東京美術学校の関係者の主要な顔と重なっている。鷗外は、同校に明治二十二年から三十一年まで勤めていた。『稿本日本帝国美術略史』編纂者たちからの、鷗外への影響はあったのだろうか。この、未完の日本美術史執筆者たちの相関は明言はできないが、例えば「今按ずるに浮世絵はGenreといふに同じ」というくだりは気にかかる。浮世絵を考察する際に鷗外の念頭に浮かんだ「Genre」という語は、彼得意のドイツ語でも、『稿本日本帝国美術略史』発表に用いられたフランス語でも、風俗画を表現する際に用いる。

むろんこのことだけで、『稿本日本帝国美術略史』編纂と鷗外の美術史意識が連絡しているとはいえない。が、ここで重要なのは、日本の美術史を個人で構築するに際して、他の箇所にはそれ程見受けないにもかかわらず、わざわざ外国語で「浮世絵」を考察したことである。高木博志氏の言葉に再度言及しなおさずとも、ここでの鷗外の態度は興味深いものであるといえよう。

「浮世絵派」の呼称の紹介ののち、この派のごく簡略な説明が付く。そこからはひたすら鷗外的に、同じ事項に関する関係文献が引用され続けている。引用されるテキストは、浮世絵関係書はもちろん、伝記、随筆、見聞記等の雑書類にも及び、その量は読む者を圧倒する。

試みに、荷風の浮世絵論の類似部分を引用してみよう。「浮世絵の鑑賞」と同じく、『江戸芸術論』に所収されている「鈴木春信の錦絵」からの引用は、こうだ。

浮世絵の板画が肉筆の画幅に見ると同じき数多の色彩を自由に摺出し得るまでには幾多の階梯を経たりしなり。浮世絵木板摺の技術は大津絵の板刻に始まり、菱川師宣の板画及書籍挿画に因りて漸次に熟練し、鳥居派初期の役者絵出るに及びて益々民間の需要に応じ江戸演劇と相並て進歩発達せるなり。然れども当時の板画は悉く単色の墨摺にして黒色と白色との対照を主として、此れに丹及び黄色褐色等を添付したれども、こは墨摺の後に筆を以て補色したるものなるが故に、未だ純然たる色摺板物の名称を下し得べきものにては非ざりき。

此の如き手摺の法は進んで享保に至り漆絵と呼びて黒色の上に強き礬水を引きて光沢を出し更に金泥を塗りて華美を添ふるに至りしが、やがて寛保二三年二西年暦或一三七年四奥村政信の門人西村重長、一枚の板木に

て緑色及び紅色二度摺の法を案出するや、浮世絵はここに始めて真正なる彩色板刻の技術に到達するを得たりしなり。

菱川師宣の名前が挙げられている。鷗外の記述の方には、一見このような通史的な時間軸の概念が見当たらないようではある。が、実は『日本芸術史資料』の「浮世絵派」中には、「菱川以前諸家」なる、より詳しい分類を見つけることができる。

こうして『日本芸術史資料』の資料蒐集は、荷風の浮世絵論に該当する論文を現出させるための、周到な予備作業にすら見えてくるのである。もちろん「芸術史」には同時に、荷風的な浮世絵論ではない、鷗外独自の浮世絵史構築の編纂の可能性もはらんでいる。荷風の浮世絵論には「真正」など、主観的な価値判断の語が含まれ文学的であるが、『日本芸術史資料』はこうした主観性を含まないだけ、逆にさまざまな物語を生み出す力をもっている。「鈴木春信の錦絵」も藤岡の記述と同じスタイルで、参考文献名は記されていない。全体で見れば、フェノロサ曰く、といった程度の例示が登場する程度である。「浮世絵の鑑賞」よりもまだ論文に近いが、文章は藤岡と同じく美文調である。

鷗外の『日本芸術史資料』の、浮世絵の先行研究に関する情報量は、藤岡や荷風をはるかに凌ぐ。また芸術史資料全体でも、浮世絵は大きな比重を占めている。大正初期の荷風の見解が、いまだ例外的存在であった時代に執筆されたと推定される資料であるのに、この分量である。鷗外の風俗画への肯定的姿勢が感じられるのではなかろうか。

荷風・藤岡両者が簡潔に「浮世絵は江戸の出版技術向上に伴って発達した」と済ませる現象は、鷗外においては、

膨大な引用で実証されている。彼の未完の芸術史資料は、荷風の「鈴木春信の錦絵」だけでなく、藤岡のための原資料となっても、不自然ではないのだ。

前章に、明治三十七年の鷗外の「日本医学史序」、「編年ト云ヒ列伝ト云フ縦ヒ材ヲ取ルコト博ク事ヲ叙スルコト詳ナランモ輓近ノ史眼ヨリシテ観レバ単ニ史家ノ前業タルニ過ギズ」を引用した。「史家ノ前業」。編史作業とは、先行資料の要約の仕方の問題に至るというのでは、やや言い過ぎではないのか。これはむしろ、鷗外自身の考え方や仕事の傾向の反映であろう。『日本芸術史資料』は、もともと器用に序列化され、物語として論述された芸術史にはならない資料だと筆者が想定する根拠のひとつである。

ところで荷風は、自身は美術における理想の標榜という点では、戦闘的啓蒙家時代の鷗外の出版物『審美綱領』を参考にしていると述べている。小堀桂一郎氏は、鷗外のフォン・ハルトマン美学の縦横な駆使の開始時期を、外山との論争以後としている。つまり、明治二十年代とは見ていない[4]。彼は明治二十九年に東京美術学校で美学と西洋美術史を教えはじめ、フォン・ハルトマンの要約的編述『審美綱領』が明治三十二年刊行であり、同書への参照を求める記載のある『審美極致論』が明治三十五年刊行である。鷗外が実際にフォン・ハルトマンの理想美学を掲げた時期は、明治三十年代というわけである。ただし先の「一枚の値五円許。」（明治三十一年自記）という記載から、三十年代では、すでに日本近世風俗画への興味があった可能性は強い。

荷風に認められる、鷗外の啓蒙家時代の美学と、後年の「いわゆる鷗外史伝」への傾倒の傾向を、鷗外美学と「いわゆる史伝」の結びつきと直結させて論じるのは難しい。ただし、両者がパラレルかということと、両者がそれぞれ妥当かということは違う。

3　鷗外への浮世絵の影響経路

明治三十年の一月、上野美術協会では浮世絵歴史展が小林文七によって開催され、翌三十一年にも上野で浮世絵展覧会が開かれた。後の方の展覧会で発行された目録は序文を重野安繹が担当し、本文の解説はアーネスト・フェノロサが行っている。この時の作成らしき「浮世絵展覧会目録」を購入した形跡が、鷗外の『明治三十一年日記』の六月十日に見られる。「……三十年代末になると、審美書院の『浮世絵派画集』といった超豪華画集の刊行がみられ、四十年代には、大阪の宮武外骨の主催する雅俗文庫からの出版が目立つようになってくる[5]」との指摘もあるように、これは浮世絵画集刊行がさかんになる少し前のことである。

審美書院から『浮世絵派画集』を出した大村西崖は、明治期の浮世絵研究史に斎藤月岑・小林文七・宮武外骨らと並んで重要な人物である。「浮世絵派」という語と鷗外の関係に着目してみたい。

西崖は明治三十九年一月、審美書院の編集主任となっている。彼と、研究対象の美術と、出版社のこの関係は、瀧精一における「国華社と同様の意味」、つまり相互に抜きがたい性格を持つ。「審美書院は西崖が編集主任になった後、順調に営業し、『浮世絵派画集』『支那名画集』『丸山派画集』『東瀛珠光』そして『東洋美術大観』その他の大型豪華本を次々と発行した[6]」のであった。

西崖にとり審美書院は、五歳年下だが学会での立場・社会的地位ともに彼を追い抜いてゆく瀧精一に対抗し、豪華画集を出版する本拠地であったわけである。

「一枚の値五円許。」(明治三十一年自記)という『日本芸術史資料』の「浮世絵派」は、西崖の審美書院の編集主任

就任よりも早い。ただし、両者間に単純な師弟関係を認めるのは難しい[7]。さらに前述のように、瀧を意識して三十九年に浮世絵研究本を刊行したともいえる西崖である。「浮世絵派」に関していえば、鷗外から西崖への影響より、西崖の側からの著作や言動が、鷗外に影響を与えた可能性の方が強いのではないだろうか。

吉田氏は、大村のフォン・ハルトマンの影響を鷗外との接触にあるとし、鷗外側も「西崖を支援するかたちで『美術評論』に積極的に協力していた」[8]と、「森鷗外の西洋美術史講義」で説明している。

東京美術学校での、鷗外の西崖への関与から生じたとおぼしき、近世風俗画の関心の論調について簡単に述べた。同校での鷗外については、吉田氏の論がすぐれている[9]。

この後、鷗外に小倉行きの決定が下り、先の「我をして九州の富人たらしめば」が、書かれるのである。

4　夢の日本近世美術史料館

西洋美術史の講義や『審美綱領』執筆を経由し、「我をして九州の富人たらしめば」に至る、鷗外の歴史の再構成への関心は、公共的なものから次第に個人的になり、かつ「九州の富人」や「美術保護者「メゼナス」氏」でなくても可能なものへ、と傾斜してゆく。浮世絵という具体的な例についていえば、鷗外は東京美術学校という場所、また瀧精一と競っていた西崖との相互の影響のもと、浮世絵に関する興味を培っていったと推定される。日本近世美術への総合的な鷗外の言は、生前はほとんど活字化されていなかった。

そうした彼にとっての、明治三十一年以降の日本近世美術史・あるいは資料による過去の再構成は、現物をめぐるものではなく、全く先行文献という資料の集積――紙上の近世美術史料館構想――に限定されたものとなってい

ったのではなかろうか。

あるいはこれは、「いわゆる史伝」への、隠れたモチベーションとも表現できるであろう。なぜなら、第一章での結論部分を考え合わせると、この歴史の再構成こそ、彼の自己構成と連動し、かつ個人による公史を圧倒するほどの資料収集に徹した、特異な日本近世史だからである。

注

（1）東京芸術大学百年史刊行委員会編『東京芸術大学百年史』（ぎょうせい、一九八七、四八七ページ）。
（2）高木博志『近代天皇制の文化史的研究―天皇就任儀礼・年中行事・文化財』（校倉書房、一九九七）。
（3）（2）に同じ、三四六ページ。
（4）『森鷗外―文業解題（創作篇）』（岩波書店、一九八二、三五四ページ）。
（5）永田生慈『資料による近代浮世絵事情』（三彩社、一九九二、一二四～一二五ページ）。
（6）吉田千鶴子「大村西崖と中国」『東京芸術大学美術学部紀要』（第二十九号、平成六年三月、九ページ）。
（7）吉田千鶴子氏の「大村西崖の美術批評」『東京芸術大学美術学部紀要』（第二十六号、一九九二年三月）を見ると、美術史学に関する鷗外と西崖の影響関係は単純で全面的なものではなく、やや留保がつくと分かる。氏の論文の注釈部分には、西崖の美術史学への傾倒は鷗外より今泉雄作によるものであることが説明されている。
（8）吉田千鶴子「森鷗外の西洋美術史講義―本保義太郎筆記ノート―」『五浦論叢』（第二号、平成六年三月、原注略、四十五～四十七ページ）。
（9）吉田氏前掲諸論文。

第四章　明治三十一年の鷗外と美学

「明治三十一年から始まる鷗外史伝」というテーマを、美学との相関でとらえる場合、彼の美学研究と、同時代の美学研究の両面を見る必要がある。

この年執筆されたのは『西周伝』『審美新説』『審美綱領』（刊行は翌年）『智慧袋』『洋画手引草』『明治三十一年日記』の六点であり、他はほぼ『公衆医時』掲載分だ。

明治三十一年前後の鷗外といえば、戦地からの帰還後、小倉左遷直前の『めさまし草』時代である。執筆活動量も他の時期よりは少なく、穏やかな印象を与える時期にあたる。美学に限らず、文壇活動全般において、高山樗牛らの活躍の陰になっているため、やや地味な印象も受ける。この時期は、鷗外の次世代に文壇の中心が移ってゆく、世代交代の時期なのである。

とはいえ、前章でも述べたとおり、鷗外がフォン・ハルトマンを頻繁に引用して論壇をにぎわしていた二十年代よりは、この時期からの研究活動の方が、内容の上では見るべきものがあることになるのだ。

本章は、ここまでの美学に関する論述部分の補完として、まず同時代のドイツ美学移入についての先行研究を簡単にまとめる。次に彼の美学研究のうち、内容以外で「いわゆる鷗外史伝」形成に関与する事項を、補完的に述べる。

1　明治三十年代初頭の日本の美学と鷗外

明治の美学と森鷗外について、主に文学、また文学と関わる美術上の観点からは、土方定一氏による優れた先行研究がはやくからある。[1] 美学者側からの美学・美学史研究では、影響関係を哲学上の見解面から踏まえたものに山本正男氏の研究[2]があり、堅実な実証的美学史研究は、金田民夫氏[3]による考察がある。土方氏は、山本氏や金田氏よりも文学的な視点から研究され、鷗外研究者には益するところが多い。また、山本氏の研究から日本の美学移入期のスペンサーの、微妙かつ広範な浸透の影響源が明確になり、金田氏の研究では、関西からの視点を確認することができる。

この三氏に共通するのが、明治三十三年の大塚保治の哲学会での講演「美学の性質及其研究法」を、わが国の美学史研究上の、エポックメーキングとする点であろう。これについては、本部第二章ですでに述べた通りである。専門の鷗外研究者による、鷗外美学研究も重要であるのは同じである。だが、明治期の美学一般を総合的に論じる場合、鷗外の活躍していた明治三十三年以前を重視しないのが、やはり妥当な判断なのである。鷗外のフォン・ハルトマン美学は、最終的にはこの「明治三十三年以前」の範疇から出るものではないだろう。そこで、先の三者による、客観的な先行研究に則るべきと思われるのだ。

さて、具体的な内容にうつろう。金田民夫氏は明治三十二年を、「わが国の美学史上において画期的な意味をもつ年[4]」と述べ、その翌年三十三年を「日本の近代美学が、……新しく本格的な研究方法を見出すべきことが自覚されることになつた[5]」年、初めて日本の美学が芸術批評からアカデミズムの範疇にある研究となった年として、それ以

前と一線を画している。

前者である明治三十二年は、もちろん鷗外・大村西崖編『審美綱領』（春陽堂）と高山樗牛編述『近世美学』（博文館）が出版された年である。この年までの鷗外と、彼が移植して、極論すれば「道具」に使い回したフォン・ハルトマンの影響の大きさと、その影響の種類の問題性については、土方氏の「森鷗外と明治美学史」が、当時のやや戯画的ともいえる状況の例証とともに、描写する通りである。[6]

『審美綱領』は、原著の省略しすぎや難解さのために批判を浴びたが、『近世美学』は「美学の学問的な著作を渇望してゐた、当時の知識人にとつて、まさに青天の霹靂の如きもの」であり、「出版の半年後には再版を、更に一年毎に版を重ねるといふ、専門書としては考へられない程の普及ぶり」[7]を示した。そしてこの翌年が、大塚の「美学の性質及其研究法」が講じられた年なのである。つまり明治三十二年から三十三年は、これ以前の美学とこれ以後で時代が変わる、その分かれ目の二年間だったのだ。

さらにいえば、この当時の樗牛の発言には、ジャーナリズムを基盤とする広範な影響力があった。

確かに明治三十二年、『審美綱領』『近世美学』両書は啓蒙的かつ読書大正の広い、明治期の代表的な美学書であった。だが、戦中から戦後の、それこそ多くの山本正男氏のような優れた人物たちに、美学研究のモチベーションを与えたと考えられるのは『審美綱領』ではなく、『近世美学』の方なのである。

鷗外は、明治二十年代に美学講義を行い得た、数少ない人間の一人であった。彼は同時にそれまでの、フォン・ハルトマン一辺倒の傾向の創始者でもあった。鷗外は、小倉左遷の頃に、美学でも中央を退くことになったのである。

2　「英雄は公衆の奴隷」

『審美綱領』だけでなく、同年に執筆された『智慧袋』なども同じく翻訳編述である。この頃の彼の著作は、ドイツ帰朝後や明治四十年代のような独創性に乏しいとされる。ただ、この場合、独自性の乏しさのため、かえって同時代に普遍的であった解釈の特徴が、あたかも、解釈者独自の個性であるかのように残っているかもしれない。そういうことを意識しつつ、再度ここで、「『審美綱領』と異なり、講義の方はわかり易く、しかも鷗外自身の考え方も知ることができ、生徒にも評判が良かった」[8]といわれる『美学』ノートから、「歴史美」言及部分を眺めてみたい。

明治三十一年当時の鷗外は、東京美術学校で美学と美術史を教えていた。慶応義塾の講義内容は不明だが、東京芸術学校での講義は両者ともノートが残されている。『美学』ノートはほぼ『めさまし草』連載のフォン・ハルトマン美学の翻訳（最終的に『審美綱領』としてまとめられる）と内容が同一であり[9]、逆にいえば大村西崖との共著『審美綱領』には、あまり大村の手が入っていないと考えられる。

『審美綱領』、美学講義ノートともに、しばしば英語がかなり使われている点も既に述べた。専門用語を中心とした英語の使用は、『審美綱領』だけではなく、その前段階の『美学』ノートにも、等しく見られる特徴である。

論じたのは、「いわゆる鷗外史伝」の生成原理の原型ともいえる、「アクション」と「レサルト」に基づく歴史生成概念[10]が「歴史美」言及部分にすでに現れていることであった。歴史は「アクション」「レサルト」、この二つの局面が絡み合いつつ進化・進展するとされる。これは明治三十七（一九〇四）年三月の「……独逸ニ史ヲ行（Geschichte）

ト名ヅク行ハ事物ノ生ヨリ異、異ヨリ滅ニ之クヲ請フ史ノ物タル読者ヲシテ事物ノ発生変異衰滅ノ循環ヲ明ラメシムルガ故ナリ」（「日本医学史序」）という、植物の成長のような（生命）活動の絶頂期、成長の限界点のニュアンスを含む、ドイツ語での歴史の語の意味とかみ合わない、というのが問題点であった。いずれの史観も歴史の進化・進展という点では一致しており、両者の完全な弁別は不可能だが、両者の歴史進化の観点が相違しているのは間違いない。

この相違は、『審美綱領』とノートの関係箇所前後を閲すると、さらにはっきりする。従来の歴史記述のあり方や風俗・家系図の意義、英雄と普通の庶民との関係など、わが国の例を多用し、またシェイクスピアを例に挙げるなどして具体的に説明している。(11)

従來我邦ノ歴史ヲ見ルニ載スル所多クハ是レ王室ノ興亡国家ノ盛衰人事ニ於ケル志業等換言スレハ形躰史ニ非ラスシテ精神史ナリ而シテ頃来ノ開明史ト開化史トハ區域甚タ困難ナルモノタリ其ノ今日ノ開明史ナルモノハ細密ニ及ホシタルモノニテ開化史ノ如クニ政治宗教戰乱ニ重キヲ置カス風俗工藝農事等ヲ述べ且又如何ニシテ平家ガ赫々ノ勢威ヲ放ニシテ（ニ）如何ニシテ彼等ハ旌旗西海ニ埋メン当時ノ農業ノ有様服装小商人ノ状態ニ至ル無名ノ歴史ナリ而モ普通史ノ如キハ完全ナルモノニ非ラス例ヘハ我邦有名ノ美術家タル彼ノ運慶ノ如キモ最モ完備セリト称スル大日本史ニテ之レヲ載セス然ルニ現今却テ彼レヲ以テ開明史ノ範圍ニ属セシムルニ至レリ是レ即チ有名ナル人ノ傳記ハ必ス普通史ニシテ無名ナル人物ノ歴史ヲ開明史ナリトハ速断ス可カラサル適證ナラスヤ吾人ノ見解

文明史タル可キナリ〔※欄外〕普通史ニ徒ラニ系図ヲ崇拝スルノミ

ヲ以テスレハ一倅ノ歴史ハ文明史タル可キナリ何トハスレハ文明ノ進歩発達ヲ述フルモノ是レ歴史ノ定義ナレハナリ何ノ彼ノ普通ノ小如キ個人個人ノ傳記ヲ列ネテ其ノ家柄ノ系図ヲ以テ正味トシタル如キハ歴史ノ本領トシテ重キヲ措ク所ニ非サルナリ嘗テ十年以前ニ「シークスヒヤ（ママ）」ノ詩ハ「シークスピヤ」ノ作ニ非ラスシテ他人ノ作ヲ譯セリトノ説起リテ一時大ニ欧州全土ノ学者ヲ動カシタリシカ如キアリ顧フニ其ノ氏カ果シテ「シークスピヤ」ナルト否ヤヲ問フハ價値ナシ充分ナル美想ヲ含ミタランニハ其ノ敢テ「シークスヒヤ」タリ他タリヲ問ノ要ヤアラム（ト？）是レ啻タ児戯ノ争ノミ絵畫彫刻ニ於ケル極ノ如キ亦然リ固ヨリ時代ナルモノ、美トノ関係ヲ有セサルヲ以テ是レヲ論外トシ彼ノ作者ノ名ヲ知リテ後チ初メテ其該作品價値ヲ判スルモノ、如キハ未タ共ニ美術ヲ談スルニ足ラス只タ作品（ママ）ヲカ價値重ケレハ即チ可ナルノミ（傍点原文、傍点目野）

英語文脈と考えられるこの理論、歴史と開明（文明、公衆）史の際の説明部分の事例を、英雄と庶民の関係に絞って見てみよう。すると、有名人と無名人の関係を、歴史（世界史、國家史、政治史）と開明史（公衆史）の対比とパラレルに論じていることが分かる。これは、当時巷間に広まっていた歴史理解でいえば、久米邦武の見解に近いのではないか。つまり久米の、「英雄は公衆の奴隷」を発想の基盤に置いているのではないだろうか。

久米は明治二十四年末、『史学雑誌』に連載した「神道は祭典の古俗」による筆禍のため、帝国大学を休職になっている。「英雄は公衆の奴隷」は、その前年の明治二十三年九月、『史学会雑誌』（第十号）に掲載された。ここでは彼は、歴史の理解に際しては、英雄の活躍や歴史上の大事件よりも、その背景となった社会や大衆の動きにこそ注目

すべきと説き、その理由を解説している。つまり「歴史美」箇所は通読すると、ドイツ語文脈であるフォン・ハルトマンの審美体系を骨子とした言及というより、この頃までに流布していた英学系統の、スペンサーの進化論に近いと見なす方が、はるかに納得がゆくのである。

かつて鷗外と論争した、外山正一を想起してみよう。人権論と国権論の対立が頂点に達した明治十年代、実は両論とも、正当性・根拠をスペンサー理論に求めていた。明治十三〜十五年、東京大学総理加藤弘之と外山正一とで行った論争も、同じく両者がスペンサーに依拠しているのである。

明治十九年に同大学の社会学の担当は、フェノロサの跡を継いで当時文科大学長であった外山が、受け持った。さらに明治二十六年九月に帝国大学の講座制創設の際に、最初の社会学講座の担任者となったのも外山であり、この態勢は外山が東京帝国大学総長となった明治三十年十一月まで続いた。また先の久米は、休職処分の後には明治二十八年に創刊されたばかりの総合雑誌『太陽』の創刊号の巻頭に、社会進化論を基盤においた所説を掲載している。このような大学アカデミズムと一部メディアに限定するまでもなく、スペンサーの名は当時、ひろく巷間に流布した発想であった。鷗外が知らないと想定する方が難しい。

外山は明治二十三年に、鷗外と歴史画をめぐって論争を行っている。「外山正一氏の画論を駁す」などの論文の応酬による美術論論争だ。確かに、ここで叩かれた外山がフォン・ハルトマンを東大に招聘することを考え始めた事実も見逃すことはできないが、鷗外の側も、これらの論争を意識しつつ講義・執筆をしていると思われるのである。

以上に、『西周伝』と講義期間、『審美綱領』執筆時期が重なっていることを加味すれば、「アクション」と「レサルト」の語が、鷗外の筆で綴られた時点で、彼の頭の中で「いわゆる鷗外史伝」の理念の原型が芽吹きはじめたのではないか、と考えられるのだ。

とはいえ、この観念がただちに大正後期の「いわゆる鷗外史伝」に直結した、というのではない。『渋江抽斎』のような作品の場合、もともと鷗外が抱えていた歴史理念の発露である可能性も強い。

「是書は翻訳若しくは抄訳に非ず。唯〃義を取りて編述せるのみ。若し文字を以てこれを算するときは、原著の百分の一にだに及ばず」(「凡例」『審美綱領』)。『審美綱領』はフォン・ハルトマン美学の祖述、また自己の解釈が含まれた美学であると同時に、ジャーナリズムへの反応も織り込まれた美学といえる。

同時代的なパラダイムとしてのダーウィニズムを、安易に美学研究の基礎におくのは危険を伴う。この危険こそ、鷗外の依拠したフォン・ハルトマン哲学が、単なる「流行哲学」の立場に立たされるのを余儀なくされた、大きな要因でもあるのである。山本正男氏は、「美学に発達史的立場を――個体発生史的と系統発生史的の両者を含み――導き入れ、芸術本質を明瞭に開示せしめる」のは重要ではあるが、美学の体系を鷗外の「歴史美」言及におけるように「ダーウィンの進化論に基礎づけようとすることは、進化論の信奉者にのみ価値あること[12]」なのだと説く。美学の体系化は、何らかの「形而上学的世界観と一致させること」や「科学的証明[13]」を目的とはしないのである。

3 「美術史」講義ノートのラスキン

東京美術学校での美術史講義ノートは、吉田氏によると、岡倉天心と同じくリュプケの美術史を中心に、原書を翻訳して草されたと推定されている。しかし、参考文献はまだ他にもあるらしく、それらの確定はいまだ困難である[14]。

また氏は、鷗外が講義中にラスキンの絵画論に矛盾が多いと批判した後、岡倉の審美論がラスキンに依拠する、

と述べている部分に注目する。[15]が、使用文献が不明瞭であるため、氏は慎重に、あえて詳しい考察を避けている。

ここでは、文学研究の側から考えることのできる事象について言及してみたい。この美術史講義ノートが筆記されたのは明治三十（一八九七）年、岡倉天心にかかわる美術学校騒動の起きた年であり、ラスキンを含む、ラファエル前派ブームの始まる以前の年でもある。必要箇所を引用する。

> ラスキンの画論は近来の英国に於ける画論を支配するものなれとも、其論する所は常に前後相撞着したるもの多し。殊に彼れは初めに於て反対し、後に讃〔賛〕成するか如き易動主義なり。其コンスタブルに於ても是れなり。要するに彼れは一片の感情を以て議論を左右するもの、固より信する〔に〕足らさるのみ。…（中略）
>
> …
>
> 然るに茲にJohn Ruskin（1819-?）チオン、ラスキンの出てゝ大に之れを弁護す。プレ、ラヒリスム〔ママ〕なる著書を公にし、タルナー以来の絵画か一変の気勢を呈しつゝあり、プレ、ラフ〔ア〕エリストの如き亦其一派なり〔る〕ことを説きて新派を助けたり。蓋し現今英国の画論は概ねラスキンに準するものにして、ラスキン今は美術学校の教授たり。前きの吾か美術学校長岡倉氏の説〔き〕たる審美論亦たラスキンに拠れる所なるへし。[16]

確かにこの論旨からだけでは、ラスキンの何が問題なのかは不明瞭である。ただし、ここで引用されているラスキンの著作名は、『プレ、ラヒリスム』のみである点は興味深い。これはおそらく、彼の『プレ・ラファエライティズム』（一八五一）を指すのであろうが、ラスキンの絵画論全般のバランスという観点からいえば、若干、バランス感

覚を欠くのではないか、と感じられなくもない。

彼の画論で最も大きいもので、かつ美術史教育の場で取り上げられるべきテキストならば、まず『近代画家論』であろう。これは一八六〇年に完結し、全五巻を数える大著である。『プレ・ラファエライティズム』は彼の絵画論を「著書」として「公に」したというよりも、ラファエル前派を世評から弁護するための小冊子というのが、より正確な形容であろう。[17] 一八七〇年、イギリスの大学としては初の美術の講座となる、オックスフォード大学のラスキンの講義を聴くために集まった聴衆は、「『近代画家論』の著者の風貌に接するために集まった[18]」のである。

ちなみに、ノートの書かれた明治三十年はラスキンの死の前々年である。当時七十九歳であった晩年の彼は、オックスフォード大学もすでに辞職している。それゆえ「ラスキン今は美術学校の教授たり」部分は不適当である。むろん、資料は鷗外講義の受講生のノートなので、鷗外の言及とは明言できないが、それにしても鷗外がそう言った可能性は高い。

ラスキンに関しては、鷗外よりも、東京美術学校での鷗外の後任を託される岩村透が、初期の代表的な研究者である。彼は当時、まだ白馬会における重要な人物ではなかったらしい[19]が、新帰朝者としての注目は集めていたようである。

鷗外の講義でのラスキンの言及を確認すると学問的な正確さはともかく、鷗外自身の特性が思われる。一つには、彼の明治二十年代における、フォン・ハルトマンの用い方との共通性である。よくも悪くも、批評家的・評論家風な彼の姿勢が感じられるのだ。

積極的に評価すれば、弱い立場のものを、自らの博引傍証で助力する姿勢である。仮に鷗外がラスキンの論文を実見していた、あるいは発表状況を踏まえた上でラスキンを論じていたとしたならば、なかなか興味深いシンクロ

ニティとなる。なぜなら、ここで持ち上がっている問題はまさに、鷗外の過去の美学論争の来歴と重なるからだ。『プレ・ラファエライティズム』とは、ミレーやハントがタイムズで酷評された際に、批評を読んで初めて同情と義憤を感じたラスキンと、かつてターナーを弁護したラスキンの義侠心に呼びかけたミレー等の同意のもと、開始された論争の雑誌論文を集成した冊子である。これはちょうど、外山正一から原田直次郎を防御するため、「外山正一氏の画論を駁す」論文に始まる一連の論争を開始した鷗外の行動様式そのまま、といえるではないか。

鷗外が美学に関わった契機も、学校での講義以前には、論争・雑誌や新聞への寄稿からなっていた。その点からいえば、『プレ・ラファエライティズム』起稿の理由に近い。

ただし、これは鷗外が総合的な美学にはさほど興味はなく、むしろ最新の新聞・雑誌をにぎわす話題にばかり、食指を動かしている証左ともとれる。ラスキンの参照も、鷗外独自のジャーナリスティックな反応の一環とも認めることができるのだ。

美学に限った話ではないが、派手なメディア上の論争に参加してしまうと、特定の立場への偏りを示さざるを得なくなる。この偏りを何とかまとめようとすると、ラスキン以上に鷗外こそ、「論する所は常に前後相撞着したるもの多し。殊に彼れは初めに於て反対し、後に讃〔賛〕成するか如き易動主義」になってもおかしくはないのである。特に鷗外の場合、彼自身になにか積極的に主張があって発言していたわけではなく、もとより第三者として、他人の論に「易動」して開始してしまった議論であるゆえである。そのためにこそ、大した根拠もなく、ラスキンの美学評論をわざわざ岡倉校長の審美論と対比させているのではないか。読みすぎであろうか。

吉田氏のラスキン言及部分への注目は、その当時が、岡倉排斥運動や美術学校騒動等の渦中の時期であったためである。鷗外は、一連の騒動の根源である大村西崖を支援する立場にあったので、ラスキンはともかくとして、間

接的に岡倉を攻撃したのであろう。

4　まとめ

美学と美術史の講義、また『西周伝』『智慧袋』など、明治三十一年当時の鷗外の執筆活動は、機会的かつ受動的な動機が中心にある、と見てよいのではなかろうか。この点は、日本主義から浪漫主義へと変貌し、『太陽』誌上などでひろく国内に影響を及ぼした、高山樗牛と似る。樗牛にとってのニーチェのように、鷗外にとってのフォン・ハルトマンは、研究対象としては、さして重要ではなかったのだろう。

土方定一氏は、大塚保治がヘーゲルと森鷗外、フォン・ハルトマンを併置し、現在にいたる美学が現代芸術に役立たぬことを述べたと書いた後に、「すべての美学はそれぞれの歴史的な制限を持ち、次代は次代の美学を要求することはいうまでもない[20]」とやや被批判者をかばっている。しかし、ヘーゲルの時代性と鷗外、フォン・ハルトマンの時代性の意味は、2で触れたように、同一とはいいがたい。

ここまでで、鷗外が筆をとりたくなる動機は、時事の反映にすぎない、という筋道が見えてきたことになる。この解釈は、しかし一抹の問題も含む。ことに「いわゆる鷗外史伝」執筆開始の動機については、大逆事件の衝撃、あるいは乃木殉死の影響を受けたゆえの「いわゆる鷗外史伝」執筆の開始という、本書で疑義を呈している通説と重なってしまう。

ただ、鷗外の執筆動機をひろく全般的にいえば、彼自身が時局に影響を受けがちな執筆スタイルの持ち主であることは、否定しにくい。裏返していえば、鷗外は作家や研究者であるが、より以上に、ジャーナリストの性格も濃

かったのであろう。この彼の特質が、時事現象への反応に反映している。時事そのものは彼の執筆の直接の原因ではないが、触媒であったのかもしれない。

鷗外の執筆活動の動機は、多く環境の刺激からもたらされた受動的なものでもあり、かつドイツ帰りの戦闘的啓蒙家の様相も、帯びている。そして、彼のこうした執筆活動全体に、「方法の学」（金田民夫）として哲学を理解する傾向もあらわれる、といえるのではないか。

鷗外が、ひろく評論活動を行う場合、その感覚はまるで、「どの哲学にも立脚できない」と嘆いた金井湛のようである。哲学を、何かのために「立脚」すべき道具と見なし、便利な方法論の一環として極端に均質化してしまう姿勢に、どこか通じているのではなかろうか。

注

（1）　土方定一『近代日本文学評論史』（西東書林、一九三六）。
（2）　山本正男「フェノロサの美学思想に就いて（上）」『国華』（一九四九年一月・六八二号）、「フェノロサの美学思想に就（下）」『国華』（一九四九年二月・六八三号）。
（3）　金田民夫『日本近代美学序説』（法律文化社、一九九〇）。
（4）　（3）に同じ、六十五ページ。
（5）　（3）に同じ、六十七ページ。
（6）　（1）に同じ、六十五ページ、初出は『浪漫古典　森鷗外研究特集号』（一九三四年七月）。
（7）　（3）に同じ、六十五ページ。
（8）　東京芸術大学百年史刊行委員会編『東京芸術大学百年史』（ぎょうせい、一九八七、四八七ページ）。
（9）　（8）に同じ、四八三ページ。

(10) 第II部第二章参照。
(11) 『美学』ノート「巻之四」、本体割り付けページ数十三～十四ページ。
(12) 『芸術史の哲学』(美術出版社、一九六二、一一四ページ)。
(13) (12)に同じ、一一三～一一四ページ。
(14) 吉田千鶴子「森鷗外の西洋美術史講義—本保義太郎筆記ノート—」『五浦論叢』(一九九四年三月・二号、四十七ページ)。
(15) (14)に同じ、同ページ。
(16) (14)に同じ、一〇五～一〇六ページ。
(17) 石井正雄『ラスキン　研究社英米文学評伝叢書54』(研究社、一九三六、六十八ページ)。
(18) (17)に同じ、一四六ページ。
(19) 中村義一「岩村透とプレラフェライティズム　明治美術におけるイギリス19世紀美術思想、特にプレラフェライティズムの移入と影響について(4)」『宮崎大学教育学部紀要』(一九七一年十月・三十号、八十四ページ)。他に同氏の同紀要の前後論文が参考になる。
(20) 「解題」『明治芸術・文学論集　明治文学全集79』(筑摩書房、一九七五、四一八ページ)。

第五章　史伝・画人伝・風俗史

本章では、再び『日本芸術史資料』に立ち戻り、簡単に論及して、第I部の締めくくりとしたい。鷗外による、美術の枠の独自性、特に彼の本業であった医学との意外なつながりについても確認する。『日本芸術史資料』は、先に論じた、その多様性をはらんだ性格のため、浮世絵のほかにも独特な分類項目を抱えている。現在では、一般にあまり美術・芸術ジャンルには含まれない分類も、さまざま置かれているのである。このうちで、ことにユニークな例の紹介をしたい。

そして、この分類を生み出す発想、その同時代的背景を考察する。

1　死なず、消え去るのみ

佐藤道信氏の『〈日本美術〉誕生』[1]、高木博志氏『近代天皇制の文化史的研究』[2]の二つの研究によると、官製制度としての「美術史」の枠組みが定まったのは、パリ万博にあわせて『大日本帝国美術略史』(一九〇一)の草された頃と軌を一にする。両氏は、岡倉天心らによるこの近代美術史の構想は、殖産興業と国民国家形成のための、一八八〇年代以来の時代背景を基盤としている。

高木氏は、まずフェノロサの美術理論・岡倉天心の日本美術史講義以前の美術における歴史記述は、「江戸時代後期から明治十年代までの、画史画人伝の形態をとり一つ一つの作品を考証する羅列的な叙述」[3]であったとする。そしてこれが、体系的で時代区分を確定する歴史叙述にとってかわられた理由を、行政による「欧米に対する日本美術史の創造という国民国家形成の課題」をこなした結果としている。[4]歴史物語の叙述形式が体系的になる理由に、両氏の指摘する要因があったのは重要である。

「歴史」「伝記」＝「物語」が、近代以降に非科学的として排除され始め、その替りの「物語」――近代的・体系的・科学的、また客観的な叙述を目指し始めたのは、何も美術史分野に限定されたことではない。

鷗外によって、『日本芸術史資料』が構築され始めた時期の核になる明治三十一（一八九八）年とは、『大日本帝国美術略史』の季節とも重なり、同時にアメリカ帰りの片山潜らによる、労働運動の勃興期にもあたる。この時期、鷗外はややエリート的な視点をもって、本部第二章で述べたように美術・芸術の範疇から、「智識ナク思想ナク能力ナク品性ナキ下等社会ノ貧民」を排除する「進歩論者ニ於ケル美術」概念に「立脚」して、東京美術学校での美学講義を行っていた。この頃、彼独自の美術史を構築しようとしていた形跡があるわけである。

進歩史観にのっとった美術史とは、美術なるものに「進歩する美術」として概括できるまとまり、全体性があることを前提としていよう。その全体から排除されるのが、「下等社会ノ貧民」なるカテゴリーなのである。

当時は明治二十八年の三国干渉の二年後でもあり、ナショナリズムの高揚もすでに経験し、階級という問題意識が芽生え始めている。そうなると、当然予想されるのは、「国民的」ではない芸術や、「下等社会」で喜ばれる種の美術の排斥である。しかし不思議なことに、そうした傾向は彼の美学講義中には見られない。

ここで排斥されているのは、あくまでも、貴族主義的な芸術進歩の観念による、進歩を妨げる人々なのだ。この

進歩を助け、また理解し、参画する貴族の範疇が、能力の優秀さによる官僚的選良であるところは、鷗外的である。これは、極端に言えばエリート意識による差別的発想とも言えるのだが、美術学校での状況から言えば、むしろ鷗外と、社会主義の台頭し始めた時代との間のずれ、世代の相違とも言いあらわせるかもしれない。

むろん高木氏の考察は、制度としての美術の成立を対象としている。なので、美術史のアマチュアによる、しかも完結しなかった美術史について、成果が該当しないのは当たり前である。

ちなみに鷗外の、明治三十二年に美学書を刊行し、明治三十三年頃に『日本美術史』の草稿を残したという点、またこれらの仕事が、新帰朝者の新しい外国情勢の報告により、一朝にして過去の遺物となった点、フォン・ハルトマンのかわりにニーチェ主義を標榜した点など、ほぼ高山樗牛が、美学研究史上における鷗外と同じ運命をたどっている。

このように見ていくと、教育・管理の制度が統合・整備されてゆく過程で、失われていったいくつもの史観の一つとして、鷗外美術史・美学があったのだ、とも言えるのではないだろうか。彼は洋行帰りで、現在の東京芸術大学の前身である東京美術学校で教壇に立ち、美術審査委員会の委員など、美術界のひとつの権威でもあった。晩年は、帝室博物館総長まで勤めた一権威なのであるが、その論は世代交代とともに消えてゆく。こうした状況は、ある意味、わが国の評論界の典型であろう。外国の強い影響力によって、機会主義的に論壇と制度が構成されるさまは、現在でも変わらない。

ところで、明治中期以前の画人伝は、国民国家論隆盛の前には、わが国の美術史構成の主流であった。国民国家形成推進の「プロパガンダ」（高木前掲書）としての、官製の組織化された美術史に、以前の主流であった画人伝や、様式ごとの分類法をとる美術史が対比されよう。ただ、両者は入れ替わった、と単純に表現していいものだろうか。

これを考えるにあたり、参考に、のちの日本美術史の一つを引いてみよう。

試みに明治中期に成つた日本美術史書の主要なものを挙ぐれば、扶桑名画伝（黒川春村・明治三十一年）、大日本帝国美術略史（帝室博物館・明治三十二年）…（中略）…考古画譜（黒川真頼・明治四十三年）等であつて、我が国力の大いに伸張した明治三十年から四十年代にかけて、学会の飛躍した頃、美術史書にもかやうな大著を見ることになつたのである。これ等の書はすでに西洋での芸術や美術の概念が適用されてゐるので、従来の支那風の体系とはことなり、その体系や内容は美術の概念によつて制約し整理せられてゐて、美術史書としての形式を備へたものとなつてをり、美術史学の一転機をなしたものである。尤も扶桑名画伝は、従来画人伝の系統に属するものであつて、…（中略）…封建的思想が強く感ぜられ、歴史的体系をもつものとは云ひ難い。考古画譜は…（中略）…物を本位とした辞典の形式をとつて居り、これまた歴史的体系をもつものではない。寧ろ画人伝——従つて流派研究を根柢とする古画備考の、帝室、廷臣、武家、釈門、詩歌、連俳、茶香、雑、名画、近世、浮世絵師伝、巨勢家、土佐家、住吉家、光悦流、狩野譜、狩野門人譜、英流、宮殿筆者、合作類及不詳印等、倭絵、長崎画人伝、高麗書画伝附琉球　となしてゐる分類の方が、歴史的意味を含んでゐる。(5)

引用文中に、帝室博物館の発行した「大日本帝国美術略史」という資料が登場する。おそらく、同じ帝室博物館の発行、明治三十二年刊行『稿本日本帝国美術略史』を、指しているのであろう。「大日本…」という書籍は、管見の限りでは見あたらないようである。

明治の「中期に成つた日本美術史書の主要なもの」として筆者に想定される美術史書とは、いかなるものなのか。

なぜ、明治二十年代までを含む「明治」ではなく、「明治中期に成つた日本美術史書」という留保がつくのか。この二つの疑問に、二度繰り返して用いられる字句、「歴史的体系をもつもの」が、おのずから答えている。引用書の執筆者にとっては、美術史書とは、まず「西洋での芸術や美術の概念」にあてはまる歴史的大系を持つ美術史であること、そしてその「歴史的大系」とは、明治中期の『稿本日本帝国美術略史』の完成とともに創出された、近代的な伝統と歴史の体系であるということ。この二点が、日本の近代美術史の認知に際して、必要な概念だったのであろう。この概念を先行させて明治期の日本美術史を探せば、明治三十年代以前の画史画人伝など、いくらあっても目に入らないのは当然である。

引用書『美術と史学』の刊行は、昭和十八（一九四三）年である。明治来の想像の共同体幻想の、最も拡張した時期といえる。

ここからはみ出る、多くの美術史書。もしこれらが「歴史的体系」を持たないものであるならば、それは「歴史」ではなく、「歴史以前のスタイル」と、見なされたのであろう。排除された、体系的でない歴史記述は、「前時代の歴史記述」一般と同じ項にくくられてしまった様子である。

2　からくり人形

体系化以前、「歴史以前のスタイル」は、意外で楽しい歴史の側面を我々に披露してくれる。

例えば先の引用には、「流派研究を根柢とする古画備考の、帝室、廷臣、武家、……倭絵、長崎画人伝、高麗書画伝附琉球　となしてゐる分類」が「歴史的意味を含んでゐる」と評価されている。

これは「歴史的意味を含ん」だ分類といえなくもないが、正確にいえばむしろ、ジャンル以上に様式を優先した分類方法の採用がなされているというべきであろう。増成隆士氏は、様式は「いわば基底に存在するひとつの文化が諸々の事象の表層に現象としてあらわれた結果」なのであり、「それぞれひとつの時代や地域ないし文化圏に深いつながりをもっている場合が多く…（中略）…そこには生成・隆盛・衰退の歴史がみられる」と指摘している。[6]つまり、「歴史的体系」なる近代的なラングこそ持たずとも、文化現象を時代・地域・文化圏のなかで描き出そうとする目的の歴史記述にあっては、美術史は、様式に基づく分類で十分「生成・隆盛・衰退の歴史」を構成することができるのである。

その一例として、「人形」というカテゴリーがある。『日本芸術史資料』には、後の編集によって便宜的に編集され、〔人形〕と名付けられた項目を含んでいる。ここには、現在では普通、機械や玩具、からくり・見せ物等に分類される対象が、時事風俗の報告風に記されている。「人形」は、使用目的もその発生も、物理的にも歴史的にも多元的である。そのために分類もややあいまいで、現在図書館で探す場合には、玩具や民俗、機械などの項目にあたらなければならなくなる。

鷗外の場合は、どんな項目を作ったのだろうか。『日本芸術史資料』を見てみることとしよう。

〔人形〕

○山田外記

貞享中（一六八四至一六八九年）京都にありて若衆人形を作る。（貞享元年板西鶴二代男、貞享中年吉原つね草）

若衆人形一名浮世人形は早く明暦中（一六五五至一六五七年）より有り。（明暦中板野郎蟲）古く張抜のものありと雖、（寛文二年即一六六二年板案内者）外記の作る所は木偶なり。（還魂紙料巻上）

○鶴屋

寛永中（一六二四至一六四三年）紀州の人小平太江戸中橋の芝居を創立す。（後堺町薩摩座となる。）当時江戸に人形師たるもの、唯〻鶴屋一人あるのみ。小平太齎す所の土偶を改め、木偶となす。鶴屋其彫刻をなしたり。（近世奇跡考巻四）

○竹田近江大椽

大阪の人。

寛保元年辛酉（一七四一年）三月江戸堺町に機関人形を陳列す。指を僂め齢を告げ、放尿し、絃を弾き鼓を撃つ等なり。招牌に「細工人竹田近江大椽」と彫りたり。

…（中略）…

○嘉永六年癸丑（一八五三年）五月十日伊勢国々分寺阿弥陀如来を本所回向院に安置して開帳す。此際京都の眼龍斎大石吉弘といふもの見立女六歌仙の人形を両国橋東詰に陳列す。江戸活人形の始なるべし。大阪松壽軒の燈心人形、竹田縫之助清一の木偶は回向院境内に陳列せり。（武江年表巻九）六月三日米艦浦賀に入りしため閉帳し、後又開帳す。

安政二年乙卯（一八五五年）二月十八日より八十日間、浅草寺観世音開帳す。奥山に松本喜三郎の紙糊偶人（活人形）、竹田縫之助の木偶人形、竹田亀作の象を陳列す。喜三郎は肥後国熊本の人。其作最も精巧なり。

…（中略）…

○明治四（一八七一年）二月奥山観音霊験の活人形陳列せらる。松本喜三郎作なり。（武江年表巻十二）
○二皓亭松壽
奈良人形を作る（雲錦随筆巻三）
○角兵衛は獅子頭の工人なり。武蔵ノ国氷川神社の獅子頭は角に菊の紋あり。銘に曰く。御免天下一角兵衛作之。（皇都午睡第三編下巻）（『日本芸術史資料』）

からくりとしての「人形」は、舶来の時計の仕組みの応用であって、機械工業技術の原初的なスタイルである。これが、現時点で、からくり人形を機械の歴史に分類する場合もある理由だろう。「民俗」というジャンルには、多様な生活用品が該当するが、「人形」の場合、時代によっては見せ物として重要な位置を占めていたこともあるのである。

玩具としての「人形」を「人形」の主たるものとしてしまえば、「活人形」や人形師の作るところのものは、外される。しかしそれでは、明治の「人形」概念は理解できない。「人形」を通時的に統一されたジャンルと見なすには、いろいろと難点が残る。ただ鷗外の採用したような、通事的な物語性を除いた、様式重視の分類体系ならば「人形」をひとわたり見回すことができる。

同資料中では、〔人形〕として集められた事例の大半は、近世末期から明治初期、活人形と称されるジャンルへの言及である。

興味深いのは多くの活人形師たち、ことに松本喜三郎に関する記述だ。活人形師であった松本は、明治五（一八七二）年に東京大学医学部の前身、東校から人体模型製作を依頼された。これが好評を博し、その後彼のもとに同種の

依頼が多数舞い込んだ。[7]『日本芸術史資料』の〈人形〉の項目は、この前年にあたる明治四年の記載が、年次の確認できる最後のものとなっている。明治五年とは、少年森林太郎が、父静男に連れられて、上京した年にあたる。

また、鷗外が解剖学講師として着任する年の明治二十四年、六月十六日のものと推定される天心の手紙には、「拝啓　人骨モ大学より参り候ニ付御差支無之候ハ、御都合次第左の日割にて御開講相成候様致度　尤モ専修科乙生の文は是迄ノ解剖講議月末頃ニ一結候間其上ニて御始め被下度　先ツ月曜日の分より願度　御様子御示し被下候ハ、幸甚…（中略）…鷗外先生　侍史」[8]というくだりがある。

つまり、明治初期の人形作り――一種の芸術家――による、医学・解剖学への貢献と、その二十年後の、芸術家の卵たちへの医学・解剖学の貢献――、という転換が、ここに見られるのだ。芸術・美術の概念規定は、定義状況によって全く変わる。その、よい例ではないだろうか。『日本芸術史資料』の資料収集の雑多さは、こうした曖昧さを許容し、ジャンルを超えた、様式による分類を許すのである。

ちなみに後に活人形について、比較的早くまとめられた研究は、昭和九〜十一（一九三四〜六）年刊行の『玩具叢書』の「人形図篇」「人形作考篇」[9]、また近年でいえば、平成五（一九九三）年の木下直之氏の『美術という見世物』[10]である。これらに引用される基本的資料の代表は、やはり、『日本芸術史資料』と同じ『武江年表』である。

それにしても、活人形という不可思議な対象を、いかに分類するかは、ひとえに研究者のありかたにかかってしまう。これが、分類者それぞれの世界観を如実に反映してしまう、ジャンル分類の困難さである。研究者は、結局、『武江年表』のような基礎資料に、幾度でも立ち返ってゆくこととなるのだ。

以下に、ここまでに考察した『日本芸術史資料』の特徴を、簡単にまとめてみる。全集後記とここまでの言及を要約すると、次の要素を特徴として挙げることができるだろう。

①　随筆雑書類からの抜き書きの集成で、鷗外の言葉ではない。
②　いわばカード式の資料集だが、未完のため最終的な配列が知りえない。
③　ジャンルとしては、時事風俗に属する項目が頻繁に登場する。
④　「芸術史」という歴史の構成に際し、①・②・③のため、最終的なまとまりのある体系がとられない。
⑤　後期までのまとまりの弱い随筆的な作風や、以後の考証学的作品傾向を見る限り、引用文の集積の形態は、鷗外の歴史に対する意識に適合する。
⑥　③・④・⑤は当時の時代相とも密接に絡んでいる。
⑦　用いられている資料や用語に歴史体系的な区分・階層化がなされていない。

同時に、

・③のように正史たろうとする意志は薄いのだが、正史への対抗意識はあまり強くない。

・④・⑤・⑦にもかかわらず、鷗外自身は事物の正確な配列も重視すると考えられる。
・対象は大半が近世だが、おおまかな時代区分として直線の歴史観での区分が用いられ、項目分類の大枠となっている。
・①〜⑤の諸特徴にもかかわらず、鷗外が歴史意識を論じる際には、権威への強い同一化傾向が生じやすい。
・ジャンルも分類項目に入るが（「書」「彫刻」（さらに「仏師・仏像・肖像・仮面」）「園」など）、近世日本に登場した様々な様式（「漢画派」「海北家」「浮世絵派」「狩野末流」「人形」など）も同時に、より多く登場する。

といった性格も持つ。

以上の特徴が、ただちに「いわゆる鷗外史伝」類へ直結するというわけではない。ただし、方法論としては、ほぼ通底しているのではないだろうか。

例えば、「いわゆる鷗外史伝」は作品構成への意図に乏しく、「レサルト」からより「アクション」に近付こうとする資料収集の特徴を備えている。同時に、彼の史料の扱いからは「体制イデオローグ[11]」のニュアンスが、どこかに残るという指摘もなされる。

「史伝」・画人伝・『日本芸術史資料』の間の中間項は、きわめて多い。三者がそれぞれ、三者の性質をいくらかずつ持っている点も重要であろう。「漢画派」などの項目は、ごく短い画人伝の集積であるし、『山口古菴』という彼の手になるごく短い画人伝は、当然ながら考証による、「いわゆる鷗外史伝」と見なされうる。「いわゆる鷗外史伝」と美術批評、美術史の混合した文章が雑誌に発表されるのは、彼が美術学校の講師をしていた頃からである。

このように、「伝記」「歴史」「随筆」などの各ジャンルが、同じ独自の考証の手法で統合されているのが、鷗外の

個人のスタイル、様式なのだといえるだろう。

この様式にあっては、歴史記述全体を統合・物語化する画人伝は採用されないが、記述の構成要素としての伝記的要素は失われない。明治三十五年の、鷗外の筆になる美術史への言及に、次がある。

……古の絵画史は逸話体ありしのみ。例へばVASARI（ワザアリ）の如し。近世に及びて、史家は其書を読むものをして、某の画は彼の如く某の画は此の如しと想見することを得しめんと期す。RICHARD MUTHER（リツヒヤルド　ムウテル）の諸著の如きは、主に力を此に用ゐたるものなり。専ら史筆を待ちて伝ふるに非ざる絵画既に然なり。史筆を待つにあらでは伝ふべからざる演劇の伎は、必ずや逸話体を得て自ら足れりとすること能はざるならん（伊原青々園『市川団十郎』（エックス倶楽部、一九〇二）の巻首）。

逸話体はそれのみでは評価されないが、逸話体そのものの罪悪が説かれているわけではない。「史家は其書を読むものをして、某の画は彼の如く某の画は此の如しと想見」させるのを目的とする、と述べているにすぎない。

わが国にも、「古の絵画史」の「逸話体」の先例には「等伯画説」[12]などの良い事例がある。彼はここでは日本の例を用いていない。後に、断簡的な「いわゆる鷗外史伝」、『山口古菴』に言及したいが、この引用・エピソードの束の画人伝でも、同じように最後尾の締めくくりのエピソードは、古いイタリアの例であった。当時新聞や雑誌には、伝記のスタイルをとる美術批評と、評論があった。

伝記めいた「いわゆる鷗外史伝」では、ほかの「いわゆる鷗外史伝」と同じく唐突に、やや衒学的な古い外国の話が始められることが、しばしばある。「いわゆる鷗外史伝」のこうした特徴に関しては、『山口古菴』などととも

に後述する。

4　風俗史と芸術史

最後に、『日本芸術史資料』、あるいは『山口古菴』のような「いわゆる鷗外史伝」と考証の、時代相との関連を見てみよう。

第一章では、近世美術を中心とした日本美術史という点で、『日本芸術史資料』と『近世絵画史』を比較したが、実質的には『日本芸術史資料』は考証と引用による、日本近世風俗史と呼ぶ方がむしろ適切な資料である。その意味では、当時の風俗史も参照するべきであろう。代表的な当時の「風俗史」、それは同じ藤岡の別の仕事、歴史と社会学の両面を意識した著書『日本風俗史』である。

『日本風俗史』上巻は下巻と同様平出鏗二郎との共著で、明治二十七（一八九五）年脱稿、明治二十八（一八九五）年に東陽堂から刊行されている。この「凡例」冒頭部分は、以下の文章から始められる。

一歴史を究むるものゝ、その時々の人心の傾向、日常生活のさまを知らざらんは、たとへば陰霧を隔てゝ山川を望むが如し。錦繡はその裏を塾察してのち、その表の燦爛たる所以を悟るべし、風俗史は一般の歴史と相表裏す…（中略）…、史学を攻むるもの、古来風俗の変遷を知りて後、これを大勢の進化と併せ考えなば、当時の社会躍りて眼前に現出せん。憾むらくは未だ我国に風俗史と称すべきものなし…（中略）…

一わが風俗史に記載すべき条件、前項に述べたる如く多端なり、されば或は本書の名を社会史ともいふべし。

されど一部の小冊子いかんぞ社会万般のことを尽くさんや（傍線目野）。

「風俗史は一般の歴史と相表裏す」との言葉を読むと、鷗外がこの三年後に述べた開明史と普通歴史の相関、また両者を摂取して「歴史ハ凡テ文明史ナルヘキ」との言葉が想起される。

普通にこの箇所を読むと、まず古典解釈にあたる際の歴史考証について言及していると読める。注釈のための歴史考証とは、つきつめてゆけば風俗史と称しても差し支えない。藤岡は『国文学史講話』（明治四十一年）、『国文学全史平安朝篇』（明治三十八年）、『鎌倉室町時代文学史』（大正四年）等を書いた国文学者であり、これらは彼の帝国大学での講義のまとめである。「文明史」の言もうなずかれる。

疑問が生じるのは、「風俗の変遷」を介した上でこれを「進化と併せ考え」れば「当時の社会」が明瞭になるから、風俗史を扱うという言葉である。これはむしろ、社会学の影響を考慮した用語ではないだろうか。

東京帝国大学史料編纂掛は、明治二十八年の『日本風俗史』刊行の二か月後の発足である。ここは「史学の材料を収集し、これを編纂刊行して学者の利用に供させることを目的として設置されたもので、それは三上が当時の総長浜尾新、および文科大学長外山正一とはかった結果であるといわれる」[13]。この十年以上前に鷗外と論争した外山正一は、わが国で初めて社会学の講義を行った来歴を持つ。彼は本来、史学の担当だったが、アメリカ留学中に学んだスペンサーの「社会進化論をもって史学の基礎理論にしようという意図のもとに」講義を行い、明治二十六年九月から、彼が「東京帝国大学総長となった明治三十年十一月まで」、「この態勢は続いた」[14]。

ここから言えば、凡例の「若し夫れ史学を攻むるもの、古来風俗の変遷を知りて後、これを大勢の進化と併せ考えなば、当時の社会躍りて眼前に現出せん」との言葉は、スペンサーの社会進化論を自分の史学の基盤にしようと

し、また東京帝国大学史料編纂掛の創設に関与した、外山の影響を受けた可能性も考慮すべきであろう。

また、この『日本風俗史』の刊行された明治二十八年とは、創刊号『太陽』の「史伝」欄が登場した年である。この欄についてはのちに取り上げるが、二十年代後半から三十年代になっても、この名は、雑誌にはめずらしくない欄名であった。『太陽』では明治二十九年以降、「史伝」欄は「歴史」「小説」、「雑録」欄などに分散・吸収されたと見られ、無くなっている。明治三十年前後には、他の雑誌でも、「史伝欄の存在→他の欄への吸収合併」という流れを認めることができる。

この時期、雑誌の世界では「史伝」という語は、新旧交代の時期を迎えたのだろうか。「史伝」を考証と歴史の関係に限り、また視野を官製機構に絞ると、「史伝」が「歴史」へ移行したのは、もう少し早い時期である。佐藤道信氏は、帝国憲法発布の状況と、その国家思想の喚起という目的を踏まえて、これを明治二十二年としている。

また「歴史画」の成立には、一方で「歴史」つまり「日本史」の成立が必要となる。それを機構で見てみると、東京大学に国史学科が置かれたのは、明治二二年である。また博物館の「史伝部」が「歴史部」となったのも同じ二二年である。博物館はこの年帝国博物館となり、翌年開館した。ここに、「史伝」から考証による「歴史」へという変化を認めることができる。(15)

文学研究サイド、特に「いわゆる鷗外史伝」を、現在の「文学」概念だけから眺めている立場からは、意外に感じる「史伝」観である。文学側からいえば、「史伝」は考証的な性質のものである。むしろ、考証を旨とする年譜的

テキストを「史伝」と称するケースなら、しばしば目にする。

「物語の史伝」と「考証の歴史」、として対照的に考えるよりも、考証は史伝・歴史両概念にとって切り離しがたい要素であると考える方が、自然なのではないか。国民国家という想像の共同体を、「歴史」という物語によって統合し始めたという点では、「史伝」より「歴史」の側が、物語的な語であろう。むろん佐藤氏は、美術について語っているのであって、現在の文学研究における「史伝」概念に偏りがあるのは、認めておかなければなるまい。

考証が、「史伝」から「歴史」への移行時に一切消滅した、というのではない。そのほんの一例を挙げると、東京帝国大学史料編纂掛で行われていた仕事が、鷗外の弟の手になる『考証学論攷』に収められている。

序論第一章で確認したように、歴史に、完全に傍観的な位置というものはあり得ない。むしろ歴史を正確に語る際の道具としては、名を現代風に改めた「史伝」ないし「考証」は、欠くべからざる存在となっているのではなかろうか。

考証による「史伝」は、鷗外という一大権威により、歴史・博物館・美術などの世界から、文学の中の一部の特殊な世界に置きかえられ、その生命を保った。そして「いわゆる鷗外史伝」という、ジャンルとも様式ともつかぬ歴史記述とその形態を変化させ、雑誌や新聞などのジャーナリズムを経由し、小説と考証とのあいだの形で、官製機構による歴史記述とはまた別の、日本文学の不思議な一分野として、謎めいた空間を形成するに至ったのである。

注

（1）講談社、一九九六。
（2）校倉書房、一九九七。
（3）（2）に同じ、三四七ページ。
（4）（2）に同じ、三七六ページ。
（5）楢崎宗重『美術と史学』（有光堂、一九四三、十二〜十三ページ、傍線目野）。
（6）『美学／芸術教育学』（勁草書房、一九八五、十三ページ）。
（7）木下直之『美術という見世物』（平凡社イメージ・リーディング叢書、一九九三、八十〜八十一ページ）。
（8）『岡倉天心全集』（平凡社、一九八〇、第六巻、五十二〜五十三ページ）。
（9）西澤笛畝『玩具叢書　人形図篇』（雄山閣、一九三四）、久保田米所『玩具叢書　人形作考篇』（雄山閣、一九三六）。
（10）『美術という見世物』（平凡社・イメージ・リーディング叢書）。
（11）大岡昇平「『堺事件』の構図―森鷗外における切盛と捏造―」『世界』（一九七五年六―七月号）。
（12）「等伯画説は京都本法寺に蔵し、杉原紙（その大部分は反古を裏返して利用する）に墨書した十九葉からなる袋綴一冊の書籍である。竪二七、三糎（九寸）、横二〇糎（六寸六分）。

この書は本法寺十世の日通上人が、長谷川等伯が折々たずねて来て、彼との間にかわした画事に関する談話の要点を、自ら書きとめたもので、日通はこれに画説と名づけている。享保二十年（一七三五）旡声という人が本書を修補した時、更にとき色の唐紙で上表紙を加え、これには「画之説」としるしているが、等伯画説の名を以てよぶに至ったのは、恐らくは明治以後の如くである。

等伯画説は二つの意味で重要である。一は長谷川等伯という桃山時代の優れた画人が有していた芸術的教養と芸術観が披瀝されているという点において、二は絵画という芸術についてまとまって語られた我国における最も古い資料であるという点において、興味深い多くのものを蔵しているからである。…（中略）…

文禄元年から二年にかけては、等伯は秀吉太閤の祥雲寺の襖に天下の画人として多忙な頃であった。日通はかかる等伯への敬意の念において、彼が日頃来って語って行ったその芸術的知見を、一つの書としてまとめて置く気にもな

ったのかもしれない。したがって、恐らくこれらの記事は、久しきに亘って訪ねてきた等伯の折々の物語を資料として、日通は新に編輯を試みたものと思われる。したがってこの「等伯画説」にはそれの素材になったであろう日録的なノートがあったことも思われる。もっともこの「等伯画説」そのものが、一種の断片的な記事の集積した備忘録の様な観を与えてもいるが、それは編輯が多少ルーズであったからだと解される。しかし全体を通読すると本書にはおのずから一種の組織が認められる。…（中略）…最後に、というよりも、余白があったので、云わば書き足しの形で、狩野元信の事と、絵師窪田とについての記載を加えて終っている。そしてこれらの記事の間に、掛物の鑑賞に関する故実や心得などを交えている。それは必ずしも整然とした組織を示してはいないとしても、この様な一種のまとまりをもつとすれば、計画された編輯とみなくてはならない。単なるノートではあり得ない。」（「等伯画説綜説」『等伯画説』、源豊宗考註、文華堂書店、一九六二、二十八〜三十四ページ）。

(13) 東京大学百年史編集委員会編『東京大学百年史　部局史一』（東京大学出版会、一九八六、六一一ページ）。

(14) (13)に同じ、八四〇〜八四二ページ。

(15) (1)に同じ、一〇六ページ、傍線目野。

第II部　史伝・同時代と歴史記述

第II部では、明治三十一年の『西周伝』から、大正期の「いわゆる鷗外史伝」にいたる鷗外作品群に共通する、「史伝」の諸特徴を考察する。

第I部までで、明治三十一年前後を「いわゆる鷗外史伝」理念形成時期と見なす論証をすすめていった。第二部ではこれを受け、明治三十一年以降にどのような文章形成がなされ、それが、どのように大正期の「史伝」につながってゆくのか、という軌跡をたどる。

対象になるのは、まとまった小説作品より、むしろ断簡に類する小品、あるいは日記や新聞投稿のささやかな考証などになる。これは、それらの量の多さと特徴の重要性をかんがみてのことである。もとより彼の作品はまとまった作品、つまり完結に至った作品の少ないところに大きな特徴がある。これらからジャンルを越えた、彼独自の様式性を中心に考察する。

本部では、彼独自の様式を考えるために、まず「いわゆる鷗外史伝」の発端である『西周伝』の文体を検証し、次に『小倉日記』の文体と内容について考察してみる。

第一章　『西周伝』と『明治三十一年日記』からの出発

1　『西周伝』のエクリチュール

『西周伝』とは、鷗外が依頼によって書き上げた、親戚西周の伝記である。

二〇〇一年に刊行された『鷗外歴史文學集』（岩波書店）の月報、大石汎「幻の史伝「西周助」」は、『西周伝』と現行の「いわゆる鷗外史伝」概念の比較を行っている。

大石氏は、大正期の中年以後の鷗外が生みだした「新手法」の「史伝」を用いて、改めて『西周助』を書いたら、「ずっと無理なく感心できる作品が生まれていただろう」と嘆く。

だが「はじめに」でも述べたように、永井荷風らが「小説体の史伝」「史伝文学」という語を少しずつ用いだした頃は、すでに鷗外はこの世にはない。「史伝」概念はむしろ昭和のものなのである。そして「いわゆる鷗外史伝」の場合、「史伝」はもともと、「ほとんどが……手記、書簡の引用」（同月報）の、年譜の延長のような史料を指す語なのであった。

『鷗外歴史文學集』の第一巻は、『西周伝』から開始されている。大石氏は嘆かれているが、『歴史文學集』は、彼の最初の長編「史伝」から、開始されていると考えてもいいのだ。

それでは、『西周伝』成立事情を見てみよう。

森潤三郎「校勘記」には、「…「西周伝」は斯様な縁故から、先生薨後継嗣紳六郎氏 ○當時海進少佐、後中将に進む より依頼を受け、先生手録の日記その他の資料を基として稿本を作り、それを仮印刷に附して先生生前の知友に示して訂正を請ひ、明治三十一年十一月二十一日西家蔵版非売品として配附された」[1]とある。また西の父時義は、鷗外の曾祖父高亮の二男である。養子として西家を継いだ周は、明治五年には少年森林太郎に上京を勧めてこれを迎え、林太郎が進文学社に入学してからは神田小川町の自宅に寄寓させている。進文学社の学費も西が出していたが、彼の一家はこの状況に、必ずしも甘んじて満足していなかったらしい。そのことが、中井義幸氏によって指摘されている。[2]「継嗣紳六郎氏」の姪(姉の娘)にあたるのは、鷗外の最初の妻赤松敏子なのだ。周知のようにこの伝記は、執筆者鷗外の様々な因縁から、断れない依頼によって書かれた作品なのである。

以下に、大正期以降の「いわゆる鷗外史伝」的な特徴と考えられており、なおかつ明治期の『西周伝』にも共通する性格を数えあげてみよう。

①エピソードの集積

『西周伝』は一篇の伝記ではあるが、起承転結や、主人公の死に向かって内容が収斂されるなどの構造を持たない。直線的な時間軸に添って文章が綴られていくので、彼の人生の変遷に添って話を読んでいくことはできる。ただしこの「話」とは、各時期におけるエピソードの連続と、そのエピソードを説明する別のエピソードの重なりである。そのため、読者が筋を追おうとしても、筋を読むことができない箇所もある。

例えば、大政奉還が行われた時期前後の、西の行動に関する記述である。生彩に満ち、興味深いものであるが、文中からはいつ大政奉還が行われたのかを示す具体的な記述が欠落している。

確かに大政奉還は西の人生を大きく変えたが、彼の言動と大政奉還の間には直接の因果関係はなく、その意味では、彼には直接の関係のない出来事である。大政奉還が記述されないのも、不都合ではない。だがこれでは読者には、いつ西とその周辺の人物たち、そして時代に決定的な出来事が生じたのか分からない。読者に分からないうちに、話は明治以後になり、彼の人生＝作品の筋も大きく様変わりしてしまっている。また、作品の脈絡にも不明瞭な部分ができてしまっている。彼の行動は、ばらばらなエピソード群としてはそれぞれに面白いのだが、一連の流れを持つ物語として読むのは難しい。

このような、筋のとぎれた作品が生じた理由のうち、最大のものが、資料の用い方と作品全体にわたる統一への意識のありなしだろう。冒頭の「凡例」には、次の事情が記されている。

一、西周伝は男爵西紳六郎氏の嘱に依りて編次し、附するに年譜並所著書目を以てす。
一、此書主として材を甘寝斎先生手記の系譜、日乗及紀行に采る。その目左の如し。

西氏家譜及履歴　文政十二年至嘉永七年
同追加　天保元年至明治二年
蓄髪記　弘化四年三月作
和蘭紀行　文久二年　発江戸至長埼
航海記　文久三年　航太西洋至和蘭
五科口訣紀略　文久三年至慶応元年
帰航日記　慶応元年

沼津兵学校紀事　明治元年
官府履歴　明治三年至三十年
日記甲巻　明治三年九月二十一日至閏十月十五日
日記乙巻　明治十五年六月至十九年十一月
日記丙巻　明治十九年十二月
己丑大和遊記　明治二十二年

一、此書又先生の松岡隣氏に寄せられし手書二十通を用ゐて訂正せり。箇牘は先生の当時直ちに胸臆を抒べ給ひしものにして、其趣自ら履歴等後に追記し給ひしものと同じからず。その日時等異同あるものの如きは主として箇牘に従ふ。（以下略）

こうして初めに多くの文献を列挙し、次にこれらを、十分に筋を持つ構造としてはさほど練らないまま、作品化したのが『西周伝』なのである。実際、以上の構成要素を先に挙げたことで、これらの資料の先に出ていない、引用文の集積であると予め宣言してしまった気味もある。

各部分がそれぞれ独立したエピソードである点は、『渋江抽斎』に代表される、新聞連載された「いわゆる鷗外史伝」の、大きな特徴の一つと指摘されてきた要素である。

ばらばらなエピソード部分は、それぞれ小さい「いわゆる史伝」としても扱える。ここも、ここまで論じてきた「史伝」＝画人伝＝美術史構成に通じている。

他に、小活字が文中に注釈部分として混ぜ込まれ、機能している要素も特徴として挙げられる。この小活字部分

は、実際は本文の補足というより別のエピソードのつけたしである。全体は大まかにまとまってはいるが、さらに小規模のエピソード群が、もうひとつの階層から、作品を構成している。

②多様な文体　①で記された資料群は、一つの文体・用語方法に統一されることなく、そのまま引用・集積されて本文を構成している。

まず、漢文・擬古文・候文・記録などの文体の混交が挙げられるだろう。引用のカッコ内は、『鷗外全集』第三巻のページ数である。

・漢文　西周姓は藤原、名は時懋、中ごろ魚人、後魯人と改む。小字を経太郎と曰ひ、長じて寿専と称し、髪を蓄ふるに及びて修亮と更む。(冒頭、四十九)

この読み下し文が全体の基調に近いのであるが、この文体を引用文として、大量に一字下げにもしている。また、白文のまま資料を引きうつしている場合もある。

……時懋と名告す。四年周歳晩書懐の詩を賦して曰く。男児一発呱々声。豈可齷齪了此生。已無入山攫猛虎。的応没海掣長鯨。青嚢素伝一家業。微禄曾辱五世栄。自顧小技命已定。何必折腰求冠纓。只恨未遂鵬飛計。樊篭空伴鷽鳩鳴。嗟吁今年看将盡。好待春風謀南溟。……(中略)……

……然れども吾家世々宋学を宗とす。吾周が独りこれに戻ることを願はずと。周が私記に曰く。余少奉

家庭之訓誨。遵諸公之指導。以略得與聞聖賢之大道。性狂狷。猥慕古人之節。慨然有比肩於英傑之志。常憀々乎大言銜口以発。是以不容於郷曲。而速世俗之譏嗤。亦不少焉。余亦自不屑世務也。於是乎杜絶一切飲慱遊獵之交。而涵泳於経史百家者。亦復有年焉。然性之愚鈍。不能偏見而盡識之。（五十二）

傍線部分は原文の小活字部分であり、以下の引用部分も同じである。こうした小活字部分まで含めると、この五十二ページから五十三ページまでのあらかたは、ほぼ白文の漢文の引用で占められている。

他に、まったく注釈・解釈を加えない引用文をそのまま本文に小活字で混ぜ込むことで、他の文献の引用を加えるなどの措置も取られている。

『全集』の「西周伝」部分の四十七ページから一三六ページまでの全文のうち、白文の引用箇所はほぼ三ページで、全体の四パーセント弱にあたる。量は少ないが、生没・賞罰・業績などではなく、当人の心情など、記録の範疇外の部分に入ると最低限であった作者の言葉が止まり、直接の引用を持ってきて解釈に立ち入らない点に着目すべきであろう。この性格は他の部分にも共通する。

擬古文も頻出する。

・凝古文　こゝに至りて同じく和蘭行の命を受く。周当時の事を記して曰く。

五月安政六年に調所教授手伝たるべき仰をば蒙りにき。此時同じ仰蒙りける中に、彼行彦ぞありける。この人は美作国津山の人なりけるが、余と同庚にて、学の道にはいと敏く、蟹文字の学のみか

は、漢学倭学にも深かりし程に、花眺むる朝、月見る夕ごとに、いと深くぞ睦び交らひける。（七十二）

全体の基本文体である読み下し文と、さほど調和しているとはいいがたい凝古文部分である。作者の言葉を用いることを回避する傾向の強い『西周伝』ではあるが、「周当時の事を記して曰く。」とだけ置いて、唐突にこの文体が開始されるのである。文体からは、統一された作品構成への意識――記述に物語的な意味・まとまりを付けるためのフィクション性とも言い換えられる――は、ほぼ見られない。

凝古文部分は全体ではほぼ六ページなので、七パーセント弱にあたる。しかし凝古文は人為的に体系化されたその成り立ちからして、全体の文体・用語の統一を求める性格を有するはずである。これを漢文と継ぎはぎで表記する用い方は、テキストの文体上の極端な不安定さを示していると言えるのではないか。

・候文　周刑部卿慶喜の賢を聞き、意を決して水戸の士菊地忠に托し、書を上りぬと云ふ。其文に曰く。
乍恐謹んで奉申上候。私一介之書生卑賤の身として、高貴の御方様に対し、初より君臣の素も無之、将又御尋も無之候処、敢て尊威を犯し、突然天下の大事を奉論候は、誠に以て恐入候仕合、狂者の所行にも均しく、僭踰の罪素より免れ難く、重き御仕置にも仰付けらる可きやと奉存儀に御座候。（六十二）

手紙文をしばしば内容の補完に用いているため、この引用部分に類する候文箇所も多い。この西の将軍への上訴

文箇所は六十二ページから七十一ページまでを占め、十分本文の一環となっている。

候文は文中に十二ページほどあるので、全体のほぼ八分の一である。

次に、統一＝歴史化＝物語化という発想の欠落のための、記述の特徴を見てみよう。

先述のように、まず、伝記後半の年譜状の箇所が、いったん作品全体を締めくくる。当人の死去に至るまでの記録である年譜が、物語の終結を示すのである。その後、さらに付記として長い年表・著作目録が添えられるのだ。

前半部分の冒険譚めいた文章や、訴状などと全く調和していない、バランスを欠いたまとめられ方である。このテキストの、公開を前提としない、私家版ゆえの傾向も考え合わせるべきかもしれない。読者のため、読物として面白くするための努力は、最初から考慮せずともよかったのだ。

大正期以降の「いわゆる鷗外史伝」や歴史小説にも、ほぼ全般に、同じような参考文献や略年表が添えられている。そして早い時期からの鷗外の「いわゆる」明治「史伝」――戦前までの語の意味での「史伝」、シルレル伝など――にも、こうした年譜は、多く備えられていた。

この年譜・付記箇所は、記録の直接・大量の引用文からなる。

・記録　西周所著書目

五原新範残缺　　　　　一巻

此書は諸学系統を論ずるもの歟。既成原学門は論理学なり。

尚白劄記残缺　　　　　一巻

亦五原新範と似たり。学術に統一の観なかるべからざるを論じて理字の義に及ぶ。

百学連環残缺　一巻
理字説　日本弘道会叢記初編第一冊所載　明治二十二年十月発行
尚白劄記中理字の義を論ずる段と略〻同じ。（一二五〜一二六）

巻末の、大部にわたる著作目録の冒頭である。これは本文と別に設けられておらず、年表とともに本体とほぼ一体となっている。というよりむしろ、先に確認したように、鷗外はたいてい自身の「いわゆる史伝」や歴史小説の後尾に、参考文献表・年譜・登場人物の簡略な後日譚などの添付部分を、付け加えている。彼の歴史記述の大きな特徴なのだ。

数字や記録など、伝記としては無味乾燥な情報の羅列ではあるが、「いわゆる鷗外史伝」や歴史小説理解には、看過できないのである。同じ意味で、末尾の添付資料だけではなく、本体と一体の部分の数量的な文章も、彼の文体特徴の中に数えていいかもしれない。本章では、特に『西周伝』の性格から、「凡例」のような箇所も、頁数にいれて考えることとした。

ページ数では二十一ページを占め、全体の二割以上をなしている。この割合の高さもさることながら、本文がすでにこの箇所と区別のつかないほど、記録事項の編集に徹したものだということも、彼の文体を理解する上で大切である。

③親族・姻戚・師弟などの関係の表示の重視　最後に付け加えるべきは、全体にわたるが特に冒頭部分の彼に至るまでの親族の羅列に代表される、親族・姻戚・師弟などの関係の表示の重視という特徴であろう。

一人の人間を構成している関係性の網の目を、ことごとく伝ってゆこうとするこの性格は、大正年間には「いわゆる鷗外史伝」構成の独自の原理として、作品の構成の問題をこえたかのように機能している。だが、漢文を基本的な文体とした『西周伝』のこの特徴は、漢文を基盤としなくなった大正期の「いわゆる鷗外史伝」にあっても、初期「いわゆる鷗外史伝」の痕跡として、残響しているのではなかろうか。

むろん「西周姓は藤原、名は時懋、中ごろ魚人、後魯人と改む……」と本人の名前の説明を三行ほど行った後、四十九ページから五十一ページに至るまで延々続く、親兄弟や先生の説明はその代表である。さらに他にも、筋の連関よりも人物紹介が優先される事例が登場する。

> 十八日周等湯浅に留まる。十九日由良に至り、未牌傷病兵を商船 Hermann 号に載せて発す。是より先き六七日の頃、浅野美作守軍艦に乗りて、江戸より大阪に至り、変を聞いて直ちに回り、此船を雇ひて傷病兵を迎ふと云ふ。是日周の庶子勃平京都下長者町に生る。周の京師に在るや、側室渡辺氏あり。名は米。勃平は其出なり。二十一日夜江戸に至る。二十二日朝傷病兵をして上陸せしめ畢り、舟を辞して江戸城に入る。（九十八、傍線小活字部分、波線目野）

政変の喧騒の報告に混じり、仮住まいの地京都における周の側室と、庶子の誕生が記されている。九十八ページのこの記述に至るまで、周の京都の側室渡辺米の存在は書かれないし、こののちにも彼女は登場しない。それでも庶子の誕生は、彼女に先だって筆にのぼされる。

このエピソードは、周の一行が江戸に戻るエピソードの途中に、唐突に割り込んだ記述である。周から見て二等

親である配偶者の彼女より、等親でも親等でも第一である息子の方が、優先して書かれている。余談だが、この勃平は鷗外と同じく史伝作家とされる露伴の、幼なじみとなることとなる人物である。

このように彼の人生を、筋で追うつもりになっていると、理解しにくい文体である。伝記ないし歴史資料を物語として読んでいく習慣を持たず、またそう希望せず、彼に関わる人物をエピソードとしてぱらぱらと知っておきたい読者（あるいは執筆を希望した遺族など関係者）が想定されているということか。

このように、作品にとって登場人物は、筋にかかる配慮によって登場するというより、表題人物により深く関わる関係者の表示そのものの方に、重点を置かれて描かれるのである。

2　日記作家鷗外

次に、明治三十二年六月から明治三十五年三月までの生活記録『小倉日記』について考察する。すでに触れた『明治三十一年日記』との関連を、まず振り返ってみよう。

すでに述べたとおり、『明治三十一年日記』には美術資料の記録が多く残り、『日本芸術史資料』と同時期にあると理解できる箇所がしばしば現れる。また、第Ⅰ部第五章で少し触れたように、この時期画人伝や風俗史と彼の「いわゆる史伝」が近付いていくのだが、『小倉日記』はその経過と結果を示しているのだ。

作品様式の変遷考察に、日記の記述様式も含めるというと、ややゆきすぎのようでもある。ただ鷗外の場合、日記はより作品に近い状態にある。

鷗外は確かに、戦闘的啓蒙家、小説家、歌詠み、翻訳家、研究者などの多くの顔を持ち、晩年には普通の意味で

の小説家ではなくなった人物である。このようにジャンルを千変万化させつづけた彼が、日記だけは、変わらず長年忠実に付け続けたことは注目に値する。

彼の場合、ほとんど日記作家と称してもいい一面があるし、留学以後は「明治二十二、二十三、二十四、二十六、二十九、三十年といふ、合せて六年ほど[3]」以外の年を彼の言葉で追うことができる。「北游日乗」「独逸日記」「小倉日記」「委蛇録」の四つを収めた選集の解説を読むと、「この日記もまた一つの「作品」とみなして扱ふべきものなのである。正直な本音はかへつて上記の創作小説の中に誰憚ることなく吐露されてゐたのかもしれない[4]」と綴られている。

作品としての日記を、「いわゆる史伝」解釈に際しての参考に用いる理由は、ほぼ以上のようになる。

次に『明治三十一日記』から始まってさらに拡張された、画人伝・史伝的特徴を、具体的な文章に即して見てゆこう。

①墓地・墓碑銘・碑文の探索　これ以前の日記になく、明治四十年代の日記にも現れない。また碑文の引用も長く、特徴的である。登場するのは、明治三十二年九月二十六日、二十八日、二十九日、三十日、十月一日明治三十三年三月二日、三日、四月三日、五月五日、六月五日、六日、九月二十日、十一月四日、明治三十四年五月二十日、九月二十四日、明治三十五年二月二十三日、二十七日、三月九日、十九日の計十九日だ。直接の理由は、東京在住の頃より暇ができたがゆえかもしれない。だが、碑文から彼が読み取ろうとし、また探索する対象は墓にまつわる何かしらのドラマなどより、純粋に、墓の主の係累・縁者である。この記述様式が、大正期に入り「いわゆる

鷗外史伝」に連続してゆく可能性は、高いのではないだろうか。

……寺は臨済宗東福寺派にして、今の住職を米沢固道と云ふ。文久三年生る。住職となりてより、既に十数年を経たり。就いて過去帳を見んことを求む。駅人過去帳と他所人過去帳とあり。後者中万延二年辛酉十一月七日卒義禪玄忠信士といふものあり。傍に註して曰く。石州津和野家中森白仙。中町井筒屋金左衛門にて病死。…（中略）…是吾王父なり。墓ありや否やを問へば…（中略）…往いて覓むるに、幸にして荆棘の間に存す。……

（明治三十三年三月二日、波線目野）

ここでは、自分の祖父の墓をたずねあて、寺の境内に移す手筈を、翌日にかけて行うさまが記されている。他にも貝原益軒や広瀬淡窓の墓などを訪ねているが、その際の記述は「いわゆる鷗外史伝」のように、引用から引用へとリンクし、自ずと画人伝などを形成している場合もある。これは『渋江抽斎』『細木香以』などで見られる手法の、端緒といえるのではなかろうか。

②伝記・額縁小説（史伝）としての性格　『小倉日記』中には以下のような、「いわゆる史伝」か、あるいは『日本芸術史資料』か、と見まごうばかりの箇所が、しばしば見うけられる。

文章の長さに関わらず、直接鷗外の生活の出来事に関わらない人物の「伝」部分と考えられる箇所を列挙すれば、明治三十二年八月十二日、九月二十六日、二十八日、十月一日、明治三十三年一月三日、四月二十八日、六月五日、六日、十月七日、明治三十四年七月十八日、明治三十五年三月二十七日の計十一日である。以上は、ほぼ「いわゆ

とができる。

る鷗外史伝」の断簡ということができる。つまりこれは関係者との直接の縁と、資料との邂逅によって執筆が開始された、額縁小説ならぬ「額縁史伝」であり、あるいは『小倉日記』は、「いわゆる鷗外史伝」の小銀河とも称することができる。

……栄三郎又貝嶋太助履歴書一通及伝記数種を出して予に示す。伝記の主なるものは、曰実業人傑伝広田三郎著、…（中略）…是なり。太助の伝今詳記するに遑あらず。姑く二三事を鈔して已む。貝嶋太助は弘化元年正月十一日を以て、筑前国鞍手郡直方町大字直方に生る。少字は留吉父を栄四郎と曰ふ。山本氏なり。太助後外戚の家を襲ぎ、貝嶋氏を冒す。同胞は四男二女あり。幼にして父と共に坑夫たり。…（中略）…現に有する所の炭区は、筑前に大之浦、満之浦、大辻、池田、長尾、大分、吉隈あり、肥前に柚之木原、岩屋、北波多あり。坪数千二百四十万六千百三十、産炭年額七億三百八十九万九千三十三斤（明治三十三年）なりと云ふ。…（中略）…是に於いて太助は伯の姻戚となりぬ。……（明治三十三年十月七日、傍線目野）

資料とのほぼ偶然の邂逅、浄書を経て構成された作品である点、姻戚関係の表示の重視、記録の引用の羅列などの点からいえば、前掲箇所は立派な「いわゆる鷗外史伝」として成立している。この箇所は既成の伝記を紹介する形をとっているため、鷗外自身による墓碑銘や美術品の探索によって形成された、彼自身の史伝の断簡とは異なる来歴を持つ。様式は「額縁入り史伝」である。

③美術品の鑑賞　『明治三十一年日記』は、開花記録が丁寧につけられ、また「一種の購書日記の観を呈する」(5)

日記であった。ここで購入されている本とは、ほぼ日本近世美術史に関わるものであることは、第Ⅰ部第一章で述べた。

翌年からの『小倉日記』で、実生活や墓碑銘探訪の記録の他に目立つのが、美術品の閲覧・遭遇などの記述である。いわば、美術史編『明治三十一年日記』に対応する美術実作応用編が、『小倉日記』の美術品目記述なのだともいえよう。

……午後柏木勘八郎の家訪ひて画を看る其目左の如し。曰、曽我宗丹着色山水図、小幅壷印一、文宗丹。策彦の讃に云く。禪月澄潭落。神龍幽壑吟。曰、曽我蕭白蘭亭図、墨画全紙連落。曽我蛇足軒筆と款す。方印二曰一休達磨図、墨画、紙本中幅。讃に云く。又是単伝落葉門。不堪直指残葩雨。誰知法縛及児孫。無孔鉄鎚破相論。方印一、文一休。曰無款着彩鷹巣図、全紙。方印二。曰余夙夜松梅山水図、着色絹本尺二。……(明治三十三年十月十三日)

この日の絵画品目の記述部分は、この五倍以上の量が続いているのである。美術品との邂逅と品目記述は、明治三十二年十月一日、明治三十三年一月五日、六月五日、六日、十月五日、七日、十三日、十八日、十九日、明治三十四年六月二十日、七月七日、十一月三日の計十二日分である。

むろん、こうした日記の文章の成立は、美術学校で壇上に立っていた経歴や、『明治三十一年日記』の大量の美術書購入などを経ている。また美術に関しての周囲の彼への信頼(例えば明治三十三年十月十八日の、小倉に滞留した皇太子への贈物の相談)なども、ここに作用している。

ところで、ここまで述べた古人の探訪と美術愛好、史跡・碑文の探索や伝記の記録などは、独立した記述としても見られるが、総合された形でも登場する。特にここに、資料との偶然の邂逅が加わると、ほぼ後の「いわゆる鷗外史伝」の作品構成原理に基づいた、短編作品の原型が形成されているといってよい状態になるのである。

ここまで述べた特徴を含む、具体的な日時として例に挙げた日のうち、重複している日はことにそうである。例えば、しばしば用いた明治三十三年六月五日と六日は、広瀬淡窓の跡を尋ねて子孫を訪問し、その記録を豊富な引用とともに残している箇所である。この部分は、彼独自の大正期以降の「いわゆる史伝」と同質のものとして、十分成り立っている。

後の「いわゆる史伝」では、芸術家・美術品探訪は、作品構成原理から失われている。が、大正期のそれは、芸術家や美術品が、私淑する江戸の文人や、幼い頃の記憶にかかる人物・気になる史上の人物に替ってはいるものの、手法としてはさほどの懸隔はない。

明治三十年代の「史伝」の断簡にあっては、こうした骨董行脚は、のちの「いわゆる史伝」への、重要な契機となっているのである。

3　まとめ

まず1では、『西周伝』における文体の特徴を考察し、エピソードの集積、多様な文体、親族・姻戚・師弟などの関係の表示の重視を認めた。

次に2では、墓地・墓碑銘・碑文の探索、伝記・額縁小説（史伝）、美術品の鑑賞記録としての性格を確認し、ここ

に「いわゆる鷗外史伝」の基本的な構成要素と、複数のプロトタイプを見いだすことができた。

さらに1と2の特徴には、文体の基盤として考証的文章が共通しているといえよう。『小倉日記』の各特徴（碑文探索・小史伝・美術品鑑賞）は、考証の経緯・結果・目的に他ならない。また『西周伝』で挙げた三つの特徴そのものには考証はなくとも、この伝記は全体の趣旨が考証に則った作品である。

このように見てくると、考証という作業そのものの性質について、少し考えざるを得なくなる。まず考証の作業の経緯・結果・目的をもたらす動機であるが、これは歴史それ自体に限りなく近付いてゆきたいがための正確さの要求なのではないか、と仮定することができるだろう。この考証と、考証的文章の特徴となる「歴史其儘」については後述する。

両作品の共通点をもう少し攷究した場合、やはり「いわゆる史伝」という、ジャンル・様式両用に用いるべき範疇が、ここに適応されるべきではないか、と思われる。

『西周伝』は、岩波版第二次全集に見られる通り、そのまま「史伝」なのではなかろうか。

『小倉日記』では、草稿段階の「日記」を「作品」へ推敲する作業が、その日の「アクション」を浄書して「レサルト」と相関させる作業となっている。その構成原理上の意味で、「いわゆる史伝」へ向かっている。また、公刊の意図があったことを思えば、彼の歴史観にも通じている。[6]『抽斎』は新聞連載時、読者には全く不評だったのであるが、『小倉日記』なら、当時の読者はどう反応したのだろうか。興味は尽きない。

日記執筆は、あまりに長期にわたる。日記は執筆全般の、また執筆全般が日記のというどちらかがどちらかの原因というより、鷗外個人の特性だったのだろう。おそらく、日記の特質から何かを読み取るというより、大量の日記が、すでに鷗外の生涯にわたる一面と見なすのが妥当なのだから。

いずれも「いわゆる鷗外史伝」と考えられる、『小倉日記』と『西周伝』。より自伝的なのが『小倉日記』、より他者の伝記であるのが『西周伝』なのだが、両者の相違は構成原理に帰する点である。

確かに、自伝と伝記は本質的に同じ構成原理を持っている。[7] そして日記と伝記はさまざまに異なる。フィリップ・ルジュンヌは、自伝の一回性を日記の不断に継続される性質と対比し、自伝がまず何よりも、総括をめざす回顧的で全体的な物語であるのに対し、日記はほとんど同時的で断片的なエクリチュール、定まった形式をもたないエクリチュール[8]とする。むろん推敲された公開用の日記という本章の概念に完全に対応するわけではないが、日記の文章形式の自由さは、書き直しにも継続にも有利に働いたに違いない。

伝記である『西周伝』よりは、翌年以降の日記『小倉日記』の方が、より多く、大正期以降の「いわゆる鷗外史伝」に近付いている。第Ⅰ部第一章では、彼の考証的随筆の記述は、観察と自己弁護として記述されているのではないかと述べた。同じように、「いわゆる史伝」の構成原理の別の表現である、「自己の資質と教養の均衡の上に追尋された生の形式である「『渋江抽斎』の美的構造[9]」とは、やはり記憶の想起・回想で自己を再構成することに、他ならないであろう。鷗外日記のように、公開を前提にされた「作品」の成果と、おそらく機能は一致するといえるのだ。

ここでは、『西周伝』『小倉日記』を併せると、ほぼ後の「いわゆる鷗外史伝」の特徴が出揃っていると論じた。大正期以降の「史伝」の諸特徴は、この二作品ですでに、発現しているのではなかろうか。

注

（1）「後記」『鷗外全集』第三巻、六二四〜六二五ページ。
（2）「鷗外の学生時代について」『講座森鷗外　鷗外の人と周辺』（新潮社、一九九七、一五八〜一五九ページ）。
（3）小堀桂一郎「解説」『鷗外選集』（岩波書店、一九八〇、第二十一巻、三五〇ページ）。
（4）（3）に同じ、三六九ページ。
（5）小堀桂一郎「美学者評伝4　森鷗外」『日本の美学』（一九八五年七月・五号）。
（6）（6）に同じ、三六九ページ。
（7）ミハイル・バフチン『作者と主人公』（新時代社、一九八四、二二七〜二二九ページ）。
（8）『フランスの自伝—自伝文学の主題と構造—』（小倉孝誠訳、法政大学出版局、一九九五、三一〜三三ページ）。
（9）竹盛天雄「『渋江抽斎』の構造—自然と造形—」『文学』（一九七五年二月・四十三号、五九ページ）。

第二章　雑誌史伝欄とは何か

1　問題の所在

主に、理念と同時代作品から、「いわゆる鷗外史伝」は明治三十一年の『西周伝』から開始された、と述べてきた。しかし実際には、明治三十年十一月十四日、すでに鷗外は第三者に「史伝」と認められるテキストを書いているのである。

といってもその内容は、個人の考証的伝記としての「いわゆる史伝」ではない。冠せられた名称のみ「史伝」なのだ。雑誌『美術評論』の「史伝」欄への、創刊号からの西洋美術史の連載のことである。同連載は、明治三十二年六月七日の第二十号まで続いている。つまり、小倉左遷まで続けられた。

明治三十一年周辺の「史伝」一般の事情では、現在のように、鷗外によるテキストは特別視されているわけではない模様である。「史伝」は雑誌の項目名の場合や、広範囲の偉人伝の場合など、現時点のジャンル区分ではとらえがたい特徴を有する語である。

この章では、明治三十一年前後に、鷗外の関与した雑誌の「史伝」欄を考察する。

2　雑文・雑録、また史伝

「史伝」の語を『美術評論』でのように美術史に絡めて用いているのは、何も鷗外の専売特許ではない。大日本帝国憲法発布の年である明治二十二（一八八九）年、現職の官僚九鬼隆一によって構想された帝国博物館の機構では、それまで博物館の「史伝部」であった部署が帝国博物館「歴史部」と名称変更している。開館はこの翌年、明治二十三年になる。

佐藤道信氏によれば、博物館の部署名「史伝」の語を「歴史」に変えた実質的な人間は岡倉天心である。[1] 形の上では、九鬼が「ヒストリー」の訳語として当てたのだが、その立案者は天心であるという。

東京芸術学校での天心は権力基盤を固めるため、山県有朋という藩閥の実力者と関係があり、かつ「当時ドイツ帰りの舌鋒鋭い批評家として飛ぶ鳥を落とす勢いだった[2]」鷗外をこの学校に誘致したという。鷗外はこれに応えて講師となっているが、つねに必ずしも天心に与する側ではなかった。

鷗外が明治二十四年、最初に東京美術学校の嘱託講師として講義したのは解剖学である。美学・美術史はその後、岡倉天心の「美学及び美術史」を引き継いで明治二十九年に委託される。

吉田千鶴子氏によると、鷗外の美術史講義は天心のような明確な主張を持たない、淡々とした西洋書の翻訳であったらしい。[3] 氏は天心の「泰西美術史」と、後任の鷗外の「西洋美術史」「美学」（本保義太郎筆記）を「全く対照的」、特に美学には、先述のようにラスキンを経由した天心批判の辞も含まれると述べる。天心にとっては、「史伝」とはHistoryの訳語にあたる複数の選択肢のうちの、一つであったにすぎないのだろう。

「いわゆる鷗外史伝」の場合、「史伝」という語の意味・成り立ちについての先行研究の一つでは、「「史」は文字で表現された文であり、「伝」は本紀と列伝とから成る紀伝体の意[4]」と言及されている。具象化して博物館に陳列され、字で陳述することのできない「歴史」からは History の物語性が捨象されて訳された、というわけである。

以上、「史伝」の語の当時の用法の一部と、美術史との関連に言及してみたが、これでは美術雑誌の「史伝」欄の説明にはならない。また、鷗外の「史伝」概念形成の過程はともかく、その概念の名称として、とくに「史伝」という語を用いる理由ははっきりしていない。

一体、鷗外は何をもって「史伝」と考えていたのであろうか。

そこで「歴史其儘と歴史離れ」の、鷗外自身の歴史記述への言及箇所に立ち戻り、何が書かれているかを確認することとする。

わたくしの近頃書いた、歴史上の人物を取り扱つた作品は、小説だとか、小説でないとか云つて、友人間にも議論がある。しかし所謂 normativ な美学を奉じて、小説はかうなくてはならぬと云ふ学者の少くなつた時代には、此判断はなか〳〵むづかしい。わたくし自身も、これまで書いた中で、材料を観照的に看た程度に、大分の相違のあるのを知つてゐる。中にも「栗山大膳」は、わたくしのすぐれなかつた健康と忙しかつた境界のために、殆ど単に筋書をしたのみの物になつてゐる。そこでそれを太陽の某記者にわたす時、小説欄に入れずに、雑録様のものに交ぜて出して貰ひたいと云つた。某はそれを承諾した。さてそれが例になくわたくしの校正を経ずに、太陽に出たのを見れば、総ルビを振つて、小説欄に入れてある（「歴史其儘と歴史離れ」、傍線目野）。

鷗外は自らの「近頃書いた、歴史上の人物を取り扱つた作品」を、『太陽』の「小説」欄に入れず、「雑録」欄のようなものに混ぜてもらいたい、と希望している。いくら「栗山大膳」が「殆ど単に筋書をしたのみの物」だとはいえ、「中にも」という語が用いられている以上、「栗山大膳」は小説というより、「雑録様」のものというジャンルの範疇に含まれるものなのだろう。

そこで『太陽』の「雑録」のようなもの、とは何かを探るため、直接『太陽』を創刊号から読んでみよう。すると創刊号で「雑録」だけではなく、まさに「史伝」欄を、当時の「史伝」ジャンルの意味内容に基づいて解説する文章に遭遇するのである。

史伝　小は一人の出処言行、一事一物の沿革変遷より、大は邦国世界に於ける古今細大の現象は皆以て啓智発蒙の資料たり、当代第一流の史学家か炬眼に映したるもの即本欄に於て見る(5)

史伝　内外偉人の伝記逸事、社会文明の沿革変遷等、以て史学に資益すべくして、視聴を広くすべきものは総て斯学諸名家の稿を得て之を掲ぐべし(6)

雑録　社会の事千態万状、変遷已むなし、以て活動社会を成す、国家に志あるもの亦その変遷活動の状を記せざるべからず、本欄乃ち社会時事遺忘に備ふべきものを録す(7)

『太陽』の「雑録」のようなものであり、かつ歴史上の人物を描く鷗外のテキストといえば、同じこの雑誌の「史

伝」欄が最も相応しいといっていい。また、文中に見られる「以て史学に資益す」という定義は、『美術評論』の「史伝」欄にも該当する。個人の評伝に限らず、（美術）史学に貢献するのが「史伝」なのであれば、西洋美術史の紹介・講義は、何ら「史伝」として問題のあるものではない。

明治・大正期を通じた日本の代表的な総合雑誌『太陽』であるが、「史伝」欄は創刊から明治二十九年の末巻（一〜二巻）までで、後は歴史・小説・雑録などに分散・吸収されたとの指摘がある。鈴木正節氏は『博文館『太陽』の研究』で、博文館創始者の大橋佐平の創刊した『太陽』のもととなる雑誌、『日本大家論集』の時点から「史伝」「雑録」欄があったと述べている。他の項目には「論説」「文苑」「教育」「叢譚」「雑事」があり、「叢譚」以外は初期『太陽』に引き継がれたという。[8]「雑録」という項目は後まで残る。

同時代で同じく「史伝」欄を抱えていた『女学雑誌』[9]では、毎号、必ずこの欄があるわけではない。鷗外が『審美綱領』を書いていた明治三十一年当時、十一月十日（第四七五号）の『女学雑誌』には「史伝」が掲載されているが、それは『太陽』で田岡嶺雲などが当時発表していたような伝記的内容ではない。ここに「史伝」として書かれているのは、確かに題材はワシントンやゲーテではあるが、一巻の偉人伝というより随筆に近い。[10]

ところで話を『太陽』に限定した場合、「史伝」欄は明治二十九年以降消えているのを再認すべきだろう。もし鷗外が、大正三（一九一四）年の「歴史其儘と歴史離れ」の時点で、『太陽』に「史伝」を掲載しようとしても、その項目はすでにない。

そもそも、明治四十二（一九〇九）年から大正六年までの浮田和民主筆時代の『太陽』には、「文学」「論説」などの大項目がない。確かに「史伝」欄と性格の近いのは、「文学」欄でもあるが「雑録」欄でもある。だが、鷗外の想定していたであろう『太陽』の分類項目は、明治二十八年のものなのだ。あるいは浮田時代の始まるこの明治四十

二年とは、鷗外が文学博士となった年なので、彼の「作品」を、雑録欄扱いになどできないという理由もあったかもしれない。

こうした事情を考慮すると、彼の「雑録欄のようなものに入れてほしい史伝」は、およそ明治二十八年のジャンル概念の枠内で構想されたが、『栗山大膳』は『太陽』に掲載された時点で、大正三年当時の小説ジャンル内に編成され直した、ということができるだろう。

3　『美術評論』の「史伝」欄

「史伝」という語はこのように、明治三十一年前後では、考証的な手法による個人の伝記を指す概念だとは限らない。第Ⅰ部第二章では、明治二十年代後半から三十年代初頭を理念成立時期に想定した。

第Ⅰ部を受けていえば、概念形成は明治二十八年、カテゴリーとしての「史伝」欄執筆は三十年にあるが、まとまった作品執筆は三十一年、と表現することができるだろう。

ところで『美術評論』だが、鷗外はこの雑誌には創刊から関わっている。わが国初の美術評論専門誌である『美術評論』を創刊・編集・執筆したのは、明治三十一年の『審美綱領』をともに書いた大村西崖である。吉田千鶴子氏は、西崖が「『美術評論』の刊行に乗り出す直接的契機となったのは、むしろ鷗外の『柵草紙』や『目不酔草』における批評活動であろう。『美術評論』は『目不酔草』と体裁がよく似ている」(11)と指摘している。

当時の彼の美術史への関心と実際の執筆については、やはり吉田氏の言及が参考になる。氏は東京美術学校で鷗外が行った本保義太郎筆記『美学』講義ノートと、当時『美術評論』で連載されていた「無名氏」による西洋美術

史を照合し、両者が同じ人物の手になるものと論じている。[12]

『志がらみ草紙』と『めさまし草』が、『美術評論』のモデル雑誌として挙げられている。まず、より体裁の似ているとされる『めさまし草』であるが、鷗外はここでは書評・作品評・また『即興詩人』の翻訳連載の継続などを行っている。ただし「史伝」欄は見あたらない。『美術評論』では、鷗外は論説・批評も多く行いつつ、「史伝」欄の中心となって西洋美術史を講じ続けている。

もし仮に、大正期の「いわゆる鷗外史伝」ジャンルに代表される考証的な伝記作品と、雑誌「史伝」欄につながりがあるとすれば、明治二十二年から二十七年まで刊行された『志がらみ草紙』が、その原点であると考えてよいかもしれない。

岡野他家夫氏は『志がらみ草紙』について、「かくれたる歌人の伝記を闡明し、或は又、歌学上の論説を多く掲げた功績は特記すべきものであるとおもふ[13]」と、その「かくれたる」人物の伝記紹介の側面を、早い時期に指摘している。

『志がらみ草紙』というと、文学史上では鷗外や小金井喜美子の翻訳など、近代詩歌の翻訳や評論が中心に論じられがちである。それでも、実際読んでみて目立つのは、岡野論のように、むしろ多くの執筆陣による伝記ではないだろうか。「萩原広道伝」(越智東風、第五号)、「萩原広道の墓」(磯野秋渚、第六号)、「秋元安民伝」(火水風人、第九号)、「大館晴勝伝」(加藤雄吉、第三十七号)など、伝記の目立つ誌面構成が、毎号続いているのである。

「かくれたる歌人」の伝記の執筆スタイルは、漢文の様式をそのまま用いたものである。試みに、『志がらみ草紙』創刊号掲載の井上通泰による、「小沢蘆庵ノ伝」の一部を読んでみよう。

小沢蘆庵ノ伝　　井上通泰

和哥大ニ衰ヘテノ後、天斯道ノ為ニ二人ノ偉人ヲ生ジタリ此二人、其齢ハ相距タラヌニアラズト雖…（中略）…其人々ハ誰ゾ即小沢蘆庵ト香川景樹ナリ景樹ノ伝ハサキニモノシツ今蘆庵ノ伝ヲツクル

小沢蘆庵名ハ玄仲通称ハ帯刀、蘆庵ハ其号、又観荷堂ト号スモト尾張竹腰家ノ人ナリ…（中略）…蘆庵ノ時流ニ重ンゼラレシコト如此

附蘆庵叢話

蘆庵曾テ金五両ヲ以テ箏ノ琴ヲモトメケルニ中島道咸之ヲ見テイタクホメケレバ蘆庵曰ク御身ホドノ上手ガ一ツノ名器モ持チタマハヌハ日頃憾ニオモヒシ所ナリ…（中略）…蘆庵打笑ヒテ世ニハ似タルコトモアリケリ我モ昔霊山ナル嘯子ノ墓前ヲスギテ其歌ノ風ヲワルクシタル罪ヲ責メテ墓ヲ打タ、キシコトアリト物語リテ互ニ打興ゼシトゾ

本伝ハオモニ近世叢話ニヨリ傍古学小伝ヲ参酌ス然レトモ古学小伝モオモニ近世叢話ニヨリシト見ユ（近世先哲叢談ノ如キハ悉ク近世叢語ノ文ノマ、ナリ）蒲生君平ノ条ハ曲亭雑記ニヨル（傍線は目野による割注部分の提示）[14]

「小沢蘆庵ノ伝」は話の半分以上が、「附蘆庵叢話」部分からなっている。イントロダクションが六行、本人紹介が二十一行、実質的には本論といってもよい「附蘆庵叢話」が題名部分も含めて三十八行、小活字の割注部分が三行。「附蘆庵叢話」の内部にも、同じく二行組の小活字部分が一行足らず混じっている。伝記を綴られる人物についての注釈・考証が、そのまま作品なのだ。また、「附蘆庵叢話」という部分は、小沢蘆庵に関する短いエピソードをいくつも集めてできている。

起承転結よりも、「叢話」に重点を置いた考証的伝記で、エピソードの束。「かくれたる人物」を発掘する伝記。こうした小さな「史伝」の執筆者は鷗外ではなく、多くの『志がらみ草紙』寄稿者なのである。明治二十年代から三十年代といわず、『志がらみ草紙』刊行中に話を限定しても、これは鷗外以外の人物もしばしば手がける、ありふれたスタイルに過ぎなかったと再認される。引用と同じ号の直前部分にも、鷗外の「軍医シルレルノ事ヲ記ス(其一)」という伝記が掲載されている。彼も、大勢のうちのひとりとして、こうした小さな「史伝」を書いていたのだ。この小さな「史伝」の長編化が、『西周伝』から開始される。

「かくれたる歌人の伝記を闡明し……歌学上の論説を多く掲げた功績」は、「小沢蘆庵ノ伝」の種類の稿が、多く集まったがゆえの成果である。この古風な人物略伝の文体自体は、藤岡作太郎の『近世絵画史』などでも用いられるポピュラーな様式であると、すでに確認した。

当時の雑誌は、しばしば考証的に芸術家の伝記を掲載した。美術史や詩歌史を考証・形成する側においても、また芸術史連載を楽しんで鑑賞する、読者の側においても、これは喜ばしいことであったろう。そしてもっともよいのは、考証を主とする雑誌の人物伝掲載が、平凡な存在であったことではないだろうか。鷗外の考証が、特殊化して読者に嫌気をさされた大正期以降、惜しいのは、当時数多かった「史伝」が消えてしまい、一部の「史伝」が特殊化してしまったことではなかっただろうか。

西崖は、鷗外の「『柵草紙』や『目不酔草』における批評活動」に刺激を受け、『美術評論』のスタイルを「『目不酔草』と体裁がよく似ている」作りにした。そうした結果としての『美術評論』の体裁ではあるが、実際に鷗外の執筆したのは、基礎的な編年体の西洋美術史という、地味で難しい連載中心であった。

美術書誌家の森登氏は、同誌が、執筆陣容や美術雑誌のさきがけとしての存在などの重要性に関わらず、早く忘

れられて等閑視されている理由の一つとして、「技法・史論といった内容が、翻案で専門的すぎて、例え実作家達を対象としたとしても、馴染みにくかった」[15]のではないかと推している。これはあるいは、「馴染みにく」いというより、雑誌という時代の気分を反映する媒体として、やや問題があったということなのかもしれない。『美術評論』には「史論」という項目はないので、ここで言及されている「史論」は、「史伝」欄を指すと思われる。『志がらみ草紙』にも、「史論」という欄名はなかった。

『美術評論』には、西洋美術史と同時に「夢のたゝち（マママ）〔昔ありける画かき人の伝〕」（故無名氏〔堀直格〕、第十一号〜第十四号までの連載）、「狩野芳崖略伝」（岡倉秋水、第十一号）などが書かれている。「狩野芳崖略伝」の、冒頭と末尾を参照してみよう。

狩野芳崖略伝　　　　岡倉秋水

狩野芳崖翁、幼名を幸太郎といひ、長ずるに及びて皐隣、勝海または貫甫と号す。芳崖は晩年の名なり。文政十一年正月、長府に生る。…（中略）…翁、人と為り豪放磊落、而も子弟を教ふること親切懇到、画格雄大にして奇想縦横、細巧また人に過ぎ、常に新機を出だして旧套に倣はず。深く解せざるもの往々以て邪に近しとせり。

「略伝」は、このような終わり方をしている。執筆様式は「小沢蘆庵ノ伝」から、イントロダクションと「附蘆庵叢話」の多くのエピソードの叢がる「叢話」の性格と、割注の小活字部分を取り払ったものになっている。簡略で考証的・随筆風な伝記という様式ないしジャンルという点で、共通するのではないかと考えられる。

『美術評論』の場合、鷗外が西洋美術史を綴る「史伝」欄は、彼が寄稿を途絶えさせると同時に、なくなっている。

以上をまとめよう。

鷗外は雑誌『美術評論』の「史伝」欄執筆以前に、「史伝」欄同様の内容を含む雑誌を、かつて自ら主宰していた。だがこの『志がらみ草紙』の段階では、いまだ「史伝」相当の項目内容は、「史伝」という通称は得ていなかった。また、明治三十年前後の『美術評論』の時期に限定した場合、「史伝」という名称を用いた雑誌の欄名には、彼の概念規定が反映されている可能性が高い。

埋もれた人物の考証的伝記による、紹介のテキストの様式は、『志がらみ草紙』の「小沢蘆庵ノ伝」でも、『美術評論』の「狩野芳崖略伝」でも、変化はない。この類の文章は、同時代的には平凡な存在である。

明治二十二年の個人雑誌（『志がらみ草紙』）の時点では、この平凡な人物紹介文は項目に分類されることなく、翻訳の小説や評論と一律に並べられた。明治二十八年の購買者数の広範な総合雑誌（『太陽』）では、文学の近接ジャンルとして項目分けされ、暫定的な文学の一ジャンルとなった。そして、すぐに消失した。また、明治三十〜三十二年の美術雑誌（『美術評論』）に、個性的な雑誌主宰者（森鷗外）の過去の雑誌構成を参考にしたものがあった。この雑誌での「史伝」欄は、執筆者の個性によって保たれたが、彼が去ると同時に消失した。

こうして小さな「史伝」の季節、考証随筆の季節が過ぎ去り、時が経って大正三年になる。この時、流行遅れとなった昔風の伝記スタイル――「雑録様のもの」――は、鷗外だけの例外的なケース、特殊な文学ジャンルであるかのように見なされるようになる。

そして、すでに「小説」が中心となりはじめた当時の「文学」の範疇に、中途半端に再編成されてしまうのである。

4　『山口古菴』

雑誌『大帝国』に、一八九九（明治三十二）年六月十五日に掲載された鷗外の『山口古菴』は、ごく短いものである。ただし、事蹟との偶然の邂逅を契機とした執筆、考証の用い方、伝記、纏まりのなさなど、掌篇でも大正期の「いわゆる鷗外史伝」の持つ各要素は、ほぼ備わっている。

全体は、こう始められる。

山口古菴は寛永中の画家なり。司馬江漢の生るゝに先だつこと百年の頃、早く洋画の風を摹倣す。而るに不幸にして世人に知られず。

明治三十一年夏、予偶ま原城紀事を読みて、古菴の事蹟を見ることを得たり。これを二三の友人の我国の芸術史に通暁せるものに質すに、皆知らずと答ふ。一日又友人某に告ぐ。某の曰く。世に山田右衛門佐の画と称するものあり。其手法洋画に似たり。鑑賞家山田氏の何人たるを知らず、漫りに以て山田長政の族となすに至る。恐らくは山田は山口の誤にして、右衛門佐は古菴の通称右衛門作の誤ならんと。画は商賈某の蔵する所に係る。一は美人の図にして、一は猟夫犬を牽く図なり。（彼は美術評論に載せ此は美術画報に載す。）

今原城紀事巻七より巻十六に至る間の文に就いて、事の古菴に係るものを左に抄出す。

やはり、明治三十一年と美術である。掲載誌『大帝国』は大戸三千枝氏の作成した目録[16]によると、明治三十二年六月十五日に第一巻第一号が発刊し、終刊は翌年の十一月二十日の第三巻第十号である。項目には、写真版と外信摘要、「論説」「特別寄書」「政務資料」「時事要領」「経済界」「政況」「列国之形勢」・「時事日抄」「文壇」「文学」「雑録」「漫録」がある。

第一号にはこのうち、写真版と外信摘要、「論説」・「特別寄書」「政務資料」「時事要領」「経済界」「文壇」「政況」「列国之形勢」「時事日抄」を含み、「文学」「雑録」「漫録」はまだない。

大戸氏は「二号以下は「文壇」と主要論文だけを抄録する」[17]と述べているので断定はできないが、目録中には「史伝」欄はないようである。少なくとも「山口古菴」は、全ての項目が確認できる第一号で、「山口古菴の事を記す」という題名、「森林太郎」の署名で、なぜか「文壇」欄に載っているのである。

この欄には他に、「塵長の外征」(平田骨仙)、「琵琶歌威海衛」(天因・蛙声庵合作)、「奇聞録」(水天楼逸)が並んでいる。「文壇」欄といっても、文壇なるものの内部事情を綴るところではないようだ。

本文の記述方法は以下の引用の通りで、『西周伝』『日本芸術史資料』などのように引用の集積である。そしてそれらと同じように、引用一つ一つに文献名を記している。先の引用部分の続きを見よう。

山口古菴、通称は右衛門作。世々肥前国有馬氏に仕ふ。…(略)…俸を給して画師となす。**(耶蘇天誅記)**

寛永十四年十月十九日松倉氏吏を派して、諸村を巡り蜜柑を採らしむ。吏村民の益田時貞の乱に與せるを知らずして、殆ど将に残害せられんとす。右衛門作密に告げて逃げ去らしむ。**(島原始末記)**十二月賊原城に拠り、右衛門作の妻子を捕へ、右衛門作を要して城に入らしむ。…(略)…松倉重次の来り攻むるや、右衛門作矢書を

放ちて、事の顚末を告げ、以て自ら明にす。（耶穌天誅記）
十五年正月松平信綱至る。重次請ひて前軍の職を免ぜらる。二月右衛門作又矢書を有馬忠郷の営に射て内応を約す。（有馬日記）
忠郷書を得てこれを信綱に致す。有馬五郎左衛門といふものあり。嘗て右衛門作と相識る。此に至りて箭眼に相見て共に語る。（天草島原両日記）
二月二十一日夜忠郷の右衛門作に答ふる矢書城卒に拾わる。…（略）…右衛門作を携へ還りて、江戸の邸中に豢ふ。（参考島原記、山田右衛門作申口）
右衛門作是より名を古菴と更め、洋風画を以て都下に聞こゆ。…（略）…後右衛門作天主教を敷演するに坐し、禁錮せられて身を終ふ。（信綱言行録、天野記）（強調目野）

実際に本文に当たってみるとはっきりするのだが、『山口古菴』の引用と資料の用い方・形式は、『日本芸術史資料』に近似している。複数種の資料の渉猟を、そのまま貼り混ぜてゆくことで、山口古菴という人物と時代相を、断面図で切り出してくるのである。これは鷗外的であるが、同時に、ある程度まで同時代的な伝記の執筆様式であるとも認められる。

ところでこの話は、唐突に西洋語の混交する以下のエピソードで締めくくられている。エピソードの集積である本文全体を統一するのに、別種のエピソードを持ってくるというのも、大正期の「いわゆる鷗外史伝」風のまとまりのなさに近い。

『西周伝』で、年譜・目録等が淡々とした引用の後に続くのも、一種のエピソードの積み重ねと言える。「いわゆ

る鷗外史伝」ジャンルと想定される範囲から、排除せずにおくべきかもしれない。表題だけからいえば、主人公が途中で死去する大河的なテキスト『渋江抽斎』よりも、『西周伝』『山口古菴』『即非年譜』等の方が、明治期から引き続いている「いわゆる史伝」的な構造である。

『山口古菴』の締めくくり方を確認してみよう。

古より芸術家にして城を守り防ぎ戦ひしもの甚だ少し。唯伊太利の Michelangelo Buonarroti は西暦一五二七年 Firenze の市の為に San Miniato の堡を守りて、Alessandro de Medici の兵を防ぎ、其間 San Lorenzo 寺の墓上の石像を刻むことを廃せざりきと云ふ。古菴と竝べ称すべし。

話は、似た人物を伝記の対象人物に並べ、評価する部分で終わるのである。古菴その人について、語り手が自分の言葉で言及する部分はない。話をまとめる結末部分にあっても、執筆者の主観的な価値評価を差し挟まず、このように近似するエピソードを併置するばかりなのだ。『西周伝』も年譜で全体が締めくくられはするが、作者の言葉でまとめられることはなかった。露伴史伝との、決定的な相違である。

『志がらみ草紙』を経由し、『太陽』を読み、前年の『美術評論』では「史伝」欄を担当していた鷗外である。明治三十二年の意識では、このようなテキストは「史伝」と見なして執筆していた可能性は高い。だが、『大帝国』第一巻第一号には「文学」欄も「雑録」欄も、ましてや「史伝」欄もなかった。鷗外自身の掲載欄の希望は、もちろん不明である。どんな理由で、「文壇」欄が選ばれたのであろうか。そもそも、「文壇」欄とは、ずいぶん風変わりな名称ではないか。

大戸氏は研究内容について、「二号以下は「文壇」と主要論文だけを抄録」と限定していた。氏の研究を読む限り、「文壇」欄は明治三十二年九月一日発行の第一巻第六号で終っている。この後は、「文壇」ではなく「文学」という欄が、大戸氏に拾われていくばかりになる。この時期は、『美術評論』に「史伝」がなくなり、誌面が刷新される時期にあたる。そしてすぐ、同誌は『美術新報』と名を変える。

項目の構成は広範囲で、総花的な誌面構成を目指したようである。よく似ているのは、『太陽』だ。創刊号では写真版で、「皇城の大観　仙台に於ける大隈伯三浦子の一行及び東北出身の政治家他」という権威の象徴や著名人を、冒頭で印象的に掲げている。同じ博文館から出版されている。『太陽』を意識しているのだろう。

明治三十二年の『大帝国』という個別の雑誌では、『太陽』同様に項目分けをするという意識はある。ただしここで確認できる項目には、すでに「史伝」欄は存在しない。

「文壇」という存在は、確かに活字で読める存在ではないが、その時その時の権威である。この点からいえば、時局を追うのが主な目的である総合雑誌にとって、商品に還元できる権威・価値を発生するかどうか不明な文学作品そのものより、すでに商品価値を有する存在として意味がある。おそらくこの時点では、「文学」よりも確実な商品価値と十全な流通の可能性を持つのが、「文壇」情報だったのかもしれない。

しかし、それは次第に「文学」という欄に変化する。この頃が、「文学」がそれだけで、市場に流通する商品となるだけの読者＝購買者層の厚みと成熟が、成立し始めた時期であると想定できるのである。

5　まとめ

本章では雑誌と文学の様式形成の相関のうち、項目という局面に着目した。分類がテキストの内容に先行し、近代小説ジャンルの簡易な人物伝という一角を構成していった過程を辿った。

明治二十八年の段階では、「史伝」はジャンル名としては一般に通用する名前であり、テキストの内容は通時的な歴史記述である。この時期以前に、同じ作者が同じ内容（埋もれた人物の簡略な伝記）のテキストを草しても、「史伝」と呼ばなかった時期があった（同種のテキストを、「史伝」「史論」「史談」「伝記」と別名で呼ぶケースは頻繁に確認できる）。

明治二十八年には、「史伝」は『太陽』「史伝」欄に見るとおり、人物の伝記や歴史記述や随筆を兼ねたジャンルとして、広く流布している。明治三十年には「史伝」欄は、やや時代遅れ気味で通時的な美術史として、鷗外に執筆されている。翌年刊行の『西周伝』は、通時的ながら資料の引き写し・寄せ集めでもある伝記であった。『小倉日記』や『日本芸術史資料』は、こうした簡略な伝記・エピソードを集積し、連関させたテキストである。そして大正三年には、雑誌項目に「史伝」はポピュラーな存在ではなくなり、ジャンル名としては次第に衰えてゆくのである。

以上の分類は「史伝」欄に限定されているが、ここから、明治期日本文学ジャンルの分類の一部がかいまみえている。もちろん商業ベースに乗った雑誌と乗らなかった雑誌では、歴史小説や政治小説なども、相異する成果が出る可能性はあるだろう。あるいは「私小説」の出自なども、雑誌の掲載欄から割り出してゆけば、新たな局面を見い出せるのではないか。

話を「いわゆる鷗外史伝」に限定すると、「史伝」欄は看過できない存在である。

この欄が衰微した後も、鷗外によって執筆されるテキストには、「史伝」欄の性質が残っている。また、消失したテキストはのちの研究ではあまり扱われないが、鷗外のみ特に大きく取り上げられる。このため、日本近代文学研究史上にあっては、鷗外が大正期の「史伝」の名称と性格を一身に背負ったような格好になっている。その結果、現在から見るとまるで鷗外しか「雑録様のもの」、あるいは「史伝」を執筆しなかったかのような、特異な様相を呈することとなったのではないだろうか。

同時代に「史伝」執筆者は数多く存在した。ただ、鷗外は彼らのうちでも、とりわけ「史伝」というジャンル及び様式に、親和的な執筆者であったのだろう。同世代たちが執筆様式を変えたり、執筆そのものを止めたりした後も、彼は「史伝」執筆を続けたのだ。この場合の「史伝」とは、人物伝という執筆テーマ、考証、まとまりを求めずにエピソードの収集を連ねてゆく様式およびジャンルを、総合的に指す。

『明治三十一年日記』には、当時の西洋美術史への関与と同時に、日本美術史への関心と参考文献の収集が登場するとすでに述べた。連載された西洋美術史も、結局は「纏まり」を得て単独名で出版されることはなかった資料収集の段階で途絶している日本芸術史も、膨大な草稿を残している。ただし、たとえ左遷による雑誌連載途絶などなくとも、「纏まり」を忌避する彼の記述傾向からすれば、完結した美術史が成り得たとは考えにくい。

伝記・考証の断簡の多さも、雑誌や新聞への生涯にわたる大量の寄稿も、「史伝」という当時の格好の様式・ジャンルも、全て、彼の執筆傾向に適合していた。逆に、彼の執筆傾向を決定する時代的要因としても、機能したと考えられるのである。

注

(1) 佐藤道信『〈日本美術〉誕生』(講談社、一九九六、五十七・一〇六ページ)。

(2) (1)に同じ、一六八～一六九ページ。

(3) 「……前任の岡倉覚三が西洋美術の流れを説くにあたって東洋との関係や美術に於ける精神などの問題を重視し、解釈としての美術史を講じたのに対して、鷗外の場合は客観的ないしは直訳的に講じていることである」『東京芸術大学百年史』(ぎょうせい、一九八七、四九一ページ)。

(4) 山崎一穎『森鷗外・史伝小説研究』(桜楓社、一九八二、六～七ページ)。

(5) 『太陽』第一巻第一号(明治二十八年一月五日発行)。

(6) 『太陽』第一巻第十二号(明治二十八年十二月五日発行)。

(7) (6)に同じ。

(8) 『博文館『太陽』の研究』(アジア経済研究所、一九七九、九ページ)。

(9) 『女学雑誌』で、「史伝」より確実に掲載されている「雑録」欄をめくると、鷗外史伝に類する伝記と考証の中間的な文章が現れる場合がしばしばある。注(10)参照。また、「史談」欄という項目も存在する。

(10) 「　ワシントンの父とゲーテの父と　　有美
少く道に欠けたればとて、天下無類の悪人の如く責め罵り、殊に礼儀作法を何物よりも有難きものゝ如く、かつきまわして、少しのことにも口喧ましく、下駄のぬぎ方はしかぐ〵なり、飯の喰べ方はしかぐなり、さては帽子のかぶり方より帯のしめ方まで彼是れ罵り責め、暁より日の入る頃まで、我が子の一言一行を是非詰責する親御あり。ゲーテの父の如きは、乃ち…(中略)…家内にありて権力を代表する審判人とも見るべき父君たち、須く律義道徳の形骸に拘泥することなく、少く融通のある心になりてその子女に向はるべし。然らずは、義心却て天下の悪を起し、慈悲却て残忍過酷の態を帯ぶるに至らんかな。」(有美「ワシントンの父とゲーテの父と」『女学雑誌』(明治三十一年十一月十日、第四七五号、一八～二〇ページ)。

(11) 吉田千鶴子「大村西崖の美術批評」『東京芸術大学美術学部紀要』(第26号、一九九一年三月、五十ページ)。

(12) (3)に同じ、四九一～四九二ページ。

（13）『明治文学研究文献総覧』（冨山房、一九四四、三六二ページ）。
（14）『志がらみ草紙』（臨川書店近代文芸雑誌複製叢書、一九九五、十〜十一ページ）。
（15）『近代美術雑誌叢書　美術評論　別冊』（ゆまに書房、一九九一、八ページ）。
（16）『国文学　解釈と教材の研究』（一九六七年七月号・第九号、一三八〜一四四ページ）。
（17）（16）に同じ、一三八ページ。

第三章　未完の史伝群と『堺事件』異本

1　未完をめぐって

大正期の「いわゆる鷗外史伝」や考証は、各作品の終り方、正確にはその「終らなさ」に、特徴がある。『西周伝』以下の「いわゆる鷗外史伝」・考証の各作品の記述の未完性を、順を追って確認してみよう。

1　『西周伝』…『西周伝未定稿』西紳六郎編として仮印刷し、生前の知友らに校閲を請うた後、翌三十一年に刊行。

2　『能久親王事蹟』…『能久親王事蹟草案』と題して仮印刷し、宮家の知人らに校閲を請うて訂正加筆した後明治四十一年刊行。

3　「山口古菴」…明治三十二年「大帝国」に「山口古菴の事を記す」と題して掲載され、『妄人妄語』に改題して収録。

4　「久留米彫画家伝」…明治三十二年『めさまし草』に掲載されるが、単行本には収録されず。

5　「即非年譜」…明治三十五年『福岡日日新聞』に「森林太郎未定稿」の署名で掲載され、『妄人妄語』に収録

される際には文末に添えられた読者に関係資料を求めて呼び掛ける附記は省かれた。

6　「阿育王事蹟」…大村西崖との共著として明治四十二年刊行されたが、鷗外執筆部分は全体の一割強程度。

7　「興津弥五右衛門の遺書」…大正元年初稿脱稿、大幅に改作した後大正二年『意地』に収録。

8　「阿部一族」…大正元年初稿脱稿、史料整備のため大幅に改作した後大正二年『意地』に収録。

9　「佐橋甚五郎」…大正二年『中央公論』に掲載、同年『意地』収録。

10　「護持院原の敵討」…大正二年『ホトトギス』に掲載、翌年『天保物語』収録。

11　『ギヨオテ伝』…大正二年発行された編訳で、同年『三田文学』に掲載された分が「ギヨオテ年譜」と改題され、附録としてのちに『ギヨオテ伝』に収められた。『ファウスト』の附冊として、『ファウスト考』とともに三部同一体裁で刊行。

12　「大塩平八郎」…大正三年『中央公論』に掲載、同年同月日（一月一日）発行の『三田文学』に「大塩平八郎」と題された分とともに『天保物語』に収録され、『三田文学』掲載分が「附録」と改題される。

13　「堺事件」…大正三年『新小説』に掲載、同年『堺事件』に収録。

14　「安井夫人」…大正三年『太陽』に「附録一、事実」「二、東京並其附近遺蹟」を添えて掲載、同年『堺事件』に収録。

15　「栗山大膳」…大正三年『太陽』に掲載、大正八年『山房札記』収録。ただし大正四年の『心の花』掲載の歴史其儘と歴史離れ」には、

「わたくしの近頃書いた、歴史上の人物を取り扱つた作品は、小説だとか、小説でないとか云つて、友人間にも議論がある。しかし所謂 normativ な美学を奉じて、小説はかうなくてはならぬと云ふ学者の少くなつた

時代には、此判断はなかなかむづかしい。わたくし自身も、これまで書いた中で、材料を観照的に看た程度に、大分の相違のあるのを知つてゐる。中にも「栗山大膳」は、わたくしのすぐれなかつた健康と忙しかつた境界のために、殆ど単に筋書をしたのみの物になつてゐる。そこでそれを太陽の某記者にわたす時、小説欄に入れずに、雑録様のものに交ぜて出して貰ひたいと云つた。某はそれを承諾した。さてそれが例になくわたくしの校正を経ずに、太陽に出たのを見れば、総ルビを振つて、小説欄に入れてある。…（中略）…
さうした行違のある栗山大膳は除くとしても、わたくしの前に言つた類の作品は、誰の小説とも違ふ。これは小説には、事実を自由に取捨して、纏まりを附けた迹がある習であるに、あの類の作品にはそれがないからである。」

とあり、鷗外自身は小説ジャンル内に回収させる意図がなかったとの意思表明がある。

16 「津下四郎左衛門」…大正四年『中央公論』に掲載、追記を加えて大正八年『山房札記』収録。

17 「魚玄機」…大正四年『中央公論』に掲載、翌年『高瀬舟』収録。

18 「盛儀私記」…大正四年十一月の新聞連載（十一月十二日〜二十二日『東京日々新聞』『大阪毎日新聞』同時掲載）。のち、若干の訂正を加えて私家版として知友に配布。

19 「高瀬舟」「寒山拾得」…両作品とも大正四年十二月に脱稿（『高瀬舟』十二月五日、『寒山拾得』十二月七日）。大正五年一月『心の花』に「高瀬舟と寒山拾得―近業解題―」が載り、単行本『高瀬舟』刊行の際には「附高瀬舟縁起」「附寒山拾得」として各作品に分けて添えられる。

20 「椙原品」…大正五年一月の新聞連載（一月一日〜八日『東京日日新聞』『大阪毎日新聞』）。ただし連載最終回（六回目）は、

「……私は此伊達騒動を傍看してゐる綱宗を書かうと思つた。外に向つて発動する力を全く絶たれて、純客観的に傍看しなくてはならなかつた綱宗の心理状態が、私の興味を誘つたのである。私は其周囲にみやびやかにおとなしい初子と、怜悧で気骨のあるらしい品とをあらせて、此三角関係の間に静中の動を成り立たせようと思つた。しかし私は創造力の不足と平生の歴史を尊重する習慣とに妨げられて、此企を抛棄してしまつた。

　私は去年五月五日に、仙台新寺小路考勝寺にある初子の墓に詣でた。世間の人の浅岡の墓と云つて参るのがそれである。古色のある玉垣の中に、新しい花崗石の柱を立てゝ、それに三沢初子之墓と題してある。それを見ると、近く亡くなつた女学生の墓ではないかと云ふやうな感じがする。あれは脇へ寄せて建てゝ欲しかつた。仏眼寺の品が墓へは、私は往かなかつた。」

という文で終えられており、実質的には未完の作品。随筆的考証・資料探索して話を進行させる語り手「私」の登場などの手法は、次作『渋江抽斎』に通じる。

21　「渋江抽斎」…大正五年の新聞連載（一月十三日〜五月二十日『東京日日新聞』、一月十三日〜五月十七日『大阪毎日新聞』）。生前加筆して鷗外全集刊行会版第一次全集収録。

22　「寿阿弥の手紙」…大正五年の新聞連載（五月二十一日〜六月二十四日『東京日日新聞』、五月十八日〜六月二十四日『大阪毎日新聞』）。錯記を補して『山房札記』に収録。

23　「伊沢蘭軒」…大正五年から六年の新聞連載（五年六月二十五日〜六年九月五日『東京日日新聞』、五年六月二十五日〜六年九月四日『大阪毎日新聞』）。加筆され没後『森林太郎創作集巻一　伊沢蘭軒』に収録。

24　「都甲太兵衛」…大正六年一月の新聞連載（一月一日〜七日『東京日日新聞』『大阪毎日新聞』）。「都甲伝存疑」を補し

て『山房札記』に収録。

25　「鈴木藤吉郎」…大正六年九月の新聞連載（九月六日〜十八日『東京日日新聞』『大阪毎日新聞』）。十月十四日『大阪毎日新聞』と同月十二日『東京日日新聞』に「鈴木伝考異」、十月十五日『大阪毎日新聞』と同月『東京日日新聞』に「鈴木藤吉郎の墓」を掲載。後にさらに「鈴木伝考異二」「鈴木藤吉郎の産地」を追加して『山房札記』に収録。また「鈴木藤吉郎補遺材料」がある。

26　「細木香以」…大正六年九月の新聞連載（九月十九日〜十月十一日『東京日日新聞』、九月十九日〜十月十三日『大阪毎日新聞』）。大正七年の『帝国文学』に補遺にあたる「観潮楼閑話」が掲載され、『山房札記』収録の際に添えられる。

27　「小島宝素」…大正六年十月の新聞連載（十月十四日〜二十八日『東京日日新聞』、十月十六日〜二十八日『大阪毎日新聞』）。鷗外自身加筆訂正を施した「新聞切抜帖」がある。

28　「北条霞亭」…大正六年十月起稿（十月二十九日〜十二月二十六日『東京日日新聞』、十月三十日〜十二月二十六日『大阪毎日新聞』）したが、宮内省との関係が生じ中止。続稿が大正七年二月から同九年一月の『帝国文学』に連載されたが、『帝国文学』廃刊のため中絶。続々稿「霞亭生涯の末一年」が大正九年十月から同十年十一月に『アララギ』に連載されて一応完結したが、全集には加筆されたものが収録。

29　「帝諡考」…大正八年脱稿、大正十年刊行。遺志により吉田増蔵の手で訂正・本文補修なされる。

30　「元号考」…大正十年起稿、死の数日前まで加筆を怠らなかったが故の未完。

以上を見ると、①「椙原品」など完結してはいるが、内実は未完に等しい作品系統（15、20、29）と、②「山口古菴」

など引用の集積・抄録に等しい小品・断簡・稿本系統（3、4、6、30）、③また「佐橋甚五郎」など完結してはいるが、作品とは別に作品の出典・年譜などの別記が附してある作品系統（1、2、5、9、14、17）の、三種のパターンが認められる。

この三種を除いた残りの「史伝」と考証は、ほとんどのものが作品執筆後の考証的な訂正・改稿・補完のあとをひいている。というよりむしろ、訂正と補完が途絶えることにおいてのみ、ようやく完結している。①は最終的なスタイルが零本であり、②は作者の言葉が入ってまとめられる前の「史伝」のスタイルであり、③は一篇にまとまり完結した作品構成を崩す、付録による考証状態を指すと考えられる。

訂正・補完があとをひかず、かつ①から③に該当しない「阿部一族」「護持院原の敵討」「堺事件」（8、10、13）は、改稿後の「興津弥五右衛門の遺書」のスタイルと酷似、同作品執筆の反復とも読める。ちなみに「阿部一族」の発表は「興津弥五右衛門の遺書」の初稿発表の二か月後の大正二年一月（脱稿は大正元年十一月）で、「興津…」を改稿収録した『意地』刊行（大正二年六月）前のことである。

かりに、歴史記述をこのスタイルに徹し始めたのを、大正期の「いわゆる鷗外史伝」開始と考えるなら、「興津弥五右衛門の遺書」改稿ではなく「阿部一族」発表の時点が、テキスト論的にはともかく、作品論的には正しいこととなる。「護持院原の敵討」は大正二年十月、「堺事件」は大正三年二月の発表だ。

これらの作品は共通して、政治的な事件と死を扱いつつ、その死から説明と物語を排除している。筋道としての物語を排除する歴史記述は、「物語」として上手にまとめられない過去を描いているため、いくら考証の程度を強めていっても、フィクションとして完結できない。

「いわゆる鷗外史伝」の特徴を、未完である点に限っていうならば、「歴史其儘」にむかって、無限に繰り延べら

れる考証手続きと表現できるのではないだろうか。同時に、「歴史其儘」にむかう意思ともいえる。最後に書かれた「帝謚考」と「元号考」が、歴史的な時間を象徴する年号をめぐる考証というのも、象徴的だ。

鷗外には、翻訳などでもごく初期から未完の作品が多い。明治二十二年『志がらみ草紙』に掲載された未完の伝記、「軍医シルレルノ事ヲ記ス」には、「いわゆる史伝」の兆しがあらわれ始めているともいえる。

明治二十四年の「レッシングが事を記す」は「軍医シルレルノ…」とあわせ、「Lessing が事を記す。Schiller が医たりし時の事を記す。彼は略伝、此は伝記の一段として看るべきもの。」(重印蔭艸序)と作者も語っている通り、『かげ草』に、翻訳短編小説等とともに収録されているのだ。また同じ二十四年の「ロオベルト、コッホが伝」は文末に著作目録と引用文献リストが付され、資料の直接引用が多発する。鷗外読者にはお馴染みの、「いわゆる鷗外史伝」形式である。

ただ、これら三つはドイツ語の原本の編述であって、彼の啓蒙的執筆活動の一環とも表現できる。文体は基本的には雅文体で統一されており、『西周伝』以降の特異な混交状態ではない。もちろんここまでの部分ではっきりするように、「いわゆる史伝」の基盤となるスタイルはあらかたできており、「いわゆる史伝」の準備段階とも考えられる。永井荷風の言を、少しかえていうならば、「小説体ではない史伝」だ。

他にも、「ロオベルト、コッホが伝」と同じ『衛生療病志』誌に載せたコッホの登場するテキストは多い。この年だけでも、「コッホに継で出でたる発明者」「コッホの新療法につきて起りし仮名文字の説」始め、いくつもある。これらは留学成果の紹介のひとつだが、「軍医シルレルノ事ヲ記ス」、明治二十四年の「シルレル伝」は、一般的な未完の略伝である。

「レッシングが事を記す」が、略伝としては唯一成功しかかったものだが、「ロオベルト、コッホが伝」にあり、

『西周伝』につながる年譜や著作目録の添付など、複数種別の文の混合はない。

同じ明治二十四年の『賀古鶴所伝』も、漢文で草された人物紹介の短文に終始している。鷗外一流の参考文献の添付や、記述の考証的精密さとは無縁の、漢文一種に統一された文体である。

この頃、彼の考証癖は既に発露している。それでも、考証の個人的傾向と、伝記編述スタイルの相関、「いわゆる鷗外史伝」の構成理念はまだ登場しない。ここにさらに付け加えられるべきは、大正期に文壇を席巻することになる、同時代作家達の私小説的執筆スタイルであろう。私小説という大正期流行の時代様式と、鷗外という作家の個人様式の複雑な相関から生じる「渋江抽斎」のニュアンス発生も、当然はるか先になる。

明治二十四年は、「いわゆる鷗外史伝」に含まれる各要素の、登場しはじめた年なのであろう。

2　未完のテキストをめぐって

ところで、こうした「いわゆる鷗外史伝」特有の歴史記述の執筆形態に、よく似た執筆形態を持っていた一人の作家がいる。鷗外の後に「いわゆる史伝」執筆に取り組んだ人々は、作家に限らず数多いが、彼は作家であり、鷗外同様、史実の考証から限りなく「歴史其儘」に近付こうとした。そしてやはり鷗外同様、彼の作品は、死去の後に他人の手によって補完訂正され、歴史小説のジャンルに再編成されて刊行された。そしてなおかつ、鷗外の最大の批判者のひとりであり続けた。

試みに、彼の遺稿に基づいた刊行作品に添付されている、注記の紙片の内容を引用してみよう。

テキストについて

本書は著者が遺した雑誌原稿に手入れをしたものを新たにまとめたものです。著者は雑誌発表のたび、すぐに手入れをされました。これが三通にわたります。さらに、久留島、宮崎が、本書構想時よりの縁で、雑誌発表ごとに著者と様々に検討した切抜き記録が一通あります。計四通の切抜きへの手入れをまとめたものが本書の骨格をなします。…（中略）…

雑誌発表後、著者は様々な方面から情報を得、誤記等の指摘も受けておられます。連載時にその都度、前回は、前々回は、といった書き出しで、主なものは訂正されましたが、本書では重複をさけるために叙述を改めました。引用史料は、送りがな・振りがな・濁点・句読点を補い、漢文に関しても著者の方法にしたがって字句をひらきました。…（中略）…

著者は、史実を出来る限り正確に再現しようとつとめていました。注は、本作品が単行本になるまでの過程で、著者自身が当然手直しをされたと思われる箇所について補記したものです。本文にあらわすことが出来なかった著者の意志を補うものとして添えさせていただきました。

久留島　浩
宮崎　勝美[1]

「雑誌」などへの「発表後」、「著者は様々な方面から情報を得、誤記等の指摘も受けて」それを全体の中にくり込んでゆく手際といい、「人名・地名・日付」に正鵠を期するこだわりといい、いかにも「いわゆる鷗外史伝」的であ

る。鷗外の場合も、第三者に自らの歴史記述の校訂を頼み遺し、亡くなった。特定の主張と関係なく、実証性に不満を抱き、「歴史其儘」にこだわり続けた彼もまた、鷗外と同じ手順を踏んだのである。

この人物の名は、大岡昇平である。この但書きは、『堺港攘夷始末』に添えられたものなのだ。つまり「堺事件」に言及し、「いわゆる鷗外史伝」の史料扱いに批判の目を向けた、あの大岡昇平なのである。

『堺港攘夷始末』は、『中央公論文芸特集』での連載（一九八四年秋季号～一九八八年冬季号）をまとめた単行本であり、歴史小説のジャンルに属している。とはいえこの単行本も「いわゆる鷗外史伝」・考証ジャンル同様、内容は考証に基づく歴史記述でありながら、最終的には、第三者が歴史小説のジャンルに回収してしまっている。そのゆえの「歴史小説」だ。堺港をめぐる歴史的事件に関する、作家による実証的随筆と称しても差し支えない作りではあるのだが、大岡昇平は「史伝作家」とは呼ばれない。

同じような例として、大岡の『天誅組』（講談社、一九七四）がある。この作品は、「〝物語体〟も一部駆使した創見溢れる〝史伝体歴史小説〟」（講談社文芸文庫版の表紙裏の内容広告より）であり、やはり未完の作品である。初刊本のあとがきには、「私の唯一の長編歴史小説ですが、書き進めるうちに書き出しの物語体がこわれ、いわゆる史伝体になる、という不統一が生じました。……（中略）……集団的行動は史料の引用や考証による史伝体に、個人的行動だけ会話や心理の描写を伴う物語体になっているわけです。この二つがうまく調和しているかどうかが問題です」とある。

大岡は比較的早いうちから、「いわゆる鷗外史伝」の史料と物語の関係に、興味を感じていた様子である。『堺港攘夷始末』は、徹底した資料と史実へのこだわりが小説として結実し、結果的には「いわゆる鷗外史伝」へのオマージュ――『西周伝』『能久親王事蹟』の引用と考証のバランスに溯って考えてもよい――となってしまっている。この結果が、大岡の意図したものかどうかはさておき、鷗外との酷似には考えさせられる。

試みに、両者の類似点を列挙してみよう。

① 各方面からの情報提供と執筆の連動。

② 雑誌など発表媒体の特徴に大きく左右され、執筆前に全体にわたる確定的な構想を欠いていること。

③ ①と②の条件を受けた、一応の完結の後での加筆訂正。

④ ①から③にわたる歴史の真実性へのこだわりは、特定の物語的な主張よりも、細部の史実との照合に、より重点が置かれていること。

⑤ 以上の手法による歴史記述を、④の条件にも関わらず、最終的に小説のジャンル内に回収させる方法意識。

大岡による、天皇イデオローグとしての鷗外批判は、『堺港攘夷始末』執筆の契機ではあった。ただ、「いわゆる鷗外史伝」への関心も、唐突に開始されたわけではなく、執筆開始の十五年以上前から有する「史伝」への関心の軌跡を忘れてはなるまい。

「堺事件」批判によって大岡のたどった道筋は、同時代史料の精緻な探求による歴史記述であった。この道筋は、「いわゆる史伝」への大岡の関心の軌跡に、重なってはいないだろうか。『渋江抽斎』の一節をもじって彼らを評すれば、「若し鷗外が大岡のコンタンポランであつたなら、二人の袖は横町の溝板の上で摩れ合つた筈である。こゝに此人と大岡との間に暱みが生ずる。大岡は鷗外を親愛することが出来るのである」。

すでにジャン＝ジャック・オリガスが指摘するように、鷗外の「いわゆる史伝」の実証的方向性という特性だけなら、特に珍しくはない。確かに数多の作家の後年の作品に、しばしばあらわれる特性[2]なのだ。

大岡もこれらの例に漏れず、後年になって「虚構を主体とする作品をあまり書かなくなった」。『堺港攘夷始末』の解説で、菅野昭正も述べる通り[3]なのである。

大岡が「切盛と捏造」とした「堺事件」の批判[4]では、資料や記述の精粗を通し、鷗外の主張の偏向が指摘される。「歴史其儘」についての議論のような主張である。

だが大岡は、この議論を小説ジャンル内に回収する方向へ持っていってしまった。その行き先は、後年の「いわゆる鷗外史伝」が、周囲に結果的に持ってゆかれた場所であった[5]。彼の一連の歴史小説は、本人の意図に添う場合にも添わぬ場合にも、小説ジャンルの範疇に編入されていた。大岡は自分からここに赴き、鷗外と同じ堺港の事件を対象とし、鷗外と同じ手法を自分から用いて、『堺港攘夷始末』を執筆したのである。

ここから結論を導き出す前に、もう一度「堺事件」批判の結論、「天皇制イデオローグ」を確認しよう。「堺事件」は、確かに資料としては『泉州堺烈挙始末』のみしか用いられていないし、短期間で制作され、原資料の天皇制寄りのバイアスは認めざるを得ない。ただ、資料の偏向は消せないが、相対化は可能である。『堺港攘夷始末』で大岡が数多の資料を渉猟して目指しているのはこの相対化であって、「絶対的な堺事件」自体を、「歴史其儘」に書いた、という自負の標榜では、もちろんない。

資料のイデオロギー性を相対化するための資料の厳正さの追求というのは、到達不可能な歴史自体、いわば「歴史其儘」に近付くための方法に他ならない。「いわゆる鷗外史伝」の考証・訂正などによる限りない補完の繰り返しも、この一手段といってもよいのである。「いわゆる史伝」に関する論文にあっても、実証的・基層的研究に関する限り、手法は本質的に同一のものである。

大岡は批判の後、鷗外と同様な操作を『中央公論』誌上で反復しつつ、歴史記述の決定的な限界を小説ジャンル

に回収することで、鷗外同様、事実の絶対化を回避したのであった。

「著者は雑誌発表のたび、すぐに手入れをされました。……雑誌発表後、著者は様々な方面から情報を得、誤記等の指摘も受けておられます。連載時にその都度、前回は、前々回は、といった書き出しで、主なものは訂正されました……著者は、史実を出来る限り正確に再現しようとつとめていました。注は、本作品が単行本になるまでの過程で、著者自身が当然手直しをされたと思われる箇所について補記したものです」。これこそ、「いわゆる鷗外史伝」が行っていたことである。

要するに、『堺港攘夷始末』で大岡昇平が行った「歴史其儘」に近付き続ける努力は、鷗外が慶応四年に堺港を中心に発生した事件を描いたのと、全く同じ軌跡を辿る行為なのである。「堺事件」で「歴史其儘」へむかう延長線として位置付けられた考証に、同じ意識で参考文献を加えてゆき、「堺事件」という「いわゆる史伝」をより完成に近付けようとする。この努力こその軌跡こそ、作者鷗外と同一線上にあるのである。大岡は鷗外のように、作家個人より考証手続きが執筆の主体となる世界圏内に、とりこまれたのだ。

ふたりの作者が、実際に「天皇制イデオローグ」であるか否かは、ここで詮議する必要はない。ただ皇族に対する意識という点では、後述する『能久親王事蹟』は、興味深い「いわゆる鷗外史伝」の事例である。鷗外の能久親王の描き方と、昭和期の能久親王の描かれ方を比較すると、鷗外が天皇制イデオローグであると単純に言い切るのは、難しくなってくる。

第Ⅰ部第一章で考察したが、鷗外の自身の文章への弁護の言葉は、雑多で奇妙な寄せ集めである「自己」への、ぎこちない弁護とほとんど同等であった。そしてまた、同じように雑多で奇妙な寄せ集めである「史伝」に最後残されたのは、「史伝」本文ではなく、むしろ補足・付記・年譜などによる、考証部分の延長であった。元号の考証な

ど、小説体を削り取った「史伝」なのではないのだろうか。

注

（1）「テキストについて」『堺港攘夷始末』（中央公論社、一九八九）。
（2）「物と眼」『国文学研究』（一九六四年十月・三十号）。
（3）菅野昭正「歴史が小説になるとき」『堺港攘夷始末』、四一三ページ。
（4）「『堺事件』の構図—森鷗外における切盛と捏造」『世界』（一九七五年・六〜七月号）。
（5）拙稿「頼まれ仕事・史伝—明治31年から始まる鷗外史伝—」『文学研究論集』（一九九八年三月・十五号）。

第四章　未完と予定調和

鷗外は明治三十一年の『西周伝』の後、小倉に赴く。翌三十二年に「山口古菴」や「久留米画人伝」執筆。この年、莵狭彦の名で、母峰子や弟篤次郎らの刊行し続けた『めさまし草』に、キプリング、トルストイ、ハウプトマンの伝記を掲載している。そして「吉田子煥墓誌銘」等の墓碑・墓誌銘や、「伊藤左千夫年譜」などの年譜作成は、小倉時代と大正期の「いわゆる史伝」を連続させる役目を果たしている。

これらが、本文に添付あるいは組み込まれる様相についても、いくつかの様相がある。

鷗外の処女作「河津金線君に質す」は、考証が巻末ではなく、本体である投稿であった。かわったところでは叙事詩『長宗我部信親』（明治三十六年）もある。叙事詩は「詩歌」のジャンルに入るわけだが、小説や「いわゆる史伝」と同様、考証は自注の形で巻末に添付される。「河津金線君に質す」に始まり、歌人の伝記をしばしば掲載した『志がらみ草紙』時代を経て、「長宗我部信親」につながってゆく。

作品論的には、大正期の「いわゆる史伝」考察に際し、テキスト巻末の考証・年譜を切り離すのも正当な手続きである。鷗外作品の十全な鑑賞のためにならないからだ。例えば、藤本千鶴子氏の論では、鷗外作品の末尾の考証資料は、作品構成のバランスを崩す箇所とされている。

実際、作品の美的価値のまとまりという視点を失ってしまえば、そもそも近代の国文学鑑賞は成立しにくくなる。

藤本論は正論であろう。ただ鷗外の場合、美学的な一貫性を考証より優先して鑑賞すると、作品の重要な特徴として、かなりの頻度で添付されている考証も年譜も、作品の過剰な部分としてしか読めないこととなる。この余剰箇所をどう理解するかで、「いわゆる鷗外史伝」解釈もかわってくるのではないか。

大正期より前の明治四十三年の『原田直次郎年譜』や、大正期以降『帝謚考』等、考証の延長部分のみのテキスト（むろん近代小説ではない）も、鷗外は多く書いた。彼のこれらテキスト総体の意味を重視しすぎると、今度は、テキスト論に傾きすぎることになるだろうか。

「いわゆる史伝」執筆期間を、どう考えるか。まず開始時点は第Ⅰ部によって明治三十一年からとし、これを『北条霞亭』まで続いたものと仮定する。

この仮定は、鷗外独自の特徴を備える「いわゆる鷗外史伝」の、開始時期である。「いわゆる鷗外史伝」を構成するそれぞれの要素は、それぞれの時期に拡散している。投稿少年の昔から、考証的・衒学的・ジャーナリスティック等の作者鷗外の特徴は次第に発揮され、明治三十一年にようやく作品として結実したのであろう。大正期の一時期の特異な作品群の特徴のそれぞれは、この時期特有のものではなく、明治三十一年に集約が行われ、さらに各時期に拡散しているのである。

「いわゆる鷗外史伝」と想定されるものは、各特徴をそれぞれの時期にあらわしながらも、連綿とかたちを変えつつ続く。このため、このジャンルと様式の両面を備えている特性とは、単独の作品から析出されるというよりも、各作品を囲む状況全体から理解されると考えて解釈を進める方が、妥当であろう。

1　先行研究の指摘について

「いわゆる鷗外史伝」なるものは、書き下ろし形式では成立しないのではないか、という片山宏行氏の示唆がある。

片山氏は「いわゆる鷗外史伝」（ここでは同氏は、「梶原品」（大正六年一月一日〜八日）から「北条霞亭」〈その五十七〉（大正六年十二月二十六日）までを指している）の発表紙が、『東京日日』『大阪毎日』の両新聞であることに着目し、特に新聞連載形式について、以下の興味深い指摘を行っている。

正誤欄が内容面で本文と地続き同然に絡み、読者が情報収集に参加するに等しい臨場感のある連載状況。ここから氏は、「渋江抽斎」などはこの状況下でなければ産まれない作品だと論じている。氏はさらに、「情報追加と修正機能」という要素から、新聞連載形式の「終り」のなさ、ひいては作品の「纏まり」（「歴史其儘と歴史離れ」）をつける必要性の消失を説く。[1]論旨は丁寧な実証を踏まえ、説得力がある。

あえて付け加えれば、この論旨は明治期の作品にも敷衍しうる。片山氏自身も、論中では新聞連載でもなく、執筆時期が大正以前の作品にも言及がある。「史伝」に措定されうる作品は、大正以降に限定されない。そして、「偶然にも」、「終りを内在した形式をも採らなかった」[2]「史伝」作品は、実は新聞に連載された作品に限らないのだ。まず『西周伝』のような、脱稿後の多数の声の参入を予期した形式を構築してしまう場合。次に、雑誌書き下ろしという形態が、片山氏の想定していたような性質でなかった場合。

新聞に限らずとも、雑誌からの頼まれ仕事などは、枚数や書式・ジャンルなどがきちんと「三十枚なら三十枚と

いう予め限定された具体的な紙数」で、「好むと否とに関わらず、何らかの判断の基準によって事実を取捨し、「纏まり」をつけねばならな」い枠にはまったものとは、限らないのである。[3]

また、刻々とテキストを変化させ続けなければならないという特徴ひとつだけでは、複数の「纏まり」のなさの説明としては、やや弱いのではないか。もともと、こうした引用中心のジャンルに「纏まり」がないのは、明治期の雑誌の「史伝」欄や「史談」欄の大きな特徴だったのだ。新聞連載テキストの、時々の状況に即して変化してゆく「情報追加と修正機能」。これは「史伝」に限定されず、どちらかというと明治十年代、『高橋阿伝夜叉譚』から開始された近代の連載小説一般の原動力という方が、より正確なのではないか。

「いわゆる史伝」生成の場合、明治三十年頃までにしばしば確認される、考証随筆のスタイルの特徴とあいまっているのが、重要なのではないかと思われるのである。

2　「即非年譜」のスタイル

次に、「情報追加と修正機能」の代表的な機能に数えられている正誤欄の組み込み（片山氏、先に同じ）、連載ではなかった新聞掲載として、氏も論中で数に入れている「即非年譜」に目をむけてみよう。

この場合も、「いわゆる鷗外史伝」の開始時期は、大正期の新聞連載以前と考える方が自然である。片山氏の示唆を踏まえ、「即非年譜」のスタイルを検討する。

明治三十五年一月一日の『福岡日日新聞』に「即非年譜」が掲載された時、文末には飾り罫で囲まれた付記が添付されていた。この付記は「即非年譜」が単行本『妄人妄語』（大正四年）に収録された際は省かれた。が、「史伝」

の「情報追加と修正機能」という側面からは、重要な箇所である。

引用するこの付記は、即非禅師に関して追加するべき「情報」を、ひろく読者に求める内容となっている。


本紙上に登載せられ候即非禅師年譜に漏れたる同師の遺跡逸事等御承知之御方は其事蹟の簡単なる記述を又同師筆の掛軸・額等にして甲子年齢等記しある者御所蔵之御方は其墨蹟の本文落款の詳細なる写しを下名に御報被下度報懇願候右御報被下候御方には他日訂正年譜若くは年譜補遺を公にする際其新聞又は雑誌を進呈可仕候

明治三十五年一月一日　豊前国小倉市京町五丁目百五十四番地　森林太郎敬白

「飾り罫で囲まれた付記」は、新聞連載の正誤欄と同じ、第三者の声をテキストに喚起する機能を果たしている。新聞連載で遺跡・関係資料を募集しつつ進展させる考証は、「情報追加と修正機能」し、「終りを内在した形式をも採らな」いテキストと、同じジャンルに属するのではないだろうか。様式も、漢文書き下しを基調とする考証的随筆の形であり、その点でもほぼ同じといってよい。

この様式、特に文体に関する点を考えよう。

「即非年譜」全体は即非禅師の伝記を考証的に追う内容であり、漢文書下しの文体である。引用文全体は候文であり、現住所を冠した「森林太郎」の署名といい、「敬白」という語といい、まるで私信のようなニュアンスを感じさせる。

単行本から排されたというのも、プライベートなニュアンスがあったからだろう。

もちろん、同時代にこうした形式が、新聞紙・雑誌上で慣行化している用例を、十全に確認しないといけない。作家による私信公開の形式が、雑誌・新聞紙上に行われること自体は普遍的な手法だ。明治二十年代から三十年代には、戦地からの手紙の公開という形式が、ひろく人気を博していた。

重要なのは、鷗外が自作に年譜や考証を添える傾向が明治二十〜三十年代以降も、それまで同様に、続いたことであろう。

3　手を入れられる私信

ところで「即非年譜」のように、作品の完成から離れた資料収集の呼び掛けの意味は、何なのだろうか。

この考察のため、われわれは再び視線を明治二十年代後半から三十年代前半に移そう。

第II章第一章では、彼の日記を作品という見地から解釈した。ところで媒体の側からいえば、雑誌上に公開される手紙（ことに作家の弟（『愛弟通信』）や妹（小金井きみ子宛て書簡）と通信社が身内に特定できる私信）というスタイルは、読者に親しみを感じさせる。

鷗外の日記はほぼ公開を意識したものであり、直接の日記は「下書き」と考えていた点についてはすでに言及した。「渋江抽斎」における渋江保の場合も私信は素材であり、作品に至る工程の初めの段階であり、加工がなされた後には最終工程の作品として機能している。

彼の手紙全般には問題を広げられないが、鷗外の手紙は日記と近い様式を有している。そして手紙の様式の残響

も、大正期まで「いわゆる史伝」連載者と資料提供者との情報交換の公開において、残るのである。

生成過程が結論に含まれる歴史、その歴史把握。この点からいえば、まさしく「アクション」と「レサルト」から構成される「歴史美」である。この場合の史料の重視は、「歴史其儘」を装おうとする目的によるものではない。歴史史料と構成的な意図を持つ執筆の相関から、「歴史美」は生じてくる。この理念が、適切な媒体を得て見事に具現化された例であろう。

4　第三者の声の参与のしかた

1の特徴は、「作者であること」の放棄を意味していた。作者ではなく、編纂者によって編まれた資料集が、すなわち作品というわけである。2では、この放棄のさらなる強調を取り上げた。つまり、この編纂物に、私信性の強いテキスト外情報を付与して、作者以外の人間の声の参与を呼びかけるのである。呼びかけは新聞紙上にあり、呼びかけられる内容も明確かつ簡略なため、情報提供＝他者の声の参与もしやすい。この声の性格が、公開用の私信という屈折したものであることも確認した。

作者以外の人間の声を喚起し、呼び込む付記及び正誤欄。この特性は、「いわゆる史伝」に、どんな性格を付与したのだろうか。

インターネット小説の試みなら、作者の声の単線性や作品構成のスタティックな要素を混乱させることで、作品の結末の予定調和を破壊する狙いを持つといえる。しかしそれらは、当初から作者の構想内に組み込まれた混乱である。そのため、最終的に作者の声によってきれいに調停が行われ、意図的な混乱には予定調和がもたらされる。

結末を出そうと作者が意図した段階で、未完にするという手を打たぬ限り、作品の全ては結末に向かって予定調和してゆくだろう。

「いわゆる鷗外史伝」の場合、作品には予定調和するべき結末・纏まりを放棄する傾向がある、としばしば言及されてきた。それはむろん、個々の作品論的から言えば、作品構成の調和を破壊する補足部分や年譜・考証のためである。

ただ、「いわゆる鷗外史伝」は、どうやら具体的な第三者の声が入らなくても、充足していられるシステムのようなのだ。明治三十一年の『西周伝』の例で確認しよう。

『西周伝』と「小倉日記」には、「いわゆる鷗外史伝」の基本的資質がほぼ揃っている。「西周年譜」の著者手訂本によると、一ページの上部約三分の一が空白、「諸家の校閲若くは補正を辱う」するため仮印刷し、訂正の上」刊行されたらしいと、森潤三郎氏は「校勘記」で述べている。[4]

奥付や森氏の言及によると、『西周伝』は明治三十一（一八九八）年十一月二十一日、非売品として配布された。鷗外の同年の日記には、「十一月二日」に「西周伝を校し畢る」とある。

彼の「いわゆる史伝」のまとまりのなさのはじまりが、この完成しても半端な状態の『西周伝』なのである。実際、「諸家の校閲若くは補正を辱う」といっても、一ページの上部約三分の一を空白としなければ朱を入れ切れないほどの相違は、単行本と稿本の間には存在しないのだ。

訂正・補入箇所を全集で確認すると、二十箇所である。といってもその大半は、

一二三頁6行　石川氏と紳六郎と（静岡）沼津より至る。（是歳独仏の戦あり。）

一二四頁5行　富岳に登る。　稿本になく補入。

などの字句の小さい訂正である。引用の（　）部分は、稿本の削除された部分にあたる。内容に響くような改稿はなく、朱筆で足りる。

要するに『西周伝』稿本は、形式的には周囲の人間の未来の執筆参加・合意を期してはいるが、作品は第三者の不参加のままで、実質的に完成した状態にある。この状態は新聞連載に際し、地続きの正誤欄の存在を意識した作品構想と共通するだろう。明治三十一年の『西周伝』から小倉時代まで、複数の第三者の声の参入が期待されている。

もとの、史料の史実を尊重する編纂物としての「いわゆる史伝」の性質や、考証などの特徴。これらは、作品の中から、作者の個性を薄めてゆこうとする努力の成果であろう。しかしその参入は、予定調和なのだ。

一見、作者は無作為で多彩な声の響きあう場所としての、「考証」の主催者に見える。だが、ここで集められるすべての声は、特定の理念に添って終結しているのであり、きわめて観念的なのである。

注

（1）片山宏行「鷗外・史伝の一側面―新聞連載形式の諸特性―」『青山学院大学文学部紀要』（一九八二年一月、第二十三号）。
（2）（1）に同じ、二十一ページ。
（3）（1）に同じ、同ページ。
（4）「後記」『鷗外全集』第三巻、六二七ページ。

第五章　失われた時の探求

1　新聞に投書する文学少年

初期の鷗外作品といえば、ドイツ三部作に代表されるロマンチックな作品、あるいは医学論文や評論などが想起される。実際の彼の最初の執筆は「河津金線君に質す」なる明治十四年の『読売新聞』への投書である。内容は「河蝦」と「蛙」の相違についての、河津金線という筆名の人物（＝饗庭篁村）の、随筆めいた小考証への反駁である。「河蝦」と「蛙」の相違など、考証としては古くかつ一般的なテーマであるし、現在でもしばしば話題となる。

ここに、熱心な抗議文を投書したのが森林太郎少年だ。

> 万葉集に河蝦鳴また河津妻呼とよみ、古今集の序に花に鳴く鴬水にすむかはづの声をきけば云々とあるは、……（中略）……右に写し出したるは松園真楫が河蝦考の大略なり、河蝦と蛙の差別を論ひたる文ども世に多かれど、此河蝦考のつばらなるには如かじと僕は思へり、しかるにこの読売新聞にて、金線君が河蝦と田蛙との差別をしるして、河蝦の為に千載の冤枉を雪ぎたるが如くにいはれたるは、少しく自賛に過ぎたるが如し、前号

の高文の中に、いまだ僕の了解せざる千古の卓見もあらばわが古こと学びの道の為に、いま一ふしねもごろにかきつゞりて示されたきものなり、又高文の中に、河蝦の漢名を金線蛙としるされたれど、そが出処を載せられず、洵に遺憾…（中略）…此の如くなれば、金線蛙の三字に明かなる出処あらば、これぞ千古に卓越したる考なるべしと思はる、金線君一言を惜み賜はずば幸甚なり、若しまた明かなる出処なき時は、河蝦金線といふ姓名さへ保存しがたきにあらずや(1)

鷗外の考証癖の最初期の発露であり、彼の読書生活の反映でもある。鈴木満氏は、二十歳前後当時の彼の読書生活について言及している論文のなかで、「河津金線君に質す」と古実考証の随筆家伊勢貞丈との関係を想像している(2)。

実際のところ、当時のこうした投書は鷗外の独自性ではない。明治初期、特に明治十年から明治十五年までの新聞の投書欄の諸特徴は、考慮されるべきである(3)。「河津金線君に質す」の「千住　森林太郎」（掲載時の署名）青年から、『舞姫』の鷗外に至る執筆では、『盗俠行』（明治十八年）が例外的に文学作品で、医学論文が圧倒的である。次に、一般的な啓蒙的評論が高い割合を占める。明治二十一年は『読売新聞』掲載の「日本家屋説自抄」以外は、本務の文章や論文ばかりの年であり、翌年二十二年から、『読売新聞』への寄稿が目立つようになる。

明治十五年頃から、新聞から一般投書家が排除され始め、二十年代には報道に重心が置かれだす。鷗外の立場から言えば、十年代には一般投書家、二十年代には啓蒙的寄稿家である。常に、新聞寄稿者の立場から離れていない。明治の文学青年にとって、投書から始まる文学活動とは珍しいことではないが、それにしても、ささやかな考証好きの一投書家から始まり、医学雑誌や新聞への寄稿家を経て、最後は長編小説の連載作家となり、その考証過多の

文体が新聞読者に辟易されるに至り、新聞を引退する経緯は面白い。

考証随筆を執筆する際、鷗外は、新聞や雑誌といったジャーナリズムに導かれる場合が多いようだ。大正期にはじめて、新聞社側から嫌気をさされて結局雑誌掲載に移行させた「いわゆる史伝」形式も、新聞連載形式という枠組みから切り離されては、成立しえない。この点については片山宏行氏の示唆がある。[4]

「河津金線君に質す」を読むと、小文に多くの故事を織り込み、出典も明示している。やや衒学的な「反論」から議論を開始するという、受動的かつ弁護的な性格の議論も、細部を論じすぎて全体へのバランスを欠く状況を生じさせがちなのも、その後の彼の論争や随筆・小説のあり方に通じている。ナウマンとの論争、逍遙との論争、忍月との論争等がそうだし、自然主義への婉曲な批判のようなかたちで書かれた作品も多い。

蛙と河蝦との違いへの熱心な考証では、積極的な動機に欠けるためだろうか、若干あら捜しのような性格を帯びているのであった。ただ先述のように、当時はもともと考証随筆・考証的な伝記等がおりおり新聞雑誌に掲載される時代であった。林太郎少年の投書の、そもそもの契機となった河津（＝篁村）の「河津の訴」が、すでに衒学的であった。[5]

考証、そして投書家同士のゲームのような楽しい論戦。こうしたコミュニケーションが、林太郎少年の執筆家としての出発点にあった。もちろん論戦流行の時流は、個性的な投書家たちの集まりによって出現するのである。衒学的な論戦は、彼の個性もあり、同時に同時代の傾向のひとつでもあった。彼の場合、新聞が考証と投書との連動でテキストを織りなすフィールドであった期間が、他の投稿少年より長く続いてしまった、とも表現できる。

「河津金線君に質す」は、むろん「いわゆる鷗外史伝」に分類可能なテキストではない。「いわゆる史伝」との関係については、「史伝」を新聞と考証と投書との相関関係から捉える際の補助となるわけだが、もうひとつ付け加え

れば、典拠の提示だろう。これは『西周伝』や『能久親王事蹟』にも通じる。そして、両作品や大正期の「いわゆる史伝」にみられる作者の言葉の回避は、まだ現れていない。

「そが出処を載せられず、洵に遺憾」と出典にこだわる傾向は、文の各節末尾ごとに典拠を明示する「山口古菴」への階梯だろう。小さな美術評論「山口古庵」が、「いわゆる鷗外史伝」の変奏として展開される時期への、いわば準備期間なのである。

2　作家は処女作に回帰する

林太郎少年の投書文は、「いわゆる史伝」の先駆け風なテキストなので、作者の言葉は削られてしまうことなく、生気を帯びて述べられている。時を経て大正期に至ると、作者の言葉は抑制される。

青少年期の考証への態度の回想が、考証を離れた作者の言葉を喚起している事例として、大正六（一九一七）年の「細木香以」が挙げられる。

細木香以当人だけが、この作品の考証の対象となるのではない。回想される当時の自分と、自分をとりまく環境への郷愁が、執筆動機となっている。「細木香以」では、さきの鈴木満氏の指摘する当時の随筆と考証が、思い出と混ざりつつ回想されている。この混在が、現在の興味の対象への攷究であるばかりでなく、時空をこえた懐かしい人々との交歓となり、また文化史ともなることで、作品の深みになっている。細木香以そのひとへの好奇心、探求にとどまらない、複数の時空間の重層的な探求。考証が回想でもあり、同時に回想への手蔓ともなっているのである。冒頭を読んでみよう。

細木香以は津藤である。摂津国屋藤次郎である。わたくしが始めて津藤の名を聞いたのは、香以の事には関してゐなかった。香以の父竜池の事に関してゐた。摂津国屋藤次郎の称は二代続いてゐるのである。

わたくしは少年の時、貸本屋の本を耽読した。貸本屋が笈の如くに積み畳ねた本を背負つて歩く時代の事である。其本は読本、書本、人情本の三種を主としてゐた。読本は京伝、馬琴の諸作、人情本は春水、金水の諸作の類で、書本は今謂ふ講釈種である。さう云ふ本を読み尽して、さて貸本屋に「何かまだ読まない本は無いか」と問ふと、貸本屋は随筆類を推薦する。これを読んで伊勢貞丈の故実の書等に及べば、大抵貸本文学卒業と云ふことになる。わたくしは此卒業者になつた。……（中略）……

春水の人情本には、デウス・エクス・マキナアとして、所々に津藤さんと云ふ人物が出る。……（中略）……

此津藤セニヨオルは新橋山城町の酒屋の主人であつた。その居る所から山城河岸の檀那と呼ばれ、又単に河岸の檀那とも呼ばれた。姓は源、氏は細木、定紋は柊であるが、店の暖簾には一文字の下に三角の鱗形を染めさせるので、一鱗堂と号し、書を作るときは竜池と署し、俳句を吟じては仙塢と云ひ、狂歌を詠じては桃江園又鶴の門雛亀、後に源僊と云つた（「細木香以」）。


若い林太郎青年は「ズウデルマンよりはハウプトマンが好だ」という気持ちで春水が「好」であったが、回想者鷗外はこういった当時の回想の中には、摂津国屋藤次郎細木香以が隠れていることに気付く。これが冒頭に置かれたことで、「細木香以」という物語が発動する。

そして、考証による展開が始まる。引用した冒頭部分の後は、同じように考証と回想が交互に繰り返され、父、近くの尼、子守娘等が立ち現れては消えてゆく。ここで回想される当時の自分も考証好きであったのだから、回想

の対象は、幾重にも重ねられている。この多層性のうち、考証が自己への言及部分となる部分は、自伝的な性質を帯びだしたことになるのだ。

『失われた時を求めて』にあって、マルセルがコンブレーを回想する契機は、菩提樹の葉のお茶に浸したマドレーヌであった。そして直接には、冒頭の眠られぬ夜の回想が、小説全体の契機であった。かつての少年時代の、眠られぬ夜の記憶の自分と現在の自分が混同される時から、物語は開始されたのである。

『渋江抽斎』に関するエマニュエル・ロズラン氏の指摘[6]を待つまでもなく、大正期に限定された「いわゆる史伝」作品には、多彩な文化史的事象を参照・考証しつつ進められる『失われた時を求めて』のような、多層的自伝物語の要素が濃い。

「河蝦」と「蛙」の相違について稚気の残る考証的随筆を投稿していた自分と、大正六年の自分の重なりと変容。石川美子氏は『自伝の時間』で、プルーストやバルトやスタンダール、ミシュレらについて言及し、彼らが死を強く意識することから、自伝的物語・また自伝的歴史記述に取り組み始めたと述べている。[7]回想と考証で開始された「細木香以」には、『東京日日新聞』掲載後、以下のように回想と考証が死によって閉じられる附記が添えられているのである。「細木香以」理解に、「自伝」という観点は重要だ。

わたくしはえいが墓参の事を言ふ序に附記したい。それは願行寺の榕売の翁媼の事である。えいの事をわたくしの問うた此翁媼は今や亡き人である。先日わたくしは第一高等学校の北裏を歩いて、ふと榕屋の店の鎖されてゐるのに気が付いたので、近隣の古本屋をおとづれて、翁媼の消息を聞いた。翁は四月頃に先づ死し、まだ百箇日の過ぎぬ間に、媼も踵いで死したさうである。わたくしは多少心を動さゞることを得なかつた。これ

を記してゐる処へ、丁度宮崎虎之助さんの葉書が来た。「合掌礼拝。森君よ。ずつと向うに見えて居るのは何でせう。あれは死ですね。最も賢き人は死を確と認めて居ますね。十二月七日、祈禱。」（「細木香以」）

鷗外の処女作を、ドイツ三部作より先の新聞掲載「河津金線君に質す」ということを許されるならば、その後の執筆活動が、理解しやすくなるのではないか。ただ幼時の記憶と考証を交差させる文体は、鷗外独自の手法方法だろうが、鷗外の手法が伝記ではなく、自伝の形成過程を持つかどうかは明言できない(8)。

ここでは制限を付け、鷗外の大正期以降の「いわゆる史伝」、特に「細木香以」は死を意識することにより、自伝・伝記両方の傾向をあわせ持つ作品となった、と考える。

注

（1）『読売新聞』（一八八一・九・十七）。

（2）「……一口に江戸随筆と言っても間口と奥の広大なること実に驚くばかりで、たくさんの優れた研究者のお陰をこうむり、『日本随筆大成』（吉川弘文館）その他の形でそのおおむねを通読することのできる我々はまことに幸せだが、あの時代でも林太郎のことだ、『貞丈雑記』あたりにとどまらずけっこう読んだのではないか。考証癖の拠って来るところはここいらあたりが淵源か。一八八一年（明治十四）九月十七日の『読売新聞』「寄書」欄に「河津金線君に質す」なる一文を投稿したのが彼の文が新聞に出た嚆矢だというのも頷ける。」（鈴木満「鷗外の受けた教育」『講座　森鷗外』（第一巻、新曜社、一九九七、一一一ページ））。

（3）「西南戦争前後の時期から新聞投書は急増した。…（中略）…読者は政党の幹部を兼ねる愛読紙の論客の言動を支持し、論客と同一化した行動を行う。読者は自分の住む共同体のライバル紙の読者と愛読紙の言論内容をそのまま受け売りした論戦を行うだけでは物足りず、紙上をつうじ記者の論戦を加勢すべく、「再ビ『ヘラルド』新聞社説ヲ駁ス」

といった投書をよせるほどの熱の入れようになった。さらに熱は高じて、他紙の投書家を批判する投書までも出現した。…（中略）…もちろん同一紙の投書欄でも投書家どうしの論戦がたたかわれていた。

読者の投書が反論、批判といった論争を同一紙ばかりか他紙にも連鎖反応的におこさせたのは、投書が記者、読者双方から注目され、しかもその役割が高く評価されていたからである。…（中略）…

政府が民権派新聞の弾圧策の一環として新聞原稿郵送を有料化した明治一五（一八八二）年あたりから、投書の数も投書欄のスペースも激減するようになった。…（中略）…

明治期の投書の歴史をふりかえってみると、初期と後期のそれが本質的にちがっていることがわかる。新聞が明治初期の記者と読者とが一体となって作成する同人紙的なもの、あるいは記者と読者の立場が代る互換性をもつものから、読者を排除して記者が作成するもの、あるいは読者を消費者とみる企業的なものへと転換している。」（山本武利『近代日本の新聞読者層』（法政大学出版局、一九八一、原注略、三五二～三六五ページ））。

（4）「鷗外・史伝の方法一側面―新聞連載形式の諸特性―」『青山学院大学紀要』（一九八二・一・二三）。

（5）「余は当三月出水に乗じて武州玉川の水上を出立ち四ツ谷より数里のトンネルを経て麴町区隼町の井上因磧氏の泉水に寓するかはづなり此度出京せし趣意は古来吾党はかはづと名称して万葉にも…（中略）…元来かはづとかへるは二物にて其名もまた異なる事を知らぬ市井の間に住む人所謂井の内のかへる先生が我党の好音を聞知り玉はぬよりかはづもかへるも一ツ物に心得たまひしなるべし孔子曰名を正さんかとそれ名正しからざれば実随ツて乱る冀はくは心有らん人々は足たゆくも隼町に問ひ来まさば我歌袋ひるがえし金玉の清音を奏せんとす而して音調貴意に適さば真のかはづの御詠一首を玉はらん事を乞ふ…（中略）…吾党は背上に天授の章線三条ありて支那人之を金線蛙と称すかへる輩いかなる非望を企つるも吾党の天爵をいかん然れども滔々たる天下皆是なり我今此苦情を江湖の諸賢に告訴し新平民たるかへるの僭号を剝ぎ取り我かはづの門地を正しふせんと欲す」『読売新聞』（一八八一・八・四）。

（6）「『渋江抽斎』のジャンルについて」『文学』（第四巻第四号、岩波書店、一九九三・秋）。

（7）「喪に苦しむ者たちは、「新たな生」としての作品に取りくもうとしていた。残酷な喪のなかで、のこされた自分の生を自伝物語の執筆にささげようと決意したのである。だが、彼らにのこされた時間はすくない。プルーストもバルトも、聖ヨハネの言葉を思いおこしていた。「まだ光あるうちに仕事をせよ」と。」（石川美子『自伝の時間　ひとはなぜ

自伝を書くのか』（中央公論社、一九九七、原注略、五十七ページ））。

（8）「自伝と伝記のあいだには、はっきりとした原理的な境界は存在しない。このことは本質的に重要である。相違はもちろん存在するし、大きなものでもありうる。しかしその相違は、意識の根本的な価値的志向のレベルにはない。伝記においても自伝においても、自分にとっての私（自分自身への関係）は、形式を組織し構成する要因とはならない。…（中略）…伝記がもつ芸術的な価値は、あらゆる芸術的価値のうちで、自己意識に対する外在性の度合が最も小さく、それゆえに伝記の作者は、伝記の主人公に最も近いのであって、彼らはあたかも位置を交替できるかのようである。」（ミハイル・バフチン『作者と主人公』（新時代社、一九八四、二二七～二二九ページ））。

第六章　史伝のバリエーション

1　「史伝の数割合に多きこと」

明治二十八年頃の「史伝」理念形成、明治三十年の『美術評論』「史伝」欄執筆、明治三十一年の『西周伝』と、「いわゆる鷗外史伝」誕生について論じてきた。同じ頃の明治二十九年四月、『太陽』に、次の一文が掲載される。

去年の春このかた、文学的著作の中にて史伝の数割合に多きこと、及び是史伝の最も多くは維新前後の偉人に関するものなることは、文界の現象中、やゝ注意すべき事実なるが如し。…（中略）…是等の著作が続々今日に出づるは、歴史研究の結果よりは、むしろ当今我邦の政治的状態に影響せられ、偉人傑士の心理を渇仰するの余りに出でたるもの多かるべし。是種の書冊は徒に壮心客気を鼓吹してわけもなき文学論などを為さむよりは遙に多く読者を稗益すべければ、吾等は歓びて是を迎ふべし（無署名「史伝の流行」）。

「歴史研究の結果」「当今我邦の政治的状態」を重要と考えたり、「いわゆる鷗外史伝」成立要因に数え上げる必要はないであろう。ただ、こうした発言の登場する時代背景は確認したい。

まず、「史伝の数割合に多きこと」。この一文は、「史伝」が個人の考証的伝記に限らないという、ここまでの考察を半ば肯定するが、半ば裏切る面も示唆する。偉人傑士に関する「文学的著作」とは、個人の（考証的な著作であるかどうかは不明）伝記という要素を満たしているが、今まで確認してきた雑誌「史伝」欄での美術史・埋もれた歌人伝・画家の事蹟の考証等の断簡は、ここでは「史伝」に含められないからだ。

もちろん、これらが「史伝」の範疇に該当することと、「史伝の流行」の筆者が「史伝」概念中に別の概念を加えていることとは、特に矛盾しない。むしろ、この文章の掲載された『太陽』の「史伝」欄が、前年に消失したものの、翌年には「維新前後の偉人に関するもの」という形で想起された点に着目すべきだろう。

本章では、同時代の様々な「史伝」ジャンルを取り上げて、それらの特徴を考える。

2　蒙古のモチーフ

冒頭の引用は、「史伝」の供給だけでなく需要の理由についても言及していた。「史伝」の隆盛は、「当今我邦の政治的状態に影響せられ、偉人傑士の心理を渇仰する」ためのものだという。明治二十八年前後といえば、日清戦争のため、蒙古（＝東洋人）による西洋の征服モチーフが流行した時期である。

蒙古をモチーフとする、明治二十八年前後の通俗的な歴史小説。その形態のひとつとして、日清戦争・その後の三国干渉などの寓意を含んだ政治小説も数えることができる。この主題を用いた同時代「史伝」作品として、田岡嶺雲「十三世紀に於ける蒙古民族の雄図」が『太陽』（第一巻第九号）の「史伝」欄に、福地桜痴「支那問題義経仁義主汗」が『国民新聞』（明治二十七年七月〜九月）に、藤田精一「蒙古大王抜都の西欧侵略」が『太陽』（第一巻七〜八号、

明治二十七年七月）の「史伝」欄に、「抜都大王露西亜侵略記」が『読売新聞』（明治二十八年六月十四日〜七月三日）に、掲載例を確認できる。

福地の「支那問題義経仁義主汗」については、柳田泉氏が「歴史的政治小説」[1]と指摘している。氏によると、歴史小説と政治小説とは別々に発展したものである。この作品は、表面的には歴史小説でありながら、実は「支那問罪」という角書きの示唆するように、日清戦争を当て込んだ政治小説であるという。

作品の筋だけなら、義経伝説を利用した、日本人ジンギスカンの中国統一譚にすぎず、珍しいものではない。とはいえ、文中の「一統功全く成るを俟ち闕下に奏聞し、此大陸日光の照さん限りは日本の大君に属させ奉らんは義経が願なり」の件など、確かに氏の指摘どおり、国権伸張論意識の具現化に他ならない。

「史伝」欄でいえば、藤田精一の「蒙古大王抜都の西欧侵略」がこれに該当する。ここでの文体は、考証的な歴史記述と表現するのが妥当であろう。とはいえ、文中に頻出する「魯」を攻める記述に向かう意識は、昔風の考証ではなく、三国干渉によるロシアへの意識と重なる。

……黄面短矮の蒙古人種にして、遷徙行侵の民を率ゐ、烏合獣衆の兵を提げ、白皙軀大の異族民を打撃し、西欧什倍の地を掀翻せし抜都大王の如きもの、古来果して幾人かある。…（中略）…

是より先き（千二百二十四年頃）成吉思汗は、已に速不台、遮別を遣はして魯を侵撃し、カルカアの大戦に魯の大王を敗り、一千二百二十九年の交、窩闊台更に駿台に兵三万を附して、ウラル地方を侵略せしむ。サキアン、ポラウチ人等、皆驚愕逃竄安ずる処を知らず。一千二百三十二年、駿台又巴爾喀利に侵入す。是に於てブルクリア人は、救を烏拉的米爾の大王給俄兒吉二世に求め、ポラウチ人は援をスモレンスコ王イシアスラフ及び幾

愛府王ブラヂミール、ルリコビツチに請へり（「蒙古大王抜都の西欧侵略」（上））。

他に「欧州の古史」による抜都大王評、蒙古の民族的特徴などが描かれている。具体的な文献名は出ないが、記録に基づく注釈・引用を施すように、記録風の文章である。

藤田精一はこの時点で国史学専攻の大学院生であり、数字や引用を重視した文体は学術論文的で、虚構性を感じさせない。それでも、ここでの考証的な文体は、主題を厳密に論証するためのものでありながら、同時に論旨の政治性を正当化するための役割も果たしている。

断片的で衒学的で、考証のためにする考証という「埋もれた人物」の伝記も「史伝」であった。ロシアを仮想敵国とするバツー大王の伝記も、「史伝」欄に掲載されている以上、「史伝」には違いない。同時代的には、こうした蒙古の題材や歴史小説風の政治小説の流行は、伝記・史伝の隆盛の一環としてとらえられてもいるのである。[2]『太陽』誌上の「抜都を伝する」作品は、「史伝」欄に掲載されている。国史学に基づき、学問的・考証的となる「史伝」の方向性も、こうしたテキストの中に見つけることができるのだ。

当時の史学編纂の流れと、文学の歴史的事実と小説的虚構のとらえ方の流れ。両者を照応させると、興味深い事象が現れると兵藤裕己氏は指摘している。

具体的には、重野安繹や久米邦武の手による史学改良運動である。この改良運動は、近代実証史学の先駆と評価されているが、兵藤氏によれば史学の近代化と『大日本史』の名分論史学と対決した重野や久米の言説は、同時期の文学の改良・近代化運動の言説と近似しているのである。[3]

藤田の「史伝」、そして同じ「史伝」執筆者である高山樗牛との接点からは、ロマン主義的な傾向が強い場合の「史

伝」のあり方も導かれる。ここからさらに演繹すれば、逍遙や黙阿弥の名を出すまでもなく、歴史的史実の実証による演劇の改良運動も連続してくるだろう。

ところでさきに、このモチーフ利用者の名の中に田岡嶺雲の名を挙げた。彼が「史伝」欄で執筆したテキストは、人種論に至るテーマをはらんでいる。「捨三世紀に於ける蒙古民族の雄図」の冒頭部分は、「アリアン人種を以て世界歴史の主動者なりとするは、彼等白哲人種がその人種的愛憎の偏見なるのみ。彼等は東亜の地、別に一代民族の蟠踞して世界歴史の一半を成せるを忘れたる乎」（ルビ略）と始められている。

そして「蒙古民族の雄図」について概況を『西使記』などを引用しつつ綴った後、文末は、蒙古と同じ民族たる日本人が同じことをせよ、と締めくくられる。

東海の浜旭日の昇る所、国あり日本といふ、古へより武を尚ぶと称す。かつて蒙軍十万を筑紫の灘に鏖にして元主忽必烈か膽を破れり。今や此日本、東亜興復の天の使命を帯ひて起てり。かつて蒙古を破りしの国、今や第二の蒙古民族たらむとす。其見師に勝つてはじめて教ゆるに足る。此国民に非ずむば、誰かよく成吉思か遺風をつがむや。多望なるは日本の前途なり、多望なるは日本の前途なり。今日の一頓挫いふに足らむや。

明治期の「史伝」欄とは、このように、政治的主張をストレートに吐露するケースも含む。考証のための考証的伝記だけが、「史伝」なのではない。鷗外ひとりに限定してみても、「史伝」とは、個人の考証的伝記を指す概念のみに、限定はできなかった。

他に田岡は、「東洋的の新美学を造れよ」（『日本人』（明治二十五年九月五日・第五号））で、日本の国民は「世界的新文

明の建設者たるべき」と気炎を上げた。そこで、考証を専らにするのが現在の学会の風潮であると嘆く。

顧みて吾人は今日吾国学界の風潮を見て慨嘆に禁えざるものあり。今日の書を読むもの死文死語を見るのみ。博く読まむことを思ふて深く思ふことをなさず、別に一隻眼を具ふるにもあらず、特得の見地を有するにもあらず、徒らに其読み得たる死語と死文とを剪裁して其識を衒ふの要に供ふるに過ぎざるのみ。折衷といひ、考証といふ、其名や美なり、そのいふやよし。然れども此の如くにしてやまば、これ六尺の身を以て糊と剪刀との用をなすのみ、嗚呼人にして独創なし、鸚鵡と何ぞ擇まむ、猿猴と何ぞ擇まむ、嗚呼吾学会の風潮それ此の如くむば、何の日か吾国民は世界的新文明建立の大任を成さむ（傍点削除）。

当時、「考証」と「史伝」が直結していたとは考えにくいだろう。また田岡は、この文のため、高山樗牛と歴史記述における考証をテーマにした論戦を行うこととなった。樗牛は、「東西思想の抵触を見ては急遽狼狽して東洋的科学の創作を叫び、先哲古典の浩澣解し難きを見ては意気俄に沮喪して、漫に独創の意見を唱ふるが如き、之れ近眼者流に非ずむば、弱志薄行の徒」だ、と『太陽』（明治二十八年十月五日・第十号）で反駁している。この当時の樗牛は、むろん『太陽』の主筆だった。

面白いのは、こうして田岡に反論した樗牛の方が、歴史記述に関しては必ずしも（考証的に）歴史的真実を描かなくてもよい、という方向に傾いてゆく点である。彼は明治三十年には、「春のや主人の「牧の方」を評す」で、史劇が史実に忠実であるより、詩的空想を重視すべきと主張している。

『滝口入道』が『読売新聞』の歴史小説・歴史脚本の懸賞に二等で当選したのが、二十七年三月であり、同新聞に

掲載されたのが同じ年の四月十六日から五月三十日まで。春陽堂から単行刊行されたのが、明治二十九年のことである。この小説の背景はいうまでもなく、明治二十五年の徳富蘇峰の「文学者の新題目」(『国民新聞』六月五日)や「新日本の詩人」(青年文学会での講演、九月)によって主張された、歴史文学や伝記文学を今後の文学とする意見とつながっている。

当時、三国干渉の影響とは別に考えるべきロマン主義思潮の一環としても、歴史・伝記は重要な題材である。『樗牛全集』には、五冊本にも縮刷版にも「史伝」篇が含まれている。ここでの「史伝」は考証的であると同時に、ロマン主義なテキストでもある。当時の樗牛「史伝」の情熱的な筆致は、露伴「史伝」の「火の玉魂」にも通じる、叙情性の高いものなのである。

3　渋柿園との類似と相異

ところで、同じように時事性を追う雑誌掲載物であり、やはり同質で商業主義的な同一の雑誌に載った、考証的な人物伝だが、全く異なる方向性を持つものがある。同じ大衆に向けたヒロイズムの喚起でも、娯楽目的の通俗歴史小説である。

明治二十年代末から三十年代後半までの考証的時代小説という点では、忘れてはならない作家である。通俗的な売れっ子作家で、鷗外自身が言及する「塚原蓼洲君」(渋柿園)だ。柳田泉氏は、歴史小説というもの自体が文学の同時代的潮流から閑却されていたが、その中であえて代表的人物を挙げるなら塚原渋柿園だという。(4)

鷗外は大正六(一九一七)年の『観潮楼閑話』で、「わたくしは目下何事をも為してゐない。只新聞紙に人の伝記を

書いてゐるだけである。「黒潮」の評論家は塚原蓼洲君の二の舞だと云つたさうである。併し蓼洲君は小説を作つた。わたくしの書くものは、如何に小説の概念を押し広めても、小説だとは云はれまい。又蓼洲君は人の既に書いた事を書いた。わたくしは人の未だ書かなかつた事を書いてゐる。」と、自らの「史伝」を塚原渋柿園と比較対照することで、「人の伝記」「わたくしの書くもの」を論じている。「史伝」と塚原作品との相違の強調は、逆に同時代評では、通俗作家と並列して論じられた状況を物語る。

大正六年とは、塚原が七十歳で脳溢血のために死去した年である。「蓼洲君は小説を作つた。」と過去形になっているのはそのためである。明治三十年の「歴史小説家としての塚原渋柿園」と題した『太陽』の時評があるが、ここでは彼は、「歴史小説家」として幸田露伴、村上浪六の二人と比較されている。[5] 浪六の「奇気」、露伴の「飄逸」が渋柿園に通じている特徴とされているが、考証を好む点、人物の心理描写をあまりしない歴史小説をよくものする点では、鷗外に似ているともいえるかもしれない。

この時評では人物の「性格」「情緒」の描写の欠落に不満が述べられ、かつ「脚色」がそれらに先立っているとある。史実を重視した作家ではないので、翌年の明治三十一年に『西周伝』を脱稿した鷗外と渋柿園は、そこで本質的に異なるのである。

明治二十八年五月号の『太陽』に掲載された渋柿園の『他流試合』は「小説」欄に入っていて、「史伝」欄掲載ではない。この時『太陽』には「小説」欄と「文学」欄があり、さらに「史伝」欄がある。この「史伝」欄には、先の藤田精一のような評論とも論文とも文学ともつかぬテキストが載ることもあるが、田岡の「十三世紀に於ける蒙古民族の雄図」と同じ号では、「ヲット、フオン、ビスマルク公」という外国の偉人伝が並んでいる。

これらと『他流試合』の相違点は、娯楽性なのかもしれない。考証的な人物伝であり、考証によるエピソードが、

筋の流れと無関係に作品中に畳み込まれるというところなど、「いわゆる史伝」的なテキストの性格は、どちらにも発現している。

三瓶達司氏は、渋柿の初期作品と作者を論じて統一性の欠如と、構成上の破綻を惜しんでいる。[6]が、このまとまりのなさの助長理由として、「渋柿の武士社会、あるいは当時の史的情勢、地理的状況等についての知識の豊富さから来る挿話的説明の混入」があり、各々のエピソードが「独立した興味をもたらすために、かえって作品自体の統一を欠いて[7]」、それが「欠陥」なのだと述べているのである。

初期歴史小説のこの「欠陥」とは、『西周伝』や『能久親王事蹟』の割注部分の考証が、そのまま本文の大きさの活字に変更された状態である。また、露伴「史伝」のように、考証の豊かさが、作品の筋以上に大切な魅力となっているケースを想起してもよい。大正期の「いわゆる鷗外史伝」にも敷衍できる話であるし、本部第二章で言及した、雑誌掲載の考証的伝記の断簡にも通じる。

要するに、よくある書き癖、あるいは様式の一つなのである。

塚原の歴史小説は、好戦的な時代相以外にも、需要の理由があった。明治二十八年前後は、一般的な世相は日清戦争の時期であったが、また一世を風靡した「硯友社一派の軟弱な風俗小説に飽き足りない大衆」が出現している時期でもあった。この軟文学の飽和状態が、「英雄の出現を待望する風潮と合致したわけで[8]」ある。つまり、塚原的世界の発生理由は、先述の蒙古モチーフの出現理由・そこへの需要の呼応と軌を一にしている。[9]

どうやら明治二十年代以降、「史伝」の需要に対し、供給は複数種の形態を持つ様子である。同じ明治二十八年の『太陽』に掲載された「史伝」、そしてそれらが英雄待望気分に満ちた時事的文章として共通であっても、それらは政治小説・論文であり、考証的な書き癖を持つ娯楽作品であった。ジャンルとしても、様式としても不安定なのだ。

「史伝」とは、単に鷗外独自の特異性を備えたテキストとはいえない。また、このジャンル・様式は明治二十年代後半での存在は確認できたが、語の正確な指示対象は、まだ確定しにくい。

考証的随筆を鷗外の出発点と考え、大正期の不評だった「いわゆる鷗外史伝」を眺め、次に明治三十一年頃に立ち戻ってみる。そうすると、この頃が彼と考証の関わりが時代に最も適合していた時代と仮定できるのではないだろうか。

4　『福翁自伝』と『松雲公小伝』

冒頭の「史伝の流行」が書かれた数年後、わが国で流布した伝記の最大のうちの一つ、『福翁自伝』が、世に出ることとなった。「最も多くは維新前後の偉人に関するもの」というテキストの感想が述べられた当時を、執筆者の動機の側から考えてみよう。

『福翁自伝』は、「明治三十年の秋ごろ、ある外国人の求めに応じて、維新前後の実歴談を述べたとき、ふと思い立って、幼児から老後に至るまでの経歴の概略を速記者に後述して速記させ、その筆記に手を入れて出来あがった」[10]成果であるという。同書の脱稿は、『西周伝』同様明治三十一年。初版は、明治三十二年六月十五日発行、定価四十銭で発売された。四六判、洋紙、活版刷り、序二頁、目次二頁、本文五五〇頁、奥付と広告とで六頁である。

『西周伝』は西の関係資料を編纂した性格を持っていたが、『福翁自伝』も薩英戦争に関する記述は、松木弘安（後の寺島宗則）や清水（瑞穂屋）卯三郎らからの聞き書きのメモを基にした談話を筆記させたものであるという。[11]また新聞への連載（明治三十一年七月一日～三十二年二月十六日）であり、「いわゆる鷗外史伝」同様、第三者の協力を得て、新

聞に掲載された仕事なのである。

依頼によって資料を貸与され、実証的に書かれた『西周伝』以降の「いわゆる史伝」の執筆と、福沢の速記者らを介した口述自伝。これらは共に、「史伝」なのであろうか。あるいは、『福翁自伝』を伝記（自伝）、『西周伝』を「史伝」と称するべきであろうか。両者の懸隔は、どれほどあるのだろうか。

明治維新の頃活躍した人物が、第一線を退く時期が、明治二十年代後半から三十年代初頭にあたる。この頃の彼らが回顧の記録を残そうとする動機に基づく伝記と、政治小説の主人公の伝記風の読み物を求める需要に基づく伝記。そして、資料の貸与によって書かれた依頼に基づく伝記。この三系統のいずれの伝記でも、「史伝」と称される事例を確認できる。回顧の記録・政治性への要望・依頼による伝記の三者の出版結果が、「維新前後の偉人に関する」伝記のブームという地点へ、結実してゆくのではないだろうか。

『西周伝』以外にも、長さがあり、ある程度のまとまりのある明治期の「史伝」として、鷗外の岩波版第二次個人全集に収録されている作品はある。『能久親王事蹟』（春陽堂、明治四十一（一九〇八）年）がそれである。これは維新の立志伝でもなく、日清戦争の後からの伝記（史伝）ブームの渦中の出版でもないが、重要な作品である。この作品についてては後述する。

ここでは『能久親王事蹟』と、内容・出版に至る経緯などの条件が好一対をなす、別の人物によって書かれた人物伝に、予め言及しておきたい。『近世絵画史』を「日本芸術史資料」との比較に用いた、同じ藤岡作太郎の『松雲公小伝』（高木亥三郎、一九〇九）である。

藤岡は、明治三十三年九月東京帝国大学助教授となり、「文学的・詩人的な資質に裏打ちされつつ、あくまで厳密

な資料批判に基づく、客観的科学的批評方法による国文学史を講じ[12]」た人物である。

彼の出身は石川県であるが、京都の第三高等学校を卒業している。そのため京都帝国大学から教授としての招聘もあったが、そのまま東京にとどまったと瀬木慎一氏は述べる。[13]このような地縁、また地縁に基づくお声掛かりがあったのは、もちろん京都だけではなく、まず出身地金沢だ。『松雲公小伝』は『能久親王事蹟』の翌年の出版である。この年は、鷗外が文学博士になった年でもある。当時の鷗外の文名の高さ、縁故による伝記の執筆など、彼らの状況はよく似ている。

彼らの手になる華族の伝記の形態を比較すると、何が分かるであろうか。

『松雲公小伝』の奥付には発行所名はなく、発行者は高木亥三郎。同書の「凡例」によると、高木亥三郎とは、前田侯爵家家扶である。これはもちろん、松雲公が加賀前田侯爵の祖先だからだ。鷗外が『能久親王事蹟』を執筆することになったのも、棠陰会の依頼のゆえであったが、ここでも発行者は主人公の関係者である。

『能久親王事蹟』との相違点としては、考証と記述の手法が挙げられるであろう。彼は鷗外とは異なり、考証の典拠の表示にはさほどの力を入れなかったと「凡例」冒頭で述べる。


一本書は主として近藤磐雄氏の「加賀松雲公」に材料を取り、また永山近彰氏の「加賀藩史稿」に拠りたるところも数箇所あり。故に記事の出所はこの二書に譲りて、本書には一々記入せず。

一「加賀松雲公」は材料の蒐集、事実の考証に力を込め、本書は世人をして一般に公の事蹟を知らしめんが為に撰す。彼の目的は学者の討究に資し、此は通俗易解の書を供するにあり。同じく松雲公の伝記といへども、志すところ異なれば、編纂の体裁もまた異ならざるを得ず（「凡例」『松雲公小伝』）。

考証そのものには「力を込め」ていても、研究者向けではないのだから、いちいち注釈を付けないと記す。『近世絵画史』でもほぼ同じであった。しかし、典拠を表示しないのはむしろ彼の個性であり、典拠を表示する鷗外の文体も彼の個性（個人様式）である。「蒙古民族の雄図」が史伝であるなら、『松雲公小伝』も史伝ではないのだろうか。

松雲公前田綱紀は、五代目加賀藩主であって、主な活動期は元禄時代頃にあたる。維新前後の、「立志伝中の人」ではないし、定期刊行される『太陽』のような総合雑誌によって、定期的に配布・充足される国権意識の再構成を促すテキストとしての「史伝」でもない。やや地味な内容でもあるので、ひろく流行して「数割合に多き」というテキストではない。

同時代的には最も著名であった明治三十二年の『福翁自伝』は、当然、比較的地味な『能久親王事蹟』や『松雲公小伝』などより、はるかに広範囲に読まれている。初版刊行後、福沢が明治三十四（一九〇一）年に没するまでの二年あまりで、『福翁自伝』は八版を重ねた。このように、「史伝」に近似する、当時隆盛した伝記の種類を確認したいのならば、一般には受けない労作と、国民的な傑作の両方がしたためられている時期だと確かめつつ、調べてゆかねばなるまい。

このように、明治中期に成立した考証的伝記には、『福翁自伝』の類いと鷗外風の「史伝」、「史伝」と名付けられた講談や簡略な偉人伝、戦争に際した英雄待望気分をあおる伝記、また藤岡の綴った伝記などの多様なテキストがあった。明治期の「史伝」を含む伝記といっても、かなり幅の広い概念である。

5　まとめ

「史伝」の受容側の期待と供給側全体の方法は、様々であった。冒頭に引用した需要形態に対し、供給された伝記が均質な成立過程と動機を持つのではない。埋もれた芸術家の細々とした考証伝記の断簡、『他流試合』のような講談めいた小説、主人公の関係者が著名な文学者に執筆依頼をした『能久親王事蹟』や『松雲公小伝』、『福翁自伝』に代表される維新を象徴する人物の偉人伝の類いなど、一律にはできない多様性がある。外国人の伝記、数多の聖徳太子伝、実業家の立志伝など、その種別は枚挙に暇がない。

明治二十年代からの様々な「史伝」の種類や流通、「史伝」を巡る状況を考慮しよう。これほど広範囲の対象を概括するくくり方をするなら、「史伝」とは考証的な様式をもち、個人の過去を描写の対象とすることの多い一ジャンルという程度にしか、定義できないのではないか。考証を交えた文章という要素だけなら、現代にも、またより古い時代にも類例は限りなく探すことができる。その意味では、実に平凡なカテゴリーといえるだろう。

「いわゆる鷗外史伝」も、この頃に構想・執筆されている以上、この当時の概念に基づいて考察するのが妥当であろう。おそらくこの時期は、「史伝」が小説ジャンルに回収・編成、あるいは小説ジャンルから排斥、また別のジャンルへの回収といった、このテキストの消失直前の、混乱期にあたるのではないか。ジャンルの再編成は常に行われているが、「史伝」については明治二十七〜八年以降が、発生と分類と再編成の盛んに行われた時期にあたるのだろう。

ただし、明治二十年代以降とは出版文化もそれなりに整った後のことであり、一度発生した語彙が簡単に、完全

に消失するとは考えにくい。「史伝」の普遍性の消失時期は特定できないが、大正期にはまだ用例は確認できる。
海江田子爵の維新当時の回想録を、エピソードの集積の形で編纂した『維新前後　実録史伝』が発行されたのは、大正二年である。ここでは編者西河称が別の人物を訪ね、その人物の話に基づく維新前後の懐旧談を編述している。『渋江抽斎』風の、実歴「史伝」が展開されているのだ。
ただ鷗外の場合に限ると、文学者として権威をもった彼の「歴史上の人物を取り扱った作品」は、大正四年には、雑誌編集者の手によって小説ジャンル内に編成されてしまった。そして自分で自由に書籍の題名を決定できた西河による『維新前後　実録史伝』の場合には、それまで通りの範疇名を呼称していたという相違が、できてしまったのであろう。

「史伝」は多様な媒体と内容・目的・趣旨にわたるが、ひろく考証的な歴史記述（伝記・史実紹介・美術史など）の名称としては、明治二十年代後半から、文学・歴史などのジャンルに回収される、大正初期まで通用したテキストを指している。つまり、このテキストはジャンル概念のみから考えるよりも、正確にはジャンルと様式の両方を指すとして考察するのが妥当である。雑誌では「小説」「論説」「雑録」などと等しい項目で分類された時期を持ち、ジャンルの性格も同時に備えている。

注

（1）「解題」『明治文学全集4　福地桜痴』（筑摩書房、一九六六、四五一ページ）。
（2）「日清の事あるや、吾国民は初めて自己の力量を自覚し得たり。これと共に端なくも蒙古の古英雄を想ひ起しぬ…（中

略）…是に於て乎彼等が雄飛の跡を探らんとする念は、吾国の史に志ある者をして蒙古史研鑽の事に従はしめんとす。嚮きに『東亜説林』其第二号に成吉思汗を伝し、第四号に於て『東洋の英雄』と題して、今日の日本の史家が徒に敗紙死文の間に埋頭して、瑣々たる考証の末に頭を白ふせんよりは、寧ろ蒙古民族雄飛の活気ある題目を研究せよと説きたることありき。而して今や蒙古史の研究は流行風をなして、『読売』に『抜都』あり、『太陽』誌上また抜都を伝するの予告を見、『東亜学院講義録』にまた蒙古史の題目あるを見る。吾人は今日に在りて此種の流行を喜ぶ。…（中略）…史学界の新流行、流行も時には悪しからず。」（田岡嶺雲「史学会の新流行」『青年文』（第一巻第六号、一八九五・七・十））。

（3）兵藤裕己『太平記〈よみ〉の可能性』（講談社選書メチエ、一九九五、二二三〜二二四ページ）。

（4）「明治二十七八年頃より三十七八年頃までは、大体明治歴史小説発達の第二段階とみてよからう。概していつてさう歴史的事実を無視し、顧慮しない作がなくなり、むしろ正直な時代を描写し、それに関連して幼稚ながら個人的情緒生活にも解釈を与へようとした時代である。或る意味で此の期の代表的歴史小説家に塚原渋柿を挙げることが出来る。…（中略）…今渋柿の作をもつて此の期を代表させ、これを基調として作風特色を察すれば、外的出来事に興味がかゝつてゐる点は免れないが、歴史的事実に対する概念は立派にあり、歴史的精神への愛着も立派に見える。たゞ個人生活の解釈、個人情緒の説明の点で不満があるのを免れない。概していつてかゝる特色は渋柿本来のもち物であり、これが渋柿をして第一期に轡を並べて馳せた群歴史小説家中に頭角を抜ん出させたものである、これをもつて明治の「外的、ロマンチック、客観的」歴史小説の大成したものといつてもさう過言ではあるまい。」（柳田泉「歴史小説研究」『明治歴史文学集（二）』（筑摩書房、一九七六、三九六ページ））。

（5）「浪六の奇気ありて而かも其杜撰なく、露伴の飄逸無けれども而かも其風骨を有す。歴史小説家として今の時塚原渋柿園に頡頏し得るもの果して幾人かある。

もし彼をして脚色の代りに性格を重ぜしめ、其風稜鉄の如き所に一脈の情緒を点せしめば、彼の作豈伊達政宗、北条早雲、もしくは島左近に止らむや。

彼の筆能く鉄衣悍馬を描き、又た能く汗血侠勇を写す。而して性格の微に入りて事件と人物との内外受発の理路を示さず。彼の露伴に如かざる所以なり。若し夫れ時代の精神を解して入魂点精するの技量は当代恐くは彼に前なし。

吾人は渋柿園が自ら省みて大に奮励せむことを望む」（「時評」『太陽』（一八九七・九・二十））。
（6）三瓶達司「初期の歴史小説」『東京成徳短大紀要』（一九八二・三、三十二ページ）。
（7）（6）に同じ、同ページ。
（8）昭和女子大学光葉会編『近代文学研究叢書』（第十七巻、一九六一・八、二四九ページ）。
（9）「この頃、村上浪六、村井弦斎、遅塚麗水、山田美妙、渡辺霞亭など盛んに作品を発表し、殊に浪六の大衆的人気は圧倒的なものがあった。浪六は所謂近世の仁侠を得意としたが、渋柿園は中世の武士道と大義名分の闡明につとめた。浪六の伝奇的、非現実的な撥鬢小説に空疎を感じ出した人心は、渋柿園の歴史小説に傾いていった。彼の歴史に関する情熱は熾烈、態度は真摯で、史実や考証も詳密を極めた上に、生来の武士的気質が加わり、封建道徳を礼讃し、高潔忠誠な武士の典型を小説化したので、読者は英雄に面々相接するよろこびを感じたらしい。」（昭和女子大学光葉会編『近代文学研究叢書』（第十七巻、一九六一・八、二五〇ページ））。
（10）「後記」『新訂福翁自伝』（富田正文校訂、岩波書店、一九九一、三二三～三二七ページ）。
（11）（10）に同じ、同ページ。
（12）東京大学百年史編集委員会編『東京大学百年史　部局史一』（東京大学出版会、一九八六、七一五ページ）。
（13）「解説」『近世絵画史』（ぺりかん社、一九八三、二八九ページ）。

第七章　能久親王の死

皇族の伝記といえば、ふつう、どんなものが想起されるのであろうか。

もちろんそれは想起するひと、時代、状況によって全く異なる。そして、執筆者は内容を決定する最大の要因の一つである。

「天皇制イデオローグ」と称された鷗外は、明治四十一（一九〇八）年六月二十九日、春陽堂から『能久親王事蹟』と題する伝記を、編纂者の立場で刊行している。明治二十年代から三十年代の伝記ブームと「史伝」については前章で触れたが、鷗外が執筆した「いわゆる史伝」は、埋もれた人物を考証的な手つきで発掘するものばかりではなかった。『能久親王事蹟』のような、世に隠れもない皇族に関する伝記も書いていたのである。

むろん、彼以外の人物や団体も、この親王の伝記を編んでいる。それらの内容と鷗外の文章との相違、さらに時代背景を配慮すれば、明治四十一年前後の彼の皇族観の傾向の一端なりとも、分かるのではないだろうか。

国会図書館所蔵の明治期刊行物目録によると、明治期の刊行物では、同親王に関する伝記には、『能久親王事蹟』・西村天囚『北白川の月影』（大阪朝日出版社、明治二十八年）、亀谷天尊・渡部星峯『北白川宮』（吉川弘文館、明治二十八年）・坪谷善四郎編『北白川宮妃殿下台湾御渡航記念帖』（博文館、明治四十四年）の四つが挙げられる。

同親王の墓碑銘も、この数にいれてみよう。雑誌『太陽』は、グラビア裏に墓碑銘を掲載した。現在のような写

真報道雑誌のない当時としては、珍しく華やかであったグラビアを巻頭に置いていた。このグラビアに、亡くなった親王の肖像が大きく掲げられ、その裏には墓碑銘が掲載されている。同誌の記録的な売れ行きを考えれば、見逃せない事例である。

最後の『北白川宮妃殿下台湾御渡航記念帖』は主に北白川宮妃の、亡き夫の台湾神社へ奉られる事業への参加のルポルタージュである。親王の伝記とは直接の関係がないので、明治期の同親王単独の伝記のエディションは、『能久親王事蹟』・『北白川の月影』・『北白川宮』、墓碑銘の四つを考えることとする。

本章では四つの能久親王伝のうち、場面を末期描写に限定して対比する。その中で鷗外の筆は、相対的にどのような性格なのかを検討する。

1 『能久親王事蹟』の末期描写

『能久親王事蹟』の出版経緯は、まず北白川宮能久親王が近衛師団長として台湾に渡航した際、部下であった陸軍大将川村景明、同中将阪重季以下の有志が、陸軍の現役将校および相当官の親睦・扶助団体である東京偕行社内に、棠陰会を組織したところから始まる。次に、宮内省及び宮家から親王の記録その他資料を借り受け、同じ陸軍所属の鷗外がこの資料の編纂を委託された。この依頼から数年後の脱稿ののち、仮印刷に附して宮家以下多くの人々の校閲を経て、更に訂正を加えて、同書は刊行されたのである。

冒頭と、巻末の年譜前後部分を引いてこよう。傍線は原文では小活字部分である。

弘化四年二月十六日、京都御車通今出川下るといふ町なる御館にて、伏見宮第十九代邦家親王の第九子として生れまししぞ、後に北白川宮能久親王と称へまつる御子にはおはしける。後の文書に、御誕生の年弘化三年と記せるも見ゆめるは、嘉永元年八月仁孝天皇の御猶子に立たせ給ふに及びて、同じ帝の崩御の年をもて御誕生の年となししなるべし。御腹は宮家の女房堀内伊勢守嗣善の女信子宮仕の名をば幾尾又磐瀬と呼ばれぬ。といふものなりしを、公様には鷹司左大臣政熙の第二十女藤原景子御称号織君といふ。を御母君とせさせ給ひぬ。田中信濃守、後藤因幡守等御伝を承りつ。……（中略）……

三十六年一月二十八日、宮の銅像を丸の内近衛師団歩兵営の南門外に建てて除幕す。銅像は新海竹太郎其木彫原型を作りぬ。原型は明治四十年十月二十八日、日光なる牙髪塔の側に、木型奉安殿を立てて安置しまつりぬ。

能久親王年譜

弘化四年丁未、二月十六日能久親王京都伏見宮第に生れさせ給ひ、満宮と名のらせ給ふ。
嘉永元年戊申、二歳。京都におはす。仁孝天皇の御猶子、青蓮院宮の御附弟にならせ給ふ（『能久親王事蹟』）

傍線部分は、『鷗外全集』では小活字一行組になっている。天理図書館所蔵の自筆原稿の印刷本には、「「本文ハ四号、割注ハ六号ノ事、〔　〕ハ割注ニ植字ノシルシ故印刷ニハ〔　〕省ク事」と朱書があり、一行書、二行書の両様がある」[1]という。この小活字部分の考証が、編纂した作者の存在を裏付けにあたる文章構成のため、『西周伝』同

様、作者が自身の言葉をほとんど用いずに、他人から依頼された複数の資料によって、作品が構成されている。材料が依頼者から預けられ、脱稿ののちに依頼者たちによって校訂されるのも、本文に小活字部分の注釈(=考証)が本文の中に直接割り付けられ、これが繰り返されたのちに末尾に年譜がつけられるのも、明治三十一年の『西周伝』同様だ。

親王は時代の英雄であり、偉人伝に適した人物である。また伝記編纂を依頼されたのは、陸軍軍医であり文学者である森鷗外だ。陸軍と皇族、二種類の権威に基づいて肯定的に把握する文脈・物語が、依頼者によって期待されている可能性は高い。だがこの作品には、敬語以外の皇族への敬意表現が極端に乏しい。ことにそれが明確に現れているのが、親王の末期描写部分なのである。

繰り返すが、編者は能久親王と同じ陸軍に属する高位の軍人・かつ文人である。だが、軍人としての戦地での死を肯定するヒロイズムの発揚も、文人としての事実の物語化による小説作品の作成も描かれない。権威と体制の枠内に予定調和する物語ではないのである。

『能久親王事蹟』の読者は、末期描写を読む際、医者としてのまなざしを、追体験せざるをえなくなる。親王を雲の上の人として心配したり悼んだりする心境には、なりにくいのではなかろうか。引用しよう。

夕の体温三十九度、九　脈百二十至おはしき。軟便を下させ給ふこと三度。次硝酸蒼鉛、龍脳、赤葡萄酒、里謨那底を上る。夜譫語せさせ給ふ。…(中略)…二十四日、朝の体温三十九度、零　脈百十至呼吸三十、夕の体温三十九度、三　脈百十九至呼吸三十三。口渇せさせ給ひて、舌に褐色の苔あり。右肩胛下隅の下に濁音ありて、両胸の呼吸音麁雑に、右胸に水泡音を聞く。こは肺炎の徴なり。尿量六百立方王冊米にして、蛋白の痕

迹あり。実岐答利斯、吐根の浸剤、龍脳、赤葡萄酒、牛乳を上る。二十五日、朝の体温三十八度、五　脈百零四至呼吸三十。夕の体温三十八度、零　脈軟細にして百二十至呼吸三十。便秘せさせ給ふ。右肩胛下隅の下に捻髪音を聞く。時時応答不明におはしき。二十六日、朝の体温三十八度、二脈百十八至、夕の体温三十八度、零　脈百十九至呼吸二十九。唇乾き、舌潤ひ、面、胸、手背に粘汗を帯びさせ給ひ、四肢振顫せさせ給ふ。龍脳、加斯篤里幾尼涅を上る。二十七日、朝の体温三十八度、六　脈百二十至呼吸三十、夕の体温三十七度、六脈百二十至呼吸三十。舌及四肢振顫せさせ給ふ。全身粘汗を帯びさせ給ふ。時時精神朦朧におはす。濁音及捻髪音左胸に及びぬ。前方を上り、龍脳の皮下注射をなしまゐらす。午後九時の体温三十七度、五　脈百三十至呼吸三十七。是日、樺山総督至る。二十八日、午後三時三十分脈不正にして百三十五至。五時体温三十九度、六　脈百三十六至呼吸四十五。四肢厥冷して冷汗を流させ給ふ。人事を省せさせ給はず。龍脳の皮下注射、COGNAC酒の浣腸をなしまゐらす。七時十五分革になりて、幾ならぬに薨ぜさせ給ふ。貞愛親王、樺山資紀、高島鞆之助、乃木希典の諸将別を御遺骸に告げまゐらせ、秘して喪を発せず（傍線目野）。

傍線部は後述のように、他のエディションでは、削除されやすい箇所である。

病状報告箇所は、昭和天皇の病状報道さながらの詳しさだ。しかし、昭和天皇と異なるのは、病状自体が厳粛かつ好奇心に満ちた注目の対象になり、前後に派手な周囲の心痛の言葉が飾られない点だろう。『能久親王事蹟』も『西周伝』同様、資料同士の充塡用の作者の言葉の薄さから、全体の構成には継ぎはぎめいたところが残る編纂作品なのだ。

それにしても、この壮絶な死に様の記述が、日清・日露両戦によるナショナリズムの高揚もすでに経験した時代

の、皇族の死亡状況の描写なのである。仮に、主人公の言動に倫理性を付与する読み方が、読者に期待されて執筆されたと考えるなら、「四肢振顫せさせ給ふ」七転八倒の後の絶息などは、死に至るまでの言動に、苦しみの原因があったがゆえの必然となってしまう。

しかし、それは読み過ぎだろう。この作品全体にはそもそも、病人の人格を倫理的に問う場面などない。また一人の主人公の伝記という作品形態にも関わらず、本来なら話を収束する方向に向かう、話の後半部分・または主人公の死去に際してのクライマックス、「纏まり」が全く確認されない。いかにも「いわゆる史伝」である。こうした箇所を一読しても、この伝記は普通の意味の偉人伝ではない。親王の死は、生き物としての人間の冷徹な病態記述に尽くされ、きわめて即物的な現象として把握されている。こうした冷徹さは、鷗外個人の特性だけではなく、陸軍軍医という環境上の要因もあるだろう。

作者の言葉のほぼあらわれない『能久親王事蹟』は、貸し出された過去の資料の集積としての側面を持つ。ここからは、皇族をはるか上方に見上げる視線が強制される作品構造は、発生しにくい。つまり、皇族にかかる文飾のものものしさなど、文章から生じる権威演出に乏しい。

2 『北白川宮』の場合

次に、同じ親王の死亡描写が、皇族の権威を十全に意識しつつ行われた作品の例を参照しよう。

亀谷天尊・渡部星峯著、東久世通禧閲『北白川宮』は、明治三十六年に吉川弘文館から刊行された。先と同じように、末期描写を確認してみる。

廿二日王師終に台南に入りて茲に全く新版図鎮定の功を奏しければ、宮は御脳みの中にも如何に嬉しく聞召されけむ、覚へず万歳を叫び給ひしと承はり、忠君愛国の御心如何に篤きやを知られめ、同日御弟宮歩兵第四旅団長伏見宮貞愛王御旅館に御見舞あり、御病苦の中にも御兄弟嬉しく御対面あらせらる、二十四日肺炎をさえ併発し給ひてより時々御呻吟なされ、御言葉も渋り御応答御不明の事さへ在はしけり、二十七日には御衰弱を増され、御精神朦朧として御脳みいと重らせられ、御目覚の折り御容体を伺ひまつれば僅かにいと苦しと宣ふのみ、其より御熱は下りて御呼吸は増し、御脈は弱くして頻数百三十至なり、同日樺山大将参殿して涙ながらに台湾の賊徒掃殄し候ふは偏に殿下の御軍功にこそ候へと申上げしに、宮は莞爾として御首肯せ給へるやに覚しく、翌日北の方帝都に向ひて御目を瞑らせ給ひけり、腥羶の気蕭々として時雨を送り、惨澹の雲朦朧として悲風に動く、唯是千秋亭の月、有待の雲に隠れ、万年樹の花、無常の風に随ふが如し、全軍涙にくれて父母の喪に接するに異ならざりき（八十六ページ）

先の引用部分の傍線部分は、削除されている。

病状の具体的な描写は、鷗外のものより、むしろ増えている。この増加は、死と苦しみの過剰な意味付けであると同時に、文飾でもある。この伝記中における親王の一種独特の権威は、こうした文飾やこの文飾箇所の拡張、また逆に医学的な観察は省略する等のバランスから発生していよう。

削除例の通り、注射も軟便も、尿の採取もうわ言も、このエディションでは描写されない。そして「時時応答不明におはしき」（『能久親王事蹟』）ではなく、「御言葉も渋り御応答御不明の事さへ在はしけり」という表現に代表されるように、彼の立場は特殊な尊敬語によって、彼以外の人間とは別に置かれる。

文語での敬意表現の頻繁なたたみかけの中に、瞑目前の「帝都」への視線による応答が示されている点も見落とせない。樺山総督は、「精神朦朧」、「御応答御不明」の状態にあるはずの親王と、戦況報告の応答を行っているかのように描かれている。親王は『北白川宮』の報告者によって、この戦闘における責任者として強く意識されているのであろう。過剰に劇的な描写内容は、天皇制の生み出すファンタジーといえよう。

いうまでもなく、「腥羶の気蕭々として時雨を送り、惨澹の雲朦朧として悲風に動く、唯是千秋亭の月、有待の雲に隠れ、万年樹の花、無常の風に随ふが如し」という文は、病人の末期とは関係ない「物語」である。また、この伝記にあっては、病人(作中の登場人物としての親王)の人格の倫理性と、彼の末期の言動・逝去の後の描写には、因果関係が認められる。『能久親王事蹟』との相違として、確認しておくべき点である。

以上は、彼がただの病人であるという認識以上に立たない『能久親王事蹟』の最期描写と相違している。

二作品の相違は、陸軍には、天皇制を擁護する意図が全くなく、民間には、ナイーブな天皇制への信頼があったという結論に帰結するわけではない。台湾における陸軍の行動の結果によって生じた問題と、彼らがともに行軍した親王に対する理解の間には、直接の関係はないからだ。

ただこの当時、陸軍に文責の帰せられる文章上に表象される皇族が、究極的な禁忌とは把握されていなかった点に注目したい。

3　流布する墓碑銘

親王の死亡日時を変更した略伝は、伝記としては難がある。しかし、親王に関して最も広く流布した生涯の記録

としては、取り上げるべき対象である。ここでは、広範な読者層を持つ総合雑誌『太陽』に掲載され、これを媒体として伝播した彼の墓碑銘を、一種の「略伝」と考える。碑銘は鷗外の「いわゆる史伝」的でもあり、彼お得意の「年譜」的存在でもある。

親王没年の『太陽』（第一巻第十二号、十二月五日発行）巻頭には、三葉の写真が飾られている。最も大きく、ページの上三分の二部分を占める一枚は、親王自身の軍服姿の肖像写真である。黒枠に囲まれた写真の上辺には右から左に「故北白川能久親王殿下」と題字が飾られており、題字の二行目には、「LATE PRINCE-GENERAL KITASHIRA-KAWA」と記されている。この写真にややかぶって右下には「御親蹟」が掲載され、左下に学生服姿の「御継嗣成久王」。

写真の裏ページには、親王を悼む墓誌銘が掲載されている。

故近衛師団長陸軍大将大勲位功三級能久親王墓誌銘

自国家中興、振乾綱除弊制、一旦緩急　至尊躬為大元帥、選皇族才且武者為将領、於是上下奮励、皇威遠宣海内外、…（中略）…

……十月二十二日、疾病尚進入台南府、二十八日航就帰途、十一月一日賞以菊花章頸飾、又叙功三級、授金鵄勲章、四日拝大将、五日帰東京、遂薨、聖上震悼、遣使賻弔、宮中喪五日、海内遏密三日、朝野痛歎不停声、外国使署亦行半旗弔礼五日、越十一日以国葬儀、瘞柩於城北豊島岡、親王為人、温恭寛弘、尚賢愛士、為衆人所景慕、凡文武工芸諸会、皆請為其会長、海外露独諸国、贈以勲一等、可謂栄矣、薨時年四十有九、納侯爵嶋津久光養女富子為妃、実侯爵伊達宗徳第二女也、四男、曰恒久王、曰延久王、曰成久王、曰輝久王、成久王以

嫡出為嗣、余與五女皆庶出云、銘曰
惟昔武尊、東征樹功、一朝毒霧、忽亡厥躬、彼之與此、時異跡同、俯仰感慨、情結於中、
勿謂福薄、恩礼加隆、勿謂命短、名伝無窮、屹彼豊岡、爰卜幽宮、松楸鬱蒼、長仰英風、

明治二十八年十一月

正四位　勲四等文学博士　川田　剛　拝撰
梨本宮家令従六位勲五等　西尾為忠　拝書（傍線目野）

親王関係の記事はここで終わる。その時の『太陽』が、巻頭から巻末まで親王のための特別号を組んだのではないが、今の雑誌グラビアでいうところの、「親王小特集」にでもあたるだろうか。

同じ明治二十八年の『太陽』（第一巻三号、三月五日発行）にも、同じように軍服姿の有栖川宮の肖像写真と「故参謀総長兼神宮祭主陸軍大将大勲位功二級熾仁親王墓誌銘」が組み合わせて掲載してある。同様の事例は他にも、同誌にしばしば登場しており、この掲載は特殊な例ではない。[2] ちなみに鷗外も、同じ博文館からの旬刊雑誌『日清戦争実記』に、同じ明治二十八年の九月「陸軍軍医監森林太郎君」と題された写真が掲載されている。

『能久親王事蹟』では、親王は十月二十八日、台湾で「尿」を検査され「蛋白の痕迹」を認められ、「全身粘汗を帯び」、人事不省に陥って「龍脳の皮下注射、COGNAC酒の浣腸」を打たれながら死んだと伝えられている。『北白川宮』では露骨な末期描写こそないものの、逝去の日時と場所は台湾の現地であった。だが「故近衛師団長陸軍大将大勲位功三級能久親王墓誌銘」では、彼は十一月五日、東京に帰ってから死んだことになっていた。病態も述べられていない。

「故近衛師団長陸軍大将大勲位功三級能久親王墓誌銘」は、親王の苦渋に満ちた死亡描写を描き出さない。これは、特に近代的な天皇制の権力構造によるものではなく、単に碑銘の漢文のスタイルによるものであろう。近代的な権力構造は病人管理、ジャーナリズムなどの場では力を大いに発揮するだろうが、墓碑銘は違う。当時の陸軍と、ジャーナリズムと、宮内省の権威体系はそれぞれに異なり、少なくとも日清戦争時に限定していえば、別種のコードによって皇族を把握していた。鷗外を考えるにあたっても、彼を単純に天皇制イデオローグと名付けてしまうだけでは、十全な理解をするのは難しい。

4　ジャーナリズムによる伝記

ジャーナリスト天囚西村時彦の編纂による『北白川の月影』は、親王没年と同じ明治二十八年に、大阪朝日新聞社から刊行されている。この伝記の場合、まず親王の下痢やうめきも文中に組み込んでいる点が、『北白川宮』とも墓誌銘とも違う点である。むろん末期の患者の生々しさは、医者である鷗外ほどの即物的な描写ではないし、読み物としても読みやすい美文風になされる配慮が行われている。

実際に本文にあたってみると、数字や具体的な固有名詞がバランスよく配置されている。本書では便宜的に省いてしまったが、総ルビも振られている。

二十日は御熱三十九度八分、卒に御下痢あり、斯くても間室錦衾の中に御養生あらせられん様なく、担架に召されて進み玉ふ、軍職の責、公事の巳むことなしとは申しながら、思遣り奉れば、畏しとも申さん様なし、

二十一日御倦怠を増させられしも、例の担架にて進ませらる、二十二日御食欲甚く減じ玉ふ三里ばかりを六時間余にて進ませらる、二十三日に至りては御熱三十九度九分なり、夜は四肢の按摩を命ぜられて、僅に御寝なされ、間々御時語あり、二十四日は肺炎をさへ併発し玉ひ、二十五日は時々御呻吟なされ、御言葉も渋り、応答御不明の事さへ在しつ、二十七日には御衰弱を増させられ、御精神朦朧として、御悩いと重らせられ、御お目覚の折、御容体を伺ひまつれば、僅にいと苦しと宣ふのみ、其より御熱は下りて、御呼吸は増し御脈は弱くして頻数百三十至なり、二十八日に至りては、痛ましやな、悲しやな、四肢厥冷して人事を省せられず、軍医長以下御供の人々が、誠を竭め力を尽して御治療を尽しまゐらせし甲斐もなく、薬石其効を奏せずして、遂には世を棄て天かけり玉ふ、軍医の御診断申せし処には、悪性麻拉利亜熱に肺炎を兼発し、脳中枢を侵され、心臓麻痺と為りて薨去あらせられしものとかや、御年四十九、嗚呼悲しい哉、痛ましい哉、筆取る腕もしびれて只涙のみぞせぐり来る（十一ページ）

文章は敬意表現をとってソフトであるが、実質的には病状を描いている点は、『能久親王事蹟』と通じる。昭和天皇の病状報告に関わったジャーナリズムの場合のような、「より詳しく、より早く」の意図が、文章表現に結実した例の、早いものの一つなのではないだろうか。

全身の粘汗や浣腸箇所の削除は、編纂者西村の意図だろう。それでも脈・体温の数字や病名・病状の記述によって、全体では美文の範疇を越え出てしまっている感覚を読者に与える。この表現の和らげや削除にも関わらず、美文を越え出る過剰さの感覚から、読者は、実体化された親王に近付いた感覚を与えるのではないか。こうした感覚こそ、ジャーナリズムが読者に与える錯覚と、そこからの満足感の源泉なのかもしれない。

こののち、親王の華々しい学歴・職歴・受勲歴・趣味などが列挙される。さらに逝去と葬式の手順が続き、最後に段を下げて墓碑銘の問題点を指摘し、その正誤が二箇所言及される。ここに「竹園遺話　西村時彦補修」と題されたエピソードが添えられ、この本は終わるのである。

親王の逝去の日時と場所が、墓碑銘のものでは間違いである点の指摘。これは大切な指摘である。事実の探求に意義を置いて告発形式を取る点も、新聞社の人間として自然な文体なのではないか。同じ記録重視にしても、淡々と死亡時刻・場所を告げるだけの、鷗外の『能久親王事蹟』と違い、本文の校訂の形で、墓碑銘の内容に抗議しているのである。

告発の結果、どこまで事実に近付くかは、問題ではない。事実に近付いたという感覚を、読者に与えることこそ、重要な彼ら新聞人たちの「使命」なのだ。

時彦曰く宮の台湾に薨じ玉ふや、何故にかありけん、秘して喪を発せず、御遺骸の都に着かせ玉ひてこそ始めて喪を発しけれ、抑宮の大節は…（中略）…是を以て薨去の時と地とは関する所太だ大なり、たとひ当時の御都合にてもを秘し玉ひしにもせよ、後の世に伝はるべき金石の文字には宜しく直筆諱まず以其大節を明かにすべきなり、去るを川田博士の撰みたる墓誌銘には、何とて秘不発喪もしくは五日発喪とやうに誌さずして、誠しやかに五日の薨去とは誌されけん、いと訝かし、予れ野乗をものして宮の御事を伝ふるに当り、殊に此に意を用ゐ、後の正史を撰ぶ者をして採択する所あらしめんとす、庶幾くは宮の大節古親王と並に万古に伝はらん歟（二十一ページ、傍線目野）

西村は墓誌銘の内容の真偽に関し、「いと訝かし」とあいまいな表現を用いる。しかし、雲上の権力に反抗する巻末とはことなり、『北白川の月影』冒頭は黒枠に囲まれた「卿宗室の親を以て夙に身を軍事に委ね励精黽勉重職を経歴して威望倍ます崇し矧や師を督して遠征策機宜を制し勲績太た彰る今や匪徒平定の際に方り溘焉長逝す曷ぞ悼惜に勝へん茲に侍従従三位勲三等子爵西四辻公業を遣し賻弔せしむ」という一文である。この前書きの次には、「奉哭　能久親王文」なる序文が付けられている。

伝記全体は、親王に捧げる哀悼文という作品構成をとっているのである。

詳細な病状報告や告発形式から一見すると、『能久親王事蹟』と『北白川の月影』は、皇族の権威を信じない点で同質の作品に見える。だがこの共通項は、おそらく陸軍風の訥々とした文章・科学的史料観と、ジャーナリズム特有の事実理解という、異なる見解から派生したと思われる。

5　まとめ

統帥権の使用などに関し、陸軍の独走が目立つようになるのは、まだずっと先の話であった。

この頃は陸軍側にとって、皇族は敬意の対象ではある。が、表現の対象というレベルでは、彼の身体を貶める表現が、決定的な禁忌となるようなことはなかったのだろう。

昭和に入ってからの例で確認すると、台湾教育会『能久親王御事蹟』(同会発行、昭和十二年)の「資料編」の場合には、ほぼ『能久親王事蹟』と内容を同じうする「故能久親王殿下御容体書(明治二十八年十一月九日官報宮廷録事)」が引用されている。(3) ちなみに同書の後書きには、参考文献に『能久親王事蹟』も挙げられている。

陸軍関係者が同親王について、一般に公にした刊行物に関していえば、彼を神格化する意図は、ほとんど感じられないのだ。少なくとも昭和十二年に至るまでの陸軍の公式見解には、親王の死に至る病状を糊塗する意図は、一部を除いて確認できないのである。[4]

『大阪朝日』主幹の西村天囚の文章からは、新聞記者が常に皇族に対して表現をはばかるわけではなく、取材に基づく事実を重視する事例も確認できた。『太陽』のように権威全般を、雑誌の豪華さに貢献させる媒体では、墓誌銘は権威の補完に用いられていた。皇族に対するジャーナリズムのあり方を考察する場合は、ジャーナリズム一般として把握するのではなく、各ジャーナリズムがいかに権威に対処・利用・逆利用されているかを、個別にあたるべきであろう。

そして、伝記の本文構成である。『北白川の月影』や『北白川宮』を確認すると、本文の補遺のかたちで考証的に、エピソードが添えられている。これは「いわゆる鷗外史伝」の様式の、同時代的な姿なのではなかろうか。

「史伝」の物語性の排除は、同時代に隆盛した考証的な伝記・随筆、ここまで論じてきた作者の美学的理念構築、当時の「史伝」の意味内容、作者の状況などが、からみあった上に成り立っている。鷗外の天皇制理解にしても、「沈黙の塔」などの小説作品ばかりから単線的に解釈するのではなく、こうした陸軍風のテキストにおける彼の筆致から解釈してみるのも、一助になるのではなかろうか。

『西周伝』の成立や『渋江抽斎』の連載状況も、縁故・陸軍閥といった環境要因の総合という点で連なる。逆からいえば、『西周伝』や『能久親王事蹟』で用いられた方法意識が、美学理念や考証癖とつながり、さらに大正初期の私小説的なナラティヴの隆盛と、幸福な遭遇を果す。ここから、「いわゆる鷗外史伝三部作」という稀なテキストが

成立した、という見方もできるのだ。

あらためていうまでもないが、伝記成立を考察する際には、執筆者の意図・構想と全く同等に、当時の媒体と執筆者の関係が、重要な因子である。鷗外の場合、これらの、一般的にバイアスと考えられやすい要因が、バイアスというより主たる要因として、執筆の因子となったのであろう。

『能久親王事蹟』は、『西周伝』から始まり、鷗外晩年のテキストにつながる「史伝」のひとつである。これら「史伝」群は、表題人物ひとりの生で物語が発動され、終結するのではなかった。そして執筆者である鷗外もまた、表題人物との機縁によって、テキストに織り込まれた登場人物となるのであった。

ところで、以上の鷗外の視線と筆の動きの相関は、管理と権力の構造を、文章・作品の構成にももたらす契機をはらんでいる。

作者鷗外の、医者としての身体の管理者の感覚に着目しよう。皇族の病状描写は、とくに問題視されないとしても、彼は自分の体の診察には、きわめて消極的だった。話を体液の検査のひとつ、検尿に限っても、彼は尿検査とは、自分になされるのでさえなければ、全く医学的に適正な行為だと考えていた節がある。

鷗外は、自らの死期が近付いた時も医者にかかることをどうしても厭い、妻志げが賀古鶴所に説得を頼んだ結果、周囲の意見を容れて尿を賀古に届け、検査に付した。この際の賀古宛の大正十一（一九二二）年六月十九日付書簡を閲すると、「僕ノ尿即妻ノ涙ニ候笑フ可キコトニ候始テ体液ヲ人ニミセ候定テ悪物多ク含ミアルベシト存候」(5)と書かれている。

よく知られたエピソードである。鷗外は、全ての身体へのあらゆる医学的管理に、平等ではなかった。管理される対象となる事態に、我が身が置かれることへの何らかの抵抗感を、彼が持ち合わせていなかったわけではないの

だ。

確かに鷗外は、冷静な傍観者の目を持っていたかもしれない。医者として、尿検査であろうと何であろうと、誰にでも平等に、「純粋に医学的に」医学的検査を行ったのではないだろうか。ただ一体、「医者」=「傍観者」=「公平無私な管理者」=「彼自身」の体を除いて。この点からも、尿検査の結果を書き込まれてしまった『能久親王事蹟』は、偉人を賞賛する伝記としては、書かれていないとするべきではないか。青木純一氏の指摘[6]にもあるように、「法の執行停止」は、「いわゆる史伝」の重要な構成理念なのである。

作品内における作者の、皇族を含む人物全てをしのぐ超越的な管理者としての存在。これは、「いわゆる史伝」の代表作である『渋江抽斎』の、登場人物群を描く筆致に通じているだろう。

『能久親王事蹟』の末期描写は、「いわゆる鷗外史伝」の代表作とされる『渋江抽斎』の五百の臨終の冷徹な表現につながる。作品の中で、深い尊敬と愛情を注がれながら生き続けた五百も、「目は直視し、口角からは涎が流れていた」苦しみを、平然と描写されているのである。

注

(1)「後記」『鷗外全集』(第三巻、六四一～六四四ページ)。
(2) 鈴木正節『博文館『太陽』の研究』(アジア経済研究所、一九七九、九ページ)。
(3)「同二十三日朝御熱三十九度二分、御脈百二十、夕御熱三十九度九分、御脈百二十、本日軟便三回、御薬前方ノ外次硝酸蒼鉛ニ龍脳ヲ加ヘテ呈ス夜間四肢ノ按摩ヲ命セラレ僅ニ御睡眠アルモ間〃御譫言アリ
同二十四日朝御熱三十九度、御脈百十九、御呼吸三十、夕御熱三十九度三分、御脈百十九、御呼吸三十三御口内乾燥御舌褐苔御胸ヲ打診スルニ較著ノ変状ナキモ聴診上両側共ニ呼吸音粗烈右第三肋間ヨリ第五肋間ニ至ルマテノ部ニ

鼾声、笛声、水泡音等ヲ聞キ背面ハ右肩胛下隅ニ軽濁音ヲ発シ大水泡音ヲ聴キ肺炎ノ御症状ヲ認ム御尿ヲ検スルニ量六〇〇・〇、暗褐色溷濁蛋白ノ御痕迹アリ本夕ヨリ実岐答利斯吐根ノ合剤ニ重炭酸曹達ヲ加ヘ又兼用トシテ龍脳剤ヲ呈シ牛乳赤酒ヲ進メ…（中略）…

同二十五日朝御熱三十八度五分、御脈百四、御呼吸三十、夕御熱三十八度八分、御脈百二十、御呼吸三十右肩胛下角部捻髪音アリ打診上ハ昨日ニ異ナラス心音清ク脈軟細整然御脳症稍〃減退昨日来便通ナク…（中略）…時々呻吟ノ御声アリ御渇減シ時トシテ御言語渋滞又時トシテ応答御不明ノ事アリ

同二十六日朝御熱三十八度二分、御脈百十八、御呼吸二十八、夕御熱三十八度、御脈百十九、御呼吸二十九、御顔面胸部手背等ニ粘汗アリ口唇ハ乾燥痂皮アレトモ舌濕潤ス御疲労ノ状昨日ノ如ク譫言歇ムモ御言語時ニ渋滞、四肢振顫セラル…（中略）…御薬前方中龍脳剤ニ斯篤利幾尼涅ヲ配伍シテ進呈ス

同二十七日朝御熱三十八度六分、御脈百二十、御呼吸三十、夕御熱三十七度六分、御脈百二十一、御呼吸三十、御衰弱増加シ時トシテ御精神朦朧…（中略）…左胸前面ハ鎖骨上窩ヨリ乳房部マテノ部分ハ異常ナキモ其ノ下方ハ鼓性濁音ニシテ捻髪音ヲ聴キ…（中略）…四肢殊ニ上肢末端唇舌等振顫シ前額手背ニ粘汗ヲ発シ午後ヨリ嗜眠ノ状ヲ呈セラル御薬前方ノ外龍脳ヲ皮下注射トス…（中略）…午後九時ニ至リ三十七度五分ニ降リ御呼吸ハ反テ三十五ニ増シ御脈百十至ナリ

同二十八日午前三時半ニ至リ御呼吸ノ数増加シ衝突性ニシテ四十ト為ル御脈ハ不正且ツ軟弱ニシテ百三十五至ヲ算シ…（中略）…同五時ニ至リ御熱上昇三十九度六分、御脈幽微ニシテ百三十六、御呼吸ハ衝突性浅弱ニシテ其数四十五ト為リ四肢厥冷、冷汗淋漓、御精神朦朧人事ヲ省セラレス依リテ龍脳ノ皮下注射武欄ノ注腸ヲ施スコト再三反復一時御脈稍〃復セラル、モ忽ニシテ復衰フ午前七時十五分御症最モ御危篤ナリ」（「故能久親王殿下御容体書（明治二十八年十一月九日官報宮廷録事）」『能久親王御事蹟』、二五一～二五四ページ）。

（4）「……施スコト再三反復一時御脈稍〃復セラル、モ忽ニシテ復衰フ午前七時十五分御症最モ御危篤ナリ

同二十九日、三十日、三十一日及本月一日、二日、三日、四日、御症並ニ御薬ハ二十八日ニ同ジ本月五日午前七時十五分薨去アラセラル」（（3）に同じ、二五四ページ、二重傍線目野）。

ここまで丁寧に症状を追ってきた記録が、二十九日午前七時十五分の危篤状態で、ふっつり記述を止める。そして

翌月の五日まで「御症並ニ御薬ハ二十八日ニ同ジ」として、この日の「午前七時十五分」に「薨去」などと述べているのである。

（5）『鷗外全集』第三十六巻、六三三ページ。

（6）青木純一「法の執行停止―森鷗外の歴史小説」『群像』（二〇〇一年六月号）。

総論

1　ここまでの論旨と『渋江抽斎』との関係

ここまで、「いわゆる鷗外史伝」を論じるのに、『渋江抽斎』から始まる「いわゆる鷗外史伝三部作」に、全く触れずにきた。そこで、総論に入る前に、『抽斎』とここまでの論述の関係について、簡単に確認しておくこととしたい。

いうまでもないが、第Ⅰ・Ⅱ部までで論じてきた「いわゆる鷗外史伝」の特徴は、『渋江抽斎』に集約されている。この作品について、本書と近似する見解を別の見地から示唆していた、稲垣達郎氏の見解を確認しつつ言及しよう。

第一に歴史史料と考証を重視し、主観を脇に置く基本方針である。この点について稲垣達郎氏は、「述ベテ作ラズ」「事実主義」（「鷗外一面」『国文学』（一九七三年八月・十号、十ページ））という表現をしている。また、この観点からは『渋江抽斎』より、一八九八年十一月刊行の『西周伝』と、一九〇八年六月刊行の『能久親王事蹟』の方が徹底しており、「〈伝記〉の叙事法の基本が、ここに構築されているとみて誤はなかろう」とも述べている。

「いわゆる史伝」の方法論の完成時点については、主に第Ⅰ部、特に第Ⅰ部第二章で実証作業を行ったが、最終的に、これまでに稲垣氏の指摘していた点と同じ結果がでた。当初、筆者は印象批評的な鷗外研究の傾向批判の立場から、この年代を、主に彼の美学研究の特徴考察を経由して実証的に鑑みる意図を持っていた。結果としての氏と

の一致である。

第二に、文明史記述としての性格である。稲垣氏は同じ論中で、渋江一族の描かれ方が同時代的歴史状況を描くのに秀でてはいるが、「学芸の徒とそれにつながる庶民に比重が置かれ」、その「反面、政治上の英雄たちが黙殺された」ことを難じている。この要素は、氏には否定的に言及されている。しかし第I部で閲したように、明治三十一年を彼の「史伝」の出発地点とした場合の、同時代的歴史記述の具現化という視点からは、成功をおさめているといっていいのではないだろうか。

『大塩平八郎』もこの点から見れば、久米邦武や田口卯吉の「輪切体」の理念と同一線上にある、英国流社会進化論・文明論の応用作品である。

第三に、ジャーナリズムとの相関がある。片山宏行氏によってすでに述べられているが、「いわゆる鷗外史伝」の顕著な特性の一つに、新聞連載形式を執筆の基盤とするための未完結性がある（「鷗外・史伝の方法一側面―新聞連載形式の諸特徴―」『青山学院大学紀要』（一九八二年一月・二十三号））。『渋江抽斎』はこの点から、つまり連載形態からテキストの把握が始まる、典型的な「いわゆる史伝」であろう。また鷗外は新聞に限らず、ジャーナリズムと切り離せない性格の著作活動を行う人物であった。この点を重視し、新聞だけではなく雑誌にも着目して考察したのが、第II部第二章の雑誌目次の確認である。第I部第四章で扱った、彼の美学研究のジャーナリスティックな特徴も、この点につながる。

第四に、日記や随筆・記録や史料などのジャンルとの混交と、日記や随筆・記録や史料などの様式との混交。この点については、おおよそ第I部第二章と第II部で論じた。

第五に、「いわゆる史伝」論ではほとんど常に言及される特徴だが、表題の人物が、視点人物でも主人公でもない

ということがある。数多の登場人物たちの視点が、それぞれ作品に作用し、表題の人物の視点を相対化する。第II部で扱ったが、『渋江抽斎』でも、人数と各人の視点がそれまでの他の作品群よりも多岐に分かれる。各人の関係は緊密で、渋江抽斎に関わり、彼を構成した人物の群像として、ひとかたまりとなっている。

第六に、使用参考文献の提示や、登場人物の簡略な後日譚が作品を補完するかたちで添えられることがある。これは第三のジャーナリズムとの相関にあっては、読者への呼びかけの欄の形で作品に添えられていることもあり、伝記では、主人公である表題人物の年譜がつけられていることもある。また『大塩平八郎』など多くの作品で、作者の問題意識のありようの解釈が作品からやや離れて解説されて、添付部分となっている場合もある。これについては、主に第II部で言及した。

以上は、「いわゆる鷗外史伝」について、ジャンルと様式性を中心として、考察を進めた結果である。これらの意識と方法は、全て『渋江抽斎』という独特の新聞連載作品に注ぎ込まれているといって、過言ではなかろう。

2 まとめ

第I部では、鷗外の明治三十一年前後の美学理念の検討のため、本保義太郎筆記『美学』ノートを参照した。この資料は鷗外自筆資料ではないが、内容は、鷗外『審美綱領』にほぼ等しい（『審美綱領』は東京美術学校における彼の美学講義に基づく出版物である）。

『美学』講義ノートを用いる利点には、浄書された『審美綱領』では削られている鷗外の談話の特徴や、生徒たちのために当時流行の話題を取り入れているための文化史的な利用の可能性、用語が主に英語である点の考察などが

ある。すなわち、本来ドイツ語の原書の翻訳（フォン・ハルトマンの美学）を基盤とする授業であり、鷗外自身もドイツ帰りの啓蒙家として授業に臨んでいたはずなのに、ノートに英語が頻出する点である。従来は、『審美綱領』は最終的な校訂を行った大村西崖がフォン・ハルトマンの英訳本を参照したためではないかという推論（小堀桂一郎）がなされていた。しかし、講義ノートの時点から英語は用いられていた。

しかも、歴史記述理念の部分は、あまり原書に忠実ではない「アクション」と「レサルト」の相関を主軸として語られている。これは当時までに巷間に流布していた英国流社会学の影響によると考えられ、また「いわゆる史伝」の構成理念にも合致するものである。これらの考察のため、本書では学際的に美学史なども参照し、鷗外といえばドイツ美学に依拠し、世人を啓蒙した人物という着想を批判的に扱い、明治三十年前後には、実際には鷗外の方が当時の世俗的な英国文明論に影響されていた状況を資料から導いた。

むろん、ここでは単純に同時代の文明論が彼になだれ込んだ、とするわけではない。附言すれば、鷗外のドイツ留学の前年、大学卒業の翌々年は明治十六年である。この年の四月、東京大学では英語による教授を廃し、邦語を用いることとし、ドイツ学術を採用する旨が決定されている。

他に第Ⅰ部の特色に、彼独自の美術史の構築への理解がある。特に第一章で鷗外の未完の膨大なテキスト『日本芸術史資料』を扱い、彼の歴史記述理念の、物語化の方向性を持たない顕現に目を配った。

特異な構成を持つ『日本芸術史資料』、断片的な「史伝」が複数込められた『明治三十一年日記』や『小倉日記』、一つの作品としては初めての「史伝」である『西周伝』、これら成立年代が近い各種の歴史記述テキストを構成要素・構成方法・文体・成立背景などをふまえて解釈し、鷗外独自の「いわゆる史伝」の各要素が、これらにそ

れぞれ現われていると結論した。

さらに『日本芸術史資料』を、ほぼ同年代のものと推定される藤岡作太郎の『近世絵画史』(金港堂、一九〇三)や『日本風俗史』(平出鏗二郎との共著、東陽堂、一八九五)と比較することで、その特徴を確認した。ことに風俗画についての体系的な把握が特徴であり、永井荷風の浮世絵理解なども対比した。その結果、彼の近世美術史理解は「アクション」と「レサルト」の相関で進展する歴史理解とパラレルに、目的や合理的な体系や終焉を持たずに進展する、文化史的な理解である可能性が濃厚となった。

このような、「いわゆる史伝」の美学に基づく概念構築の別のあらわれとして、美術概念の体系化の過程の、様々なテキストへの表出がある。

第三章で論じたが、講義ノートの部分翻刻から「我をして九州の富人たらしめば」(一八九九)の形成過程を辿ることができるようになった。ここから、彼の美術概念の体系化の一連の流れの中に、「我をして九州の富人たらしめば」が位置づけられると判明した。

「乃木殉死の衝撃による作風の変化・史伝執筆開始」に類する、作家の閲歴と影響関係の結び付け同様、これまで同随筆は、「左遷の憤懣による執筆」という、作家論的な解釈がなされてきた。

しかし、これほど作家論的な解釈がなされやすい内容の随筆でも、『美学』講義ノートから『審美綱領』、そしてその後に「我をして九州の富人たらしめば」があるという、テキスト論の流れの中で読めるのである。

未完ながら四十三巻の大著『日本芸術史資料』、翻訳編述『審美綱領』の底に同じく流れている歴史哲学、それが断片的なテキストや随筆、さらに後期に至り「いわゆる史伝」にまで響きあっているさまが、『美学』講義ノートという補助線を得て浮き彫りになった。これが第Ⅰ部である。

第Ⅰ部で以上のように、ある程度「史伝」理念構成の時期を絞り込んだのち、第Ⅱ部では明治期の「史伝」・「鷗外史伝」の文化史的な要素を論述した。

「史伝」考察に際し、鷗外が「史伝」製作に際して直接言及している『太陽』の雑録欄」その他を参照し、ジャンルとしての「いわゆる鷗外史伝」の形成の年次を、ほぼ明治二十八年前後と特定した。この年次が「史伝」の理念と様式の両方の形成年次と近い点に、直接の因果関係があるかどうかは不明であるが、強い関係があるのは確かだろう。解釈に際して、文学理論、鷗外風に表現すれば「所謂normativな美学」を機械的に援用せず、鷗外独自の事例に即して応対した。雑誌や新聞などの、その時々のカテゴライズによる共時的なジャンル編成を拾い上げる作業は、様式編成を考えるといった場合にも、有効なようである。ボトムアップ式のnormの作成である。

第Ⅱ部では他にも、「史伝」というジャンルが鷗外独自のものではなく、広範囲に行われたジャンル、同時に様式である点について多種類の資料を用いて論じた。ここでも鷗外の独自性を、鷗外作品のみからによって論じるという、印象批評特有の問題点の克服を目指した。とても十分な調査とは言えないが、「史伝」が普通名詞であったことだけは、何とか確認できたことと思う。

「史伝」という語義自体の問題もある。現在では鷗外の大正期のテキストが、代表的な「史伝」テキストとされている。これも、明治期から検証してゆけば、多様なテキスト群に冠せられた平凡な名称であったのが実状であった。「史伝」は、ジャンル名としても、様式名としても通用する。このため、各小説作品をそれぞれ解釈して得られる作品論を総合させて結論を導く方式では、概念規定に一層の混乱を喚起するばかりである。それゆえ、本書では鷗外の「史伝」と目される可能性のあるテキストを、小説作品に限定せずに最初期の新聞投稿の時点から考察した。次に、これらのテキストの解釈を通じて、同時代との共通性・同時代との相違を、時代ごとに確認した。その結果、

おそらく彼の「史伝」の独自の理念構成は、明治三十一年の『西周伝』とほぼ同時期に行われたと結論した。「史伝」とは、明治期には実に平凡でありふれたテキスト群である。むろん鷗外という個体に特有の、「史伝」の書き癖というものはある。第三～第五章ではその書き癖を、未完であること・回想と考証の混交・考証のもつ特性などから論じた。こうした要素は、むしろこれまでの「いわゆる鷗外史伝論」で、過剰なほどに論じられてきたものである。本書では、「史伝」概念論証の補完以上には扱わなかった。

鷗外は、数多の「史伝」の書き手のひとりにすぎない。鷗外死後、多くの研究者たちが、まるで意図的にそれを忘れたかのようである。筆者の考えすぎであろうか。

第II部第六章まで、様々な、鷗外が身を置いた明治中期の同時代主題について考察した。ところで、新聞・雑誌の連載状況や美学史に限らず、同時代資料の検討で従来の鷗外観を変更するのも、本書の目的のひとつであった。

鷗外が天皇制イデオローグだというのも、陸軍所属という立場を考え、また「史伝」の『能久親王事蹟』（一九〇八）をきちんと読んでいくだけで、言明しにくくなる。鷗外が能久親王の死亡状況を筆記する手際を、同じ親王の伝記である亀谷天尊・渡部星峯『北白川宮』（吉川弘文館、一九〇三）や西村天囚『北白川の月影』（大阪朝日出版社、一八九五）と比較して、鷗外が医者の視点に徹していることを確認した。

試みに、陸軍の編纂した『能久親王御事蹟』（一九三七）と比較する。その場合でも、鷗外の皇室を記述する姿勢は、実に陸軍軍医的ではあるが、陸軍軍医的であることと、天皇制賛美者であることとは、別の問題だと確認できるのである。

イデオロギー研究に、論じられるテキストや執筆者や事項を、結論に向かって遡及的に配置してしまう傾向がややあることは否めない。これは、採用するイデオロギーの正当性とは関わりない問題であり、かつ特定のイデオロギーを標榜せずとも、教条的でありさえすれば発現してしまう特性である。

鷗外が天皇制イデオローグであるかどうかを、「堺事件」という一作品の資料扱いのみで決定するのは、実はかなり難しい。同時代の、同一の皇族を扱ったテキストと鷗外の場合を比較するという方法は、大岡昇平の「堺事件」への一連の批判を意識したための論考である。

筆者は大岡の採ったような、権力者（あるいは媒体をもつ人間）の資料操作を撃つ姿勢を、否定したいのではない。鷗外の創設した日本の衛生学分野、属していた機関について考究する文化研究も、あることが望ましい。ただし本書では、鷗外の何を権力の問題として追求するべきなのかを、あらかじめ決めてしまわずに考察を進めたかったのである。あるいは鷗外という個人・個性・特性ではなく、複数のテキストから読み取れる権力構造に、問題を限定したかったのであった。陸軍省とは、大逆事件以降の社会主義弾圧の所轄省庁である。もし問題を「陸軍的であるということ」に限定できていたならば、陸軍を知悉していた大岡は、別の視点からの鷗外研究を行ったのではないか、などと思わずにはいられない。

3　総　論

先行研究では、大正期の特異な「いわゆる鷗外史伝」なるテキスト群は、大正期にのみ限定して発生要因を考えられてきていた。しかしこれまで指摘されていた大正期の「いわゆる鷗外史伝」の諸特徴は、全て大正期以前から

確認できるものばかりである。

大正期以前から「史伝」の特徴が発露しているという指摘は、これまでも若干あるものの、いずれも部分的な局面の指摘にとどまっていた。

本書では、こうしたテキスト群のうち、明治三十一年にはじめて独立して刊行された『西周伝』によって、「鷗外史伝」の端緒が開始されたとする結論を得た。この場合、「鷗外史伝」とは様式名であり、またジャンル名でもある。

おわりに

本書は、筑波大学の一九九八年度博士論文（課程博士、学術）として書かれた拙論に、大幅に手をいれたものである。刊行にあたっては、日本学術振興会の二〇〇二年度科学研究費補助金（研究成果公開促進費）の交付を受けた。

拙論の指導教官であった荒木正純先生、池内輝雄先生、増成隆士先生には、本当にお世話になった。荒木先生には博士課程在学中、諸般にわたって常に助けて頂いた。池内先生には、様々な苦労をおかけしてしまった。また増成先生のご指導がなければ、「いわゆる史伝」概念の混乱の基礎に、ジャンルと様式の問題があると思い至らなかった。当時目野の所属していた日本文化研究学際カリキュラムで、助手であった小林真二氏（現北海道教育大学）の院生たちへの指導ぶりはめざましかった。その親切さと驚くほどの仕事量は、他大学の院生たちに話しても、とても信じてもらえなかったものである。日本文化研究学際カリキュラム・一般文学研究室・日本文学研究室院生の皆さんはみな親切で、東京女子大学大学院修士から途中編入してきた目野に、親切な指導を惜しまなかった。質問・依頼に対して有意義な回答・指導を返してくれなかった院生は、目野の記憶する限りひとりもいない。それは、日本人学生に限らない。森鷗外の「鷗」の字をワープロで作ってくれた呉俊永氏（現韓国空軍士官学校）は、博士号申請の際も、韓国で安価で論文の製本ができるよう、便宜をはかって下さった。論文は、書き進めては学内の研究会で検討を重ねたが、周囲の方々は、しばしば役に立つコメントを下さった。

日本文学研究室の新保邦寛先生は、拙論審査にご尽力下さったばかりでなく、日本文学研究室の主宰する雑誌『稿

本近代文学』への拙論掲載を、快諾して下さった。発表誌に関していえば、一般文学研究室の紀要に関しても、同じである。

富山県立近代美術館の片岸昭二氏、洗足学園魚津短期大学の八木光昭先生(現聖徳大学)、東京芸術大学の吉田千鶴子先生には、本保義太郎資料の件で、素晴らしいご協力とご指導をうけることができた。本書の刊行にあたり、溪水社はもとより、目野を溪水社にご紹介下さった国士舘大学の菱刈晃夫先生、書類処理にご協力戴いた石川静雄氏他、礼を述べるべき方は、まだまだ数多い。

最後に、物質的にも精神的にも、ずっと支え続けてくれた家族に感謝する。

二〇〇二年十月

目野由希

初出一覧

序論（書き下ろし）

第Ⅰ部

第一章『日本芸術史資料』（「明治三十一年から始まる鷗外史伝（一）——鷗外の日本近世美術史——」『稿本近代文学』（一九九七年十二月・二十二号）を改稿）

第二章　鷗外「史伝」におけるジャンルと様式——「史伝」というホロスコープ——（『日本文学』（一九九八年十二月号））

第三章　夢の日本近世美術史料館（「明治三十一年から始まる鷗外史伝（二）——夢の日本近世美術史料館——」『稿本近代文学』（一九九八年十二月・二十三号））

第四章　明治三十一年の鷗外と美学　（書き下ろし）

第五章　史伝・画人伝・風俗史（『日本文化研究』（一九九九年・十号））

第Ⅱ部

第一章『西周伝』と『明治三十一年日記』からの出発　（書き下ろし）

第二章　雑誌史伝欄とは何か（「頼まれ仕事・史伝——明治31年から始まる鷗外史伝——」『文学研究論集』（一九九八年三月・十五号）後半を改稿）

第三章　未完の史伝群と『堺事件』異本　（書き下ろし）
第四章　未完と予定調和　（書き下ろし）
第五章　失われた時の探求　（書き下ろし）
第六章　史伝のバリエーション　（書き下ろし）
第七章　能久親王の死（「頼まれ仕事・史伝――明治31年から始まる鷗外史伝――」『文学研究論集』（一九九八年三月・十五号）前半を改稿）

総論　（書き下ろし）

人名索引

・「森鷗外」「森林太郎」は、掲載していない。
・外国人名は、本文中に用いた名で、アイウエオ順に並べた。

著者略歴

目　野　由　希（めの　ゆき）

1994（平成６）年３月　東京女子大学文理学部日本文学科卒業
1996（平成８）年３月　東京女子大学大学院修士課程文学研究科日本文学専攻卒業
1999（平成11）年３月　筑波大学大学院博士課程文芸・言語研究科学際カリキュラム修了
2000（平成12）年４月～2001（平成13）年３月　日本学術振興会特別研究員（所属研究機関　筑波大学）
2001（平成13）年４月　国士舘大学文学部国語国文学専攻専任講師に就任

明治三十一年から始まる鷗外史伝

2003年２月28日　発行

著　者　目　野　由　希
発行所　株式会社　溪　水　社
広島市中区小町１－４（〒730-0041）
電　話（082）246-7909
ＦＡＸ（082）246-7876
E-mail:info@keisui.co.jp

ISBN4-87440-736-6 C3091
2002年度日本学術振興会助成出版